비명소리

도서출판 박이정

비명소리

차
호
일

창
작
집

도서
출판 박이정

차호일 창작소설

비명소리 차 례

별 자 리

그 날 밤은 날씨가 흐렸기 때문에 별자리를 잘 볼 수가 없었다. 그래서 아이들은 이튿날 다시 모이기로 약속하고 각기 헤어져 집으로 돌아갔다.

다행히 이튿날은 날씨가 맑았다. 저녁때가 되자 아이들은 남이네 집으로 꾸역꾸역 모여들기 시작했다. 남이는 어머니한테 부탁해서 미리 삶아 둔 감자를 한 소반 가져와 아이들 앞에 내놓았다. 매일같이 먹는 감자래서 맛이 없고 질리기조차 했는데 여럿이 먹어서 그런지 아이들은 남김없이 비웠다. 게중에는 서울에서 전학해 온 아이도 있었다.

아이들은 오늘 선생님 댁에 놀러 가기로 되어 있었다. 아니 놀

러 가기보다는 공부하러 가는 것이 옳은 표현이었을 것이다. 2학기 들어와 별자리를 배우면서 선생님은 별자리에 대해서 더 알고 싶은 사람은 나중 저녁때 놀러 오라고 말씀하셨던 것이었다. 아이들은 2학기 들어와 새 선생님을 맡게 되었다. 전에 계시던 김 선생님이 산청 고향으로 가시고 대신 새로 남해에서 오신 박 선생님이 담임이 되셨던 것이었다. 그렇기 때문에 아이들은 한층 호기심이 들어 더 열을 내었던 것이었다.

일곱시가 되자 아이들은 십여 명으로 늘어나 있었다. 어제 모였던 아이들은 거의 다 온 것 같았다. 실은 어저께 선생님을 찾아뵈올 생각이었지만 날씨가 흐렸기 때문에 하는 수 없이 아이들은 그대로 헤어졌던 것이었다. 아이들은 소반을 비우자 곧 떠날 채비를 하였다.

선생님이 집을 얻어 계신 곳은 물금리와 증산리 사이, 이번에 새로 들어 선 새 동네였다. 달이 안 떴기 때문에 밤길은 어두웠고 박쥐가 옆으로 휙휙 날아갈 때에는 두렵기조차 했다. 양수장 둑길을 따라 걸을 때는 아이들은 두려움과 무서움에 서로 앞서려고 하였다. 누가 뒤에서 문득문득 잡아당기는 것만 같았다. 제일 뒤에 선 남이는 괜히 마음이 뒤숭숭해지고 여러 잡스런 생각이 들었다. 가촌리에 살고 있으면서도 이쪽 길로는 한 번밖에 다녀 보지 않은 길이었다. 작년 봄 무렵에 할머니 상여를 따라 이 길을 한 번 걸은 적이 있었을 뿐이었다.

비죽비죽 솟은 돌멩이가 발부리를 채는 바람에 아이들은 앞사람의 신발을 밟기도 했고 두려움에 서로 앞서려다가 앞사람 등

을 받기도 했다. 그 때마다 아이들은 귀신이라도 와서 잡는 듯 질겁을 했다.

남이는 아무 말 없이 걷기만 하는 서울 아이가 부러웠다. 서울 아이가 이 조그만 학교로 전학을 온 뒤 남이는 그만 1등 자리를 서울 아이에게 빼앗겨 버리고 말았다.

서울 아이만 아니었어도 1등을 하는 건데……

요즘은 정이도 잘 놀러 오지 않았다. 아마 서울 아이 때문일 거라고 남이는 생각했다.

아이들은 누가 먼저인지도 모르게 노래를 부르기 시작했다.

동구 밖 과수원 길
아카시아 꽃이 활짝 폈네
아카시아 꽃 이파리
눈송이처럼 날리네

아이들은 계속해서 노래를 불렀다. 겁이 나서 더욱 큰 소리로 노래를 불렀다. 귀신아, 나오너라, 귀신아, 나오너라. 그들은 겁이 사라지는 것을 느꼈다. 좁다란 둑길은 그들을 2열 종대로 만들었다.

그 때 어디선가 여우 우는 소리가 들려 왔다. 갑자기 그들 앞으로 때를 잃은 장끼가 푸드덕거리며 날아갔다. 서울 아이가 엄마야, 소리치며 질겁을 해 뒤에 가던 남이를 꼭 껴안았다. 비눗내가 확 끼쳤다. 남이는

"장끼야 장끼."

했다.

아이들은 겁을 떨쳐 보려고 안간힘을 썼다.

둑길 걷기를 끝내고 그들은 이제 과수원 길을 따라 걷기 시작했다. 서울 아이는 이 과수원 길에 대해서 추억을 가지고 있었다.

작년 여름 방학때였다. 서울 아이는 여기 물금리에 살고 계신 조부님 댁에 내려와 있었다. 아이들은 우락부락했고 검고 용감했다. 그런 아이들 틈새에 끼어 지내면서 서울 아이는 한번은 참외 서리를 하러 가는 아이들을 따라간 적이 있었다. 별조차 없는 컴컴한 밤중이었다. 어디선가 잘 익은 참외 냄새가 코를 간지럽혔다고 여겨지는 순간 갑자기 앞서 걷던 아이들이 재빨리 풀석 엎드렸다. 서울 아이는 얼떨결에 그들을 따라 땅바닥에 엎드렸다. 서울 아이는 살며시 고개를 들어 원두막을 쳐다보았다. 원두막에는 또래의 여자 아이 하나가 호롱불에 열심히 책을 읽고 있었다.

아이 하나가 서울 아이가 들어올 수 있도록 철조망을 잡아 늘여 주었다. 그는 아이들이 하던 대로 머리를 먼저 들이밀었다. 그런데 하필이면 그 때 바람이 불어 올 게 뭐람. 그는 바람이 살짝 흔들어 놓고 가 버린 깡통 소리에 놀라 엉겁결에 발을 뺐다. 순간 바지가 철조망에 걸리면서 깡통 소리가 요란하게 났다.

귀를 잡혔는가 싶었는데 뺨에서 별이 번쩍했다. 눈물이 찔끔 새어나왔다.

"어떤 녀석이야?"

갑자기 서울 아이는 조부님의 얼굴이 크게 그려지면서 조부님의 노한 얼굴을 보자 절박한 심정이 되어 버렸다.

"너 어디 살아 임마?"

서울 아이는 할아버지의 성난 얼굴이 떠올라 고개를 숙인 채 대답을 못했다.

"쬐끔한 자식이."

그 순간 서울 아이는 또 머리에 세게 와 닿는 충격을 느끼면서 잠깐 비틀거렸다.

그 때였다.

"오빠, 그만 뒤, 여기 아이가 아닌데."

마치 시냇물이 졸졸 흐르는 소리 같은 목소리가 서울 아이 귀에 또르르 굴러 왔다.

"그래, 그만 뒤라. 오죽 먹고 싶어서 그랬겠니?"

이어서 들려 오는 소리에 서울 아이는 누군가 싶어 고개를 살짝 들어보았다. 아까 책을 읽던 소녀가 소녀의 엄마와 함께 그를 내려다보며 웃고 있었다.

그 날 밤, 서울 아이는 생전 처음이다 싶게 참외를 실컷 먹었다. 방학이 끝나고 서울로 올라갈 때 그는 그가 제일 좋아하는 『소공녀』를 소녀에게 주고 갔다.

선생님은 우리들이 뜻밖인 모양이었다. 우리를 보자 잠옷 바람으로 있다가 놀란 토끼처럼 눈을 동그랗게 뜨셨다.

선생님이 몇 번이고 편히 앉으라고 말하는 데에도 아이들은 어느 누구 하나 편히 앉는다거나 입을 떼는 아이가 없었다. 남이는 한번 주욱 아이들을 둘러보았다. 남이는 자기가 말하지 않으면 안되겠다고 생각했다.

"사모님은 어디에?"

"뭐? 사모님? 아직 결혼 안 했어."

"네? 그럼 식사는?"

"자취, 내가 해먹고 다녀."

"여간 고생이 아니실 텐데……."

"공부를 더 할려고 마음먹고 왔는데……."

선생님은 자취하는 것쯤은 아무 것도 아니라는 듯 수월하게 대답하셨다. 사실 우리 학교에는 공부하기 위해 오시는 선생님이 많았다. 교통이 편리했다. 경부선과 경전선 기차가 통과하기 때문이었다.

"선생님 고향은……?"

서울 아이가 한참 더듬다가 말을 놓았다.

"남해, 남해 대교 알지? 바로 그 남해 대교 밑이야."

"남해엔 고모가 있는데……."

석이가 말했다.

"그래?"

"고모는 이동면에 있어예. 이번 방학에 한번 다녀왔는데예 남해 대교도 가봤어예."

"숙제는 다 했는지 모르겠네?"

선생님이 생각난 듯이 물었다.

"사실 선생님. 그것 때문에 왔어예 숙제……."

"왜 못 찾겠든?"

"아니예 찾긴 찾았는데 선생님하고 같이 보고 싶어서예."

"어렵지 않지."

선생님은 선뜻 응낙해 주셨다. 그렇게 해서 아이들은 선생님을 따라서 밖으로 나왔다. 길에는 멍석을 깔고 앉아 별을 보고 있는 사람들이 많았다. 모기를 쫓느라고 짚풀을 태우고 있는 곳도 있었다. 연기가 모락모락 올라가고 있었다. 어둠이 두껍게 내렸지만 아이들은 이젠 훨씬 익숙해져 있었다. 아이들은 문득 고개를 들어 하늘을 쳐다보았다. 하늘에는 헬 수도 없는 많은 별들이 저마다 빛과 소리를 내며 명쾌하게 눈을 뜨고 있었다. 마치 자기를 봐 달라는 듯. 큰 별, 작은 별, 깜박거리는 별, 가까운 별, 멀게 느껴지는 별, 파란 별, 붉은 별, 동그란 별, 세모 별, 네모 별, 아기 별, 엄마 별, 북극성, 북두칠성……

그 때

"별똥이다, 별똥."

하고 아이들이 동시에 똑같이 함성을 질렀다. 탁 떨어지는 것 같았는데 어느새 보이지 않았다.

하늘은 신비롭고 경쾌하고 얼음처럼 맑았다. 성하는 오늘밤같이 하늘이 아름답다고 느껴본 적이 없었다. 저 오묘하고 반짝거리는 별들 속에는 누나의 별도 들어 있을 것이었다.

"누부야, 누부야, 니는 어데 있노? 와 안 오노?"

누나는 작년에 소아마비로 죽었다. 없는 살림에 약 한 첩 못 써 봤다고 어머니는 어디서나 눈물을 찔끔거렸다.

아이들과 선생님은 더 넓은 하늘을 보기 위해 동구 밖으로 나왔다. 더 넓은 하늘을 보기 위해 원두막 쪽으로 나아갔다. 어디

선가 솔솔 수박 냄새가 났다. 이 동네는 수박밭으로 유명했다. 아침마다 구포에서 기차를 타고 올라온 아줌마들이 수박밭을 돌아다니며 굵은 수박들을 골라 갔다. 밭떼기로 떼어 갔다.

아이들은 밭 한가운데에서 하늘을 쳐다보았다. 산에 가려 보이지 않던 동쪽 하늘도 시원한 얼음물을 들이마신 듯 잘 뚫려 보였다. 선생님과 아이들은 한참 동안 정신 잃은 듯이 하늘을 바라보았다. 빨간 별, 노란 별, 파란 별, 작은 별, 큰 별, 남이는 헬 수도 없이 수많은 별들을 헤다가 또 틀려 버리고는 했다. 이 세상의 별들은 도대체 몇 개나 될까? 아이들은 모두 궁금해했다. 도대체 헬 수 있는 방법이 없었다. 고개가 아파서 더 들고 있을 수가 없었다.

"그러면 누워서 보면 되잖니?"

"그래도 셀 수는 없어. 저 많은 별들을 어찌 다 헤겠니?"

"사진을 찍으면 어떨까. 사진 속에 나타난 별을 헤면 어떻겠니?"

하미가 손뼉을 치며 말했다.

"그렇지만 그 조그만 사진 속에 저 넓든 하늘이 다 들어가겠니?"

"그래 다 들어갈 수가 없어. 헨다는 것 자체가 불가능해."

홍이가 말했다.

"정말 하늘의 별을 남김없이 헬 수 있는 방법은 없을까?"

남이가 혼자 중얼거리고 있는데 박쥐가 휘익 쏜살같이 날아갔다. 서울 아이가 질겁을 해 선생님을 불러 대었다. 아이들은 '와'

하며 웃었다. 남이는
　"박쥐야, 박쥐."
하고 일부러 큰소리로 말했다. 그 소리를 듣고 서울 아이는 안심
이 되는지 '휴' 하고 한숨을 내쉬었다. 유난히 겁이 많았다. 서울
아이는 그래도 안심이 안되는지 선생님 곁에 바짝 다가앉았다.
　"경남이는 언제 전학 왔지?"
　"4월… 서울 수색 국민학교에 다녔었어요. 6학년이 13반까지
있어요."
　"아빠는 아직도 서울에 있는 모양이지?"
　"네, 아빠가 새엄마를 얻었어요. 누나는 학교 때문에 같이 못
왔지만 졸업하면 누나도 곧 내려올 꺼예요. 엄만 누나 때문에 걱
정이 많은 모양이어요."
　"왜?"
　"누나는 대학엘 가야 하는데 아버지가 보내줄 지 걱정이거든
요. 아빠는 새엄마한테만 돈을 갖다 주거든요."
　아이들은 별 보는 것도 잊어버리고 조용히 숨을 죽이고 있었
다. 아이들은 모두 서울 아이에 대해서 궁금한 점이 많았다. 아
이들은 서울 아이가 마을 어른의 손자라는 것만을 알고 있을 뿐
이었다. 그러나 선생님은 더 이상 아무 말도 묻지 않으셨다.
　"정말 하늘의 별을 남김없이 헬 수 있는 방법은 없을까?"
　"지구는 동그랗다는데……."
　산꼭대기에 올라가서 보아도 지구는 평평해 보일 뿐이었다. 선
생님이 가르쳐 주신 증명도 아이들은 실감이 나지 않았다.

"저것 봐 저렇게 똥푸는 바가지처럼 생긴 저 일곱 개의 별이 있지 저게 북두칠성이야. 그리고 또 저기, 저 북쪽에 보이는 밝은 별이 바로 북극성이고."

그러나 아이들은 그 정도는 다 알고 있었다.

"그리고 북두칠성의 제일 마지막별과 다음 별의 거리의 다섯 배 되는 곳을 이어나가 보아 봐. 저기 저 다섯 개의 별, 영어의 W처럼 생긴 저 별이 바로 카시오페아 자리야."

아이들은 묵묵히 선생님이 하시는 말씀을 듣고 있었다. 아이들은 결코 그렇게 열심히 공부한 적이 없었다. 수업 시간에 떠들고 장난치고 선생님 말씀을 듣지 않았다. 조금이라도 선생님이 보지 않을 때는 팔씨름을 하고 말타기를 하는 말썽꾸러기들이었다.

"가을의 별자리 중 대표적인 별자리가 뭐지?"

"백조요."

"전갈도 있어요."

"그래, 저기 좀 봐. 저쪽 구석에 뱀처럼 길게 이어진 별들이 있지. 저기 저쪽……."

아이들은 열심히 선생님이 가리키는 쪽을 바라보았다. 정말 그쪽에는 뱀처럼 길게 이어진 별들이 있었다. 그러나 머리는 뱀이 아니었다.

"저게 바로 전갈자리야. 전갈은 사하라 사막 지방에 사는 독이 든 벌렌데 모습이 꼭 저래. 그리고 또 저쪽을 봐 산쪽에서 가물거리는 게 있지. 저게 바로 백조자리지."

아이들은 선생님이 가리키는 쪽을 바라보았다.

"옛날에는 사람들이 죽으면 그 영혼이 저렇게 별이 된다고 믿었거든. 그래서 왜 아까 누가 말했지. 하늘의 별은 헬 수 없을 것 같다고. 사람이 죽으면 별이 되니까 정말 헬 수도 없다는 얘기는 맞아. 옛날 사람들의 생각대로라면."

"그렇다면 오늘날은 저 별을 다 헬 수 있다는 말인가요, 선생님?"

"아니, 과학이 발달한 오늘날도 별을 다 헬 수는 없어. 왜냐하면 이 우주는 너무나 넓어서 보이는 별도 있지만 너무나 멀리 떨어져 있어서 보이지 않는 별도 있기 때문이야. 오히려 그런 별이 더 많지."

"그렇게나 멀리 떨어져 있나요?"

"빛은 1초 동안에 얼마나 가지?"

"지구를 일곱 바퀴 반이나 돌아요, 지구를."

과학을 잘하는 동식이가 자기 차례인 양 재빨리 대답했다.

"그렇게 빠른 빛이 1년 동안을 간다고 생각해 봐. 빛이 1년 동안 가는 거리를 보통 1광년이라고 하지. 말이사 1광년이지 실제로 빛의 속도로 1년 동안 간다고 생각해봐."

"엄청나요. 평생을 가도 다 못 가는 거릴 것 같아요."

"그렇지, 비행기가 평생을 날아가도 못 갈 거리지. 실제로 갈 수도 없고. 더욱 놀랄 만한 얘기 하나 해 줄까?"

"네, 선생님."

아이들은 이구동성으로 말했다. 아이들은 그들이 태어나서 처음으로 새로운 세계에 눈뜨고 있었다.

“저기 북극성 있지?”

“네.”

“저 북극성은 저래뵈도 자그마치 1900광년이나 되는 먼 거리에 있는 거야. 태양은 불과 빛의 속도로 7분 거리에 있지만 저 북극성은 1900광년이나 떨어져 있는 거야. 그런데 저 북극성은 그래도 비교적 가까운 거리에 있는 별에 속하는 별이라거든. 저 북극성보다 훨씬 멀리 떨어져 있는 별들이 이 우주에는 얼마든지 있다는 거야. 헬 수 없을 정도로.”

“어휴, 선생님 그저 놀랍기만 해요. 그러고 보면 지구란 우물 안 개구리 같아요.”

“저두요.”

“저두요.”

아이들은 지구가 우물 안 개구리 같다는 말에 저마다 동감을 했다.

“그런데 선생님, 우리가 거울에 우리 얼굴을 비춰 보면 그대로 나타나는 것은 빛의 반사 때문에 그렇다는데 저 북극성도 거울에 비춰 보면 그 모습이 나타날 것 아니겠어요. 북극성까지 1900광년 걸린다니까 1900년 동안을 기다릴 수만 있다면 1900년 전의 북극성 모습을 알 수 있을 것 아니겠어요.”

“동식이는 정말 머리가 좋군. 그럴 쑤만 있다면 1900년 전의 지구 모습도 알 수 있을 텐데…… 청기는 무얼 생각하노?”

“네, 저는 갑자기 모든 게 부끄러워져요.”

“부끄러워?”

"저렇게 넓은 하늘이 있는데, 또 저렇게 무수한 별이 있는데
저는 고작 어떻게 하면 돈을 벌 수가 있을까 하고 생각하고 있
었거든요. 멀고 높게 모름지기 보아야만 하는 것인데 저는 저만
생각했으니……."

"으응, 청기는 정말 훌륭한 생각을 했군."

"더욱이 영국 같은 데에서는 맑은 하늘을 볼 수 있는 날이 1년
에 몇 번 안 된다면서요?"

만달이가 말했다.

"이 아름다운 하늘, 이 총총한 별빛, 시원한 들판, 세상에 이런
나라가 어디 있니?"

그 때 또 별똥이 선을 그었다. 아름답고 고운 하늘이었다. 그
순간 아이들은 갑자기 작년에 뱀에 물려 죽은 친구가 생각났다.
병관이었다. 무식한 것이 한이었다. 병원에 갈 생각은 하지 않고
굿을 했다.

아이들은 병관이가 죽자 마을의 성황당을 불살라 버렸다. 그
성황당이 없어지면 큰 재앙이 온다고 했는데 1년이 지나도록 재
난은커녕 오히려 사람들은 큰 산 밑에 살면서도 불안에 떨지 않
아도 되었다.

"남이는 꿈이 뭐니?"

선생님이 물었다.

"전 제가 못마땅할 때가 많아요. 얼굴도 그렇고 어머니께서는
제가 몸이 약하다고 늘 걱정하셔요. 그러다 보니 꿈을 가진 아이
들을 볼 때면 늘 부럽기만 해요."

순간적으로 남이는 정이의 고운 얼굴을 생각했다.

"그래? 그럼 남이는 별을 더 쳐다 봐."

"네?"

"저 별을 자세히 봐 어떠니? 큰 별도 있고, 작은 별도 있고, 눈에 잘 띄는 별도 있고, 가물가물한 별도 있고, 붉은 빛, 노란 빛, 파란 빛, 각양각색의 별들이 있지. 저 하늘을 좀 봐. 얼마나 아름답니. 저마다 제 모습 제 빛을 갖고 있지 않니. 만일 저 하늘이 온통 밝은 별만, 또 파란 별만, 또 큰 별만 있다고 생각해 봐. 그 얼마나 삭막하겠니? 그것은 아름다운 하늘이 아니라 무서운 하늘일 거야."

"……."

"이 세상도 마찬가지가 아니겠니? 잘났다고 우쭐댈 필요도 없는 것이고 못났다고 슬퍼할 필요도 없는 거야. 누구나 제 옷을 입고 제 목소리로 살아가면 되는 거야. 별자리 얘긴 않고 엉뚱한 얘기만 했구나."

선생님은 작지만 또렷하게 웃으셨다. 아이들은 말없이 하늘을 언제까지나 바라보고 있었다. 별빛이 유난히 총총 내리고 있었다.

노인과 정어리

　오늘도 노인은 나보다 먼저 나와 마악 살아나는 바다를 웅엄한 자태로 바라보고 있었다. 나는 나보다 늘 먼저 나와 있는 노인을 볼 때마다 이 다음에는 꼭 먼저 나오리라 하고 다짐을 하지만 언제나 먼저 나와 의연한 모습으로 한없이 멀게만 뻗어 나가 있는 바다를 바라보고 있는 노인의 모습을 볼 때마다 그만 그것이 부질없는 것이라 여기기가 일쑤였다.

　나는 한동안 노인을 물끄러미 바라보다가 준비해 온 낚싯대를 둥그렇게 휘저어 던지며 내가 늘 하던 버릇대로 담배를 꺼내 물었다. 오늘 따라 날씨가 유난히 화창했다. 바람조차 불지 않았다. 낚시하기에는 안성맞춤의 날씨였다.

　나는 노인의 명상을 방해하고 싶지 않아서 노인이 명상에서 깨어나 이쪽을 보면 틀림없이 또다시 인사를 해 올 것을 알고 짐짓 모른 척했다. 노인은 여전히 먼 수평선을 바라본 채 명상에 잠겨 있었다.

　내가 낚시에 취미를 붙이고 이 정어진으로 줄곧 시간이 날 때마다 나오면서부터 노인은 어김없이 이곳에 나와 저런 모습으로 한나절을 멍하니 서 있다 가고는 했다. 나는 처음에는 별로 대수롭지 않게 여겼으나 그 횟수가 차츰 많아지자 서로가 인사를 하며 지내는 사이가 되었다. 그러는 동안 나는 차츰 저 노인이 매일같이 저렇게 바다에 나와 있다가 들어간다고 여겼다. 노인은 내가 이렇게 낚시를 온 날은 어김없이 그 자리에 문득 서서 먼 수평선을 말 없이 바라보고 있었던 것이었다.

　나는 평평한 돌 두 개를 나란히 펼쳐 놓고 그 위에 걸터앉았다. 그리고 노인이 다가올 것을 기대하며 담배 연기를 크게 내뱉었다. 유난히 싱그러운 쪽빛 바닷가 내 눈에 박혀 왔다.

　"젊은이 또 왔구료."

　아닌게아니라 조금 있자 노인이 명상에서 깨어나 이쪽으로 다가오며 말했다. 나는 짐짓 놀라는 척하며,

　"네, 어르신네, 그 동안 별고 없으셨어요?"

하고 말했다. 그러면서 마주 오는 노인을 향해 일어서며 가볍게 고개를 숙였다. 노인은 여전히 어울리지 않게 키 큰 사람처럼 성큼성큼 다가왔다. 그리고 내 옆에서 한동안 물끄러미 서서 내가 하는 낚시질을 바라보았다. 그러다가 내가 다시 미끼를 매는 모

습을 보자 노인은 문득 생각난 듯이 말했다.

"젊은이, 많이 익숙해졌소?"

"웬걸요. 이제 시작인 걸."

"아니야, 젊은인 낚시에 소질이 다분히 있는 것 같애. 손이 그런 손인 걸."

노인이 그렇게 말하는 바람에 나는 연약하고 밋밋하고 길쭉하기만한 별로 남자로서는 쓸모 없는 손을 내려다보았다.

"무슨 과분의 말씀을……."

"그래 직장일은 여전하우?"

"네. 그럭저럭……."

그러나 나는 그 다음 말을 이을 수가 없었다. 과연 내 직장 생활에 아무런 이상은 없는 것일까? 초등교사라는 이 직업에 불만은 없는 것일까? 나는 그 물음에 확실하게 답할 수가 없었다. 어쩌면 지금 내가 낚싯대를 메고 이렇게 동해 바다로 나오고 있는 것도 이 싫은 일에 대한 도피의 수단인지도 모를 일이었다. 누가 내 직업을 물을까 겁이 났고 그런 질문이 나오면 슬그머니 얼버무리기가 일쑤인 나였다.

노인은 한동안 내 낚시하는 모습을 물끄러미 바라보다가 언덕 바위 쪽으로 가 버리고 말았다. 노인은 거기서도 아까처럼 머언 수평선을 바라보며 말없이 희랍 시구의 검은 포도주의 바다를 바라보고 있었다.

이 곳 3학급 짜리 분교로 자원하여 오고부터 할 수 없이 가지게 된 많은 시간을 나는 이 광활하게 열려진 동해 바다로 종종

나오는 버릇을 가지게 되었다. 그러다가 학교에 들른 행상의 낚싯대를 우연하게 손에 들게 된 것이 바다낚시에 빠지게 된 계기가 되어 버린 것이었는데 나는 주로 갯벌과 자갈이 많이 있는 바다만을 골라 다니며 바다낚시를 즐겼다. 내가 그런 곳만을 골라 다닌 까닭은 그런 곳엔 으레 낚시꾼들을 위한 조각배가 한두 척 떠 있기 마련이었고 운수 좋은 날은 그런 조각배를 얻어 멀지 않게 바다로도 나가 볼 수 있었기 때문이었다. 내가 노인을 만난 것도 바로 그 때였다.

그 날은 몹시 바람이 불었다. 나는 바람이 몹시 불기 때문에 더 이상 앉아 있을 수가 없어서 낚시 도구를 챙기고 마악 집으로 가려는 참이었다. 그 때 노인은 소리 없이 내게 다가왔던 것이었다.

"젊은이 가시려우?"

"네, 웬 바람이 이렇게 부는지……."

"조금만 더 앉아 있어 보구료. 곧 고기떼가 몰려올 것도 같으니."

그래도 나는 바람이 너무 심하게 불었기 때문에 도저히 바람과 추위를 견딜 수가 없어서 낚시를 거두어 돌아갈 채비를 서두르고 있었다.

내가 신작로까지 걸어나오며 버스가 오기를 기다릴 때까지도 노인은 여전히 머언 수평선을 바라보며 그 자리에서 찬바람을 맞은 채 서 있었다.

내가 버스를 타고 산모퉁이를 돌아들 때까지도 여전히 노인은

그 곳에 서 있었다.

그 뒤 나는 종종 시간이 날 때면 다른 곳보다도 늘 이 산등성이가 매부리코처럼 불쑥 튀어나와 한쪽으로는 자갈밭을 이루는 이 곳으로 찾아오고는 했는데 그 때마다 노인은 어김없이 그 곳에 나타나고는 했다. 어느 순간 나는 노인이 비가 올 때나 눈이 올 때나 매일같이 이곳에 서서 한참 동안 말없이 서 있다 가고는 한다는 것을 알게 되었다.

시간이 좀 지루해지자 나는 차츰 목이 말라 왔다. 나는 가지고 온 소주병을 꺼내며 노인을 불렀다.

"할아버지, 이 곳으로 오셔요. 소주나 한잔 하시죠."

노인은 문득 이쪽을 보는 것 같았으나 곧 다시 먼 수평선을 바라보았다. 나는 그만 무안해져 고개를 돌리고 앉았다. 그러다가 한번 더 다그쳤다. 노인은 또다시 움찔하는 것 같더니 역시 아무런 동요도 나타내지 않고 머언 수평선만을 바라보았다.

나는 할 수 없어서 나 혼자 잔을 조금씩 비우고 있었다. 벌써 시간이 다 되도록 입질마저 없는 것을 보면 아무래도 오늘도 별 재미를 못 볼 것만 같은 느낌이 들었다. 나는 조금씩 술기운이 오르며 몸이 더워 오면서 긴장이 풀어지는 것을 느꼈다.

그런 사이 노인은 어느 순간 내 곁에 와 있었다. 나는 얼른 돌멩이로 자리를 만들어 주며 노인에게 앉으라고 권했다.

"젊은인 술을 싫어하지 않는 것 같구료?"

"네, 즐기는 편입니다. 어르신께선 술을 즐기지 않으십니까?"

"아니죠, 조금은 합니다. 젊었을 땐 미치지 않을 정도로 했는

데 나이가 많아지니까 몸이 술을 받아 주지 않는구려."

"아, 네 여기……."

그 말을 기다렸기나 한 듯 나는 노인의 말을 마치자마자 술과 오징어 다리를 얼른 내밀었다.

"감사하오, 젊은이."

그는 투박한 손으로 내가 권하는 술잔을 받아 들었다. 그 행동이 너무도 뱃사람들의 행동 그것과 같아서 나는 이 노인이 젊었을 때는 힘깨나 썼을 뱃사람이었을 거라고 짚었다.

"어르신께선 젊어서 무얼하셨더랬어요?"

나는 노인이 몇 번 얼굴을 찡그리며 겨우 술을 들이키는 것과 문득 손등에 투박하게 드러난 힘살이 다른 생각이 느껴져 물었다.

"젊어서야 뭐 별달리 한 것이 있었겠소. 그저 뱃놈 자식이니까 뱃일밖에…… 그저 젊었을 땐 온 바다가 내 바다 같아 보이더니만……."

그렇게 말해 놓고 노인은 눈을 곧장 감아 버렸다. 회상하기 싫은 고통을 반추하는 것만 같았다. 나는 순간 어제 장학사가 다녀갔던 일을 생각했다. 그는 젊은 내게 사명감이라도 불러 일으키려고 했음일까? 그는 이 분교가 얼마나 열악한 환경에 처해 있는지를 누누이 말했고 그래서 나에 대한 기대가 크다는 것을 필요 이상으로 이야기했다. 그 바람에 나는 부끄러워 한참 동안 자괴감에 빠져 있어야 했다. 노인은 한참 동안 나만큼이나 자괴감에서 깨어나지 못하더니만 이윽고 내게 잔을 권했다.

"할아버지 감사합니다."

나는 두 손으로 잔을 받아 들며 공손하게 받았다. 이번에는 노인은 내가 한 것과 똑같이 새우깡과 오징어 한 쪽을 내밀어 주었다. 나는 그것을 받아 들며 노인의 마음 씀씀이를 무척 고맙게 여겼다.

"젊은인 이런 생활이 퍽 재미있게 보이는 것 같구료?"

노인이 입술들 훔치면서 나를 보며 물었다.

"재미? 그저 일주일 동안의 스트레스를 훌훌 털어 버리는 것이죠."

나는 내 자신의 신경질적인 반응에 다소 놀라며 힘없이 말해 버렸다.

"젊은인 말씨가 유창하오. 여기 사람답지 않게."

그 때 방울이 요란하게 울렸다. 방울은 민물낚시를 응용해서 내가 특별하게 고안해 낸 것이었다. 나는 얼른 줄을 잡아당겼다. 그러나 줄만이 팽팽할 뿐 쉽사리 당겨지지가 않았다. 나는 혹시 줄이 해초에 걷린 것은 아닐까 싶어 한껏 잡아 당겼다가 놓고 다시 잡아당겼다. 그래도 역시 줄은 끌려오지 않았다.

내 얼굴은 어느 새 땀이 조금씩 번지기 시작하였다. 그 옆에서 내 모습을 물끄러미 바라보던 노인이 내가 잡은 줄을 대신 잡았다. 그리고 몇 번 당기어 보더니 고개를 갸우뚱거렸다. 그러다가 몇 번 더 잡아 당겨 보다가 이내 눈을 반짝이더니

"정어리야."

하고 흥분한 목소리로 말하였다. 노인은 연속 줄을 잡아당겼다가 놓아주고는 줄을 잡아당겼다가 또다시 놓아주고는 하며 놈의 힘

을 빼다가 이내 단정하듯,

　"정어리임에 틀림없어."

하고 숨가뿐 목소리로 또다시 내뱉았다.

　노인은 한참 동안 그래도 쉽게 끌려오지 않자 정어리라고 단정한 그 놈에게서 힘을 빼려고 얼굴에는 미세한 땀방울마저 배보일 정도로 신경을 썼다.

　그러다가 어느 순간 노인이 힘껏 줄을 잡아당기자 아닌게아니라 줄은 슬슬 끌려오고 있었다. 나는 노인의 익숙함에 놀라지 않을 수 없었다. 이윽고 그 물림체가 밖으로 요동치며 내보였을 때 나는 한 순간 화들짝 소스라치지 않을 수가 없었다. 거의 30여 센티미터나 되는 은백색을 햇빛에 눈부시게 드러나 뵈며 그 싱싱함을 과시하기라도 하듯 펄떡펄떡 뛰고 있는 놈을 바라보았을 때 나는 전혀 뜻밖에도 맺혀 있던 마음의 응어리가 풀어지는 것을 느꼈기 때문이었다.

　그것을 본 노인은 입가에 알 듯 모를 듯 웃음을 흘리며 미친 듯이 개성을 질렀다.

　"정어리, 정어리."

　그러나 내가 아는 상식에서는 그것은 노인이 짚은 대로 정어리는 아니었다.

　나는 한동안 노인의 기이한 행동을 물끄러미 바라보았다. 노인은 그 30여 센티미터나 되는 정어리를 껴안기도 하고 얼굴에 비벼 대기도 하고 입에 맞추기도 하며 보통 정상인으로서는 엄두도 못낼 괴벽을 부렸다. 노인의 그런 모습이 감히 정상인으로서

는 생각도 해볼 수 없는 일이었기에 곁에 있는 나는 오싹한 느낌마저 들었다.

　어느 새 노인은 한참 동안 놈과 다정한 실랑이를 하다가 놈을 어망 속에 넣어 두고는 다시금 푸르게 열려 있는 수평선을 말없이 바라보고 있었다. 노인과 정어리는 어떤 관련이라도 있는 것일까?

　나는 낚시를 바라보다가 지쳐 어망 속에 들어가 있는 푸들거리는 놈을 바라보았다. 놈의 햇빛에 반사되어 빛나는 비늘의 순백은 차라리 황홀에 가까웠다. 멀리 신작로에서 하루 세 번 지나가는 버스의 시낡은 시동 소리가 들려 왔다. 하늘은 쪽빛처럼 맑았다. 멀리서 지나가는 배의 물결이 밀려와 갑자기 크게 파도를 일으켰다.

　노인이 또다시 망부석처럼 서 있는 침잠 속에서 깨어난 것은 또다시 방울 소리가 요란하게 울고부터였다. 나 역시 긴장 속에 풀려나온 것은 방울 소리가 요란하게 울렸기 때문이었다. 나는 방울 소리를 따라서 조용히 줄을 잡아 당겼다. 그러나 나는 아까처럼 제대로 줄을 잡아당길 수 없었다. 내 몸은 역시 아까처럼 땀에 번졌고 내 팔에 와 닿는 느낌을 보고 나는 아까보다 더하면 더했지 못한 놈이 아니라고 생각했다. 나는 줄을 늦추었다가 다시 잡아당겼다. 그러나 놈은 역시 끌려오지 않았다. 나는 거짓말같게 정어리 한 놈 때문에 흥건히 땀에 배이게 되었다. 어느 순간 나는 내가 지금 멕시코만을 무대로 고기를 잡으며 살아가고 있는 산티아고 노인이라고 생각했다.

사실 바다 낚시를 즐기는 사람 치고 그런 환상적인 생각을 갖지 않는 사람은 없을 것이었다. 어쩌다가 노인이 탄 듯한 조각배라도 한 척 얻어 탈 수 있는 날이면 저마다 자기가 노인이라도 된 양 큰놈이라도 하나 걸리지 않나 하는 생각에 젖고는 하는 것이 꾼들의 공통된 생각이었다. 나는 먼바다에까지 나가지는 않았지만 내 팔에 힘이 부치는 것과 땀이 흥건히 내 몸 속에 스며드는 것만으로 노인이 은빛 나는 상어를 좇아 힘에 겨워하며 멕시코만을 표류하는 모습을 연상해 내며 행복한 충일감에 젖었다.

나는 놈에게 지지 않겠다는 생각으로 또다시 줄을 당겼다가 또다시 풀어 주고 또다시 풀어 주었다가는 잡아당겼다. 순전히 놈의 힘을 빼기 위한 작전이었다. 줄은 괭팽하여졌다. 내 몸은 땀으로 번졌다. 나는 차츰 불안해졌다. 거짓말같게 정신마저 혼미해지는 것을 느꼈다. 멀리 괭이 갈매기가 빙글빙글 어지럽게 날고 있었다. 일순 내 모습을 무작정 바라만 보고 있던 노인이 내 곁에 와서 같이 줄을 잡아당겼다. 더욱 팽팽해졌다. 노인의 이마에서도 이윽고 땀이 번지기 시작하였다.

나는 순간 엉뚱하게도 홀깃 어망 속에 들어 있는 놈을 바라보았다. 실히 팔길이가 됨직한 놈은 몸에 어울리지 않게 큰 눈을 꿈벅거리고 있었고 그 눈 밑에는 그렇게 보아서일까 체념 같은 것이 묻어 있었다.

노인은 몇 번이고 줄을 잡아 당겼다가 놓고 또다시 놓았다가는 줄을 잡아 당겼다. 그렇지만 놈은 역시 끌려오지 않았다. 초조해 한 것은 나보다도 노인이 더했다. 노인은 연신 갸우뚱거렸

다. 그런 노인의 얼굴에서 나는 미세한 불안 같은 것을 낚아 올리 수가 있었다. 그러나 여전히 놈은 끌려오지 않았다. 노인의 얼굴에 당혹한 빛이 완연해지고 있었다.

그 때 또다시 옆에 있는 방울이 울렸다. 나는 불현듯 잡고 있던 줄을 노인에게 맡기고 방울 소리를 따라 부리나케 방울이 울고 있는 줄을 잡아당겼다. 내가 줄을 놓자 노인은 한번 끌려가는 듯 싶더니 다시 밀리지 않았다.

나는 부리나케 방울이 울고 있는 줄을 잡아당겼다. 이번에도 역시 얼마 잡아당기지 못하고 답보 상태를 면할 수가 없었다. 손의 느낌으로 보아 이번에도 대단한 놈이라고 여겼다. 나는 노인처럼 엉거주춤한 상태가 되지 않을 수가 없었다. 놈이 힘이 빠지기를 기다리는 것만이 놈에게 항복받을 수 있는 길이었다. 내 얼굴은 다음 미세한 땀방울이 송골송골 맺히는 것이 느껴졌고 팔의 힘살이 불뚝불뚝 살아났다. 노인은 역시 나만큼이나 엉거주춤한 채로 놈과 실랑이를 하고 있었다. 애꿎게도 놈은 끌려오지 않았고 나는 오줌이 찔끔 나오려고 하고 있었다.

나는 어느 순간 또다시 은빛 나는 물체를 쫓아 멕시코만을 표류하고 있는 노인을 생각하였다. 노인은 도대체 어떤 기대 때문에 자신의 목숨과도 바꿀 수 있는 험악한 모험을 서슴지 않았던 것일까? 모험치고는 너무도 소득이 빈약하기만한 일에 그토록 자신을 매달 수가 있는 것이었을까? 단순히 인간이 질 수 없다는 신념이나 목표 때문만은 아닐 것이었다. 나는 적어도 이 놈이 상어 만한 놈은 아닐지라도 팔뚝만한 놈은 된다고 여겼다. 나는

그래서 노인이 고생하던 모습을 연상해 내고는 적어도 팔뚝에 힘을 준 채 반시간 이상은 버틸 수 있어야 한다고 여겼다. 팔에다 힘을 주었다. 뱀같은 힘줄이 불끈불끈 솟아올랐다. 나는 더욱 줄이 팽팽해지는 것을 의식하였다.

　노인은 여전히 줄을 잡아당긴 채 옴쭉 앉고 있었다. 노인의 얼굴에 흐르는 땀방울이 완연히 의식할 정도로 굵어진 것밖에는 변한 것은 없었다.

　노인과 나는 서로 마주보며 서로가 웃어 버렸다. 그런데 한 순간 노인은 서서히 줄을 잡아당기기 시작하는 것이었다. 노인은 별로 힘들이지 않고 당기고 있었다. 이윽고 노인이 놈을 또다시 끄집어냈을 때 나는 하마터면 '아' 하고 소리칠 뻔하였다. 그것은 실히 내 팔뚝만한 굵기에다 내 팔길이 만큼이나 길어진 아까보다 크면 컸지 결코 작지 않은 놈이었기 때문이었다.

　그러나 다음 순간 더욱 놀라운 것은 노인이 알 듯 모를 듯 괴괴하게 흘리는 웃음이었다. 그것은 노인의 위엄 있는 허연 백발과는 또 다른 모습이었다. 순간 나는 섬짓함을 느꼈다. 나는 갑자기 이 쾌청한 날씨에 어울리지 않게 오한을 느꼈다. 얼굴과 팔에 배인 긴장과 땀은 내 속과는 이율배반적이었다.

　나는 문득 괴괴한 노인을 외면하고 허연 등을 자갈밭에 내놓으며 펄쩍펄쩍 뛰고 있는 놈을 바라보았다. 내 팔에는 여전히 힘이 쓰인 채 땀이 솟아나고 있었다. 엉덩이가 땀 때문에 미끈미끈하기조차 하였다. 놈은 자기의 몸길이 만큼이나 펄쩍펄쩍 뛰고 있었다. 아가미가 낚시 때문에 옆으로 풀려져 있었다. 있는 힘을

다해 필사적으로 낚시에서 벗어나려고 발버둥치고 있었다. 한번 떨어질 때마다 거짓말 같게 자갈들이 옆으로 흩어지면서 큼큼거리는 소리가 났다. 노인은 그런 놈을 냉정할 정도로 잔인하게 쳐다보고 있었다.

어느덧 놈의 쩍쩍 갈라진 등에서 검붉은 피가 사뭇 배보였다. 그래도 놈은 지치지 않고 몸을 솟구쳤다가 옆으로 돌았다가 하며 체구에 어울리지 않게 기승을 부렸다. 노인은 그런 놈을 약올리기나 하듯 물 쪽으로 가까이 가면 다시 이쪽으로 끌어올려 놓고 그 처절한 놈의 몸부림을 행복스럽게 즐기는 것 같았다. 그것은 거의 잔인할 정도의 가혹한 처사였다. 놈을 내려다보고 있는 노인의 얼굴엔 처음부터 배보이던 괴괴하고 음흉한 웃음이 흐린 날씨처럼 떠나지 않고 있었다. 나는 노인의 그런 웃음을 보고는 또다시 섬짓함을 느꼈다.

그 순간 나는 노인의 허연 백발과 툽실한 손, 그리고 음울하고 음흉스런 저런 웃음의 이율배반성을 생각하며 의혹이 되살아나는 것을 느꼈다. 하기는 언젠가 노인의 공허처럼 아무렇지도 않게 내뱉는 말에서 나는 지금 같은 의구를 느낀 적이 있기는 하였다.

벌써 오래 전의 일이었다. 그 날도 나는 노인보다 먼저 이곳을 선점할 것이라는 기대를 가지고 같이 자취를 하고 있는 동생이 챙겨준 낚싯대를 가지고 새벽 일찍 부리나케 집을 나섰던 것이었다. 낚시를 배운 지 얼마 되지 않은 때여서 서툴기는 하였지만 열성은 있어서 나는 자리를 지키는 것만큼은 처음 낚시를 배우는 사람이 그렇듯이 누구 못지 않게 열심이었다. 그러나 그렇게

일찍 나섰어도 가보면 역시 노인은 언제나 나보다 먼저 이 갯벌에 나와 머나먼 수평선을 말없이 바라보고 서 있는 것이었다.

언제나 내가 차지하고 있는 자리는 바위 두 개가 평평하게 꽂혀 있는 앞이 깊숙하게 꺼져 있는 곳이었다. 내가 둥그렇게 휘던진 낚싯줄을 한참 동안 무색하게 바라보며 적응하지 못하고 있는 직장의 이런 저런 생각으로 내 앞날을 걱정하고 있을 때 노인은 내게 다가왔던 것이었다. 나는 순간 수탉처럼 후닥닥 놀라 노인을 바라보았다. 그 때에 노인은 말없이 웃으면서 내게 그것을 내미는 것이었다. 나는 비로소 지난 일요일 내가 미끼통을 놓고 갔다는 것을 알았다.

노인은 그것을 내게 전해 주고는 한참 동안 말없이 수평선을 바라보았다. 나는 그런 노인에게서 고맙다는 말을 건네주려고 하였지만 그런 노인의 형상은 내게 부담이 되었을 뿐 감히 말을 건넬 수가 없었다. 서로가 의연하여 그렇게 아무 말 없이 얼마쯤 지났을 때였다. 갑자기 노인이 괴성을 지르며

"저거다. 저거. 바로 그래, 저 놈이야."
하고 소리를 질렀다. 나는 그 소리에 놀라 노인이 가리킨 쪽을 바라보았다. 그러나 노인이 가리킨 쪽을 바라보았을 때 내눈에는 그저 평범한 바다일 뿐 아무 것도 발견할 수가 없었다. 그러나 금방 바다에는 무엇이 솟아올랐다가 사라진 것처럼 물결이 거세게 밀리고 있었다.

내가 그때 노인을 홀깃 바라보았을 때 노인은 바로 저런 웃음을 흘리고 있었던 것이었다. 나는 그 모습이 너무 섬짓해 노인이

혹시 나를 이곳에다 밀어 버리면 어쩌나 하는 생각이 들 정도로
소름이 오싹 돋았다.

나는 내 팔이 자꾸 밀리는 것을 느꼈다. 낚시에 물린 물고기
한 마리 때문에 힘이 부친다는 것은 거의 거짓말 같은 일이었다.
그러나 실제로 그 거짓말 같은 일이 이곳에서 일어나고 있었다.
놈도 나는 노인이 끌어올린 것 못지 않게 크리라는 기대감을 갖
고 있었다.

그러다가 나는 한 순간 망연자실할 지경이 되지 않으면 안되
었다. 내 몸이 점점 그 놈에게 밀리는 것이었다. 나는 힘을 썼지
만 놈은 이에 질세라 나를 점점 끌고 가는 것이었다. 나는 몇 발
자국 끌려가다가 다시 풀어놓을 수밖에 없었다. 다시 그 줄이 다
가고 또 모자라 얼레에 감아 두었던 줄마저 풀지 않으면 안되었
다. 나는 노인의 도움을 요청하기라도 하듯 노인을 흘깃 바라보
았지만 그러나 노인은 놈과 잔인한 눈싸움만을 계속하고 있을
뿐 이쪽에는 아예 관심마저 없었다.

나는 노인의 그 표정 속에 묻어 있는 잔인한 웃음을 생각하다
가 또다시 몸을 부르르 떨었다. 놈과의 실랑이는 거의 십여 분이
나 계속 끈질기게 이어졌다. 줄은 더욱 팽팽하게 당겨졌고 나는
온 전신에서 따끔한 긴장이 몰아쳐 왔다. 결코 놈에게 져서는 안
되었다. 마침내 놈과의 그런 밀리고 미는 실랑이가 5분 여가 계
속되었을 때 나는 놈으로부터 통쾌하고 짜릿한 항복을 받아낼
수가 있었다. 어느 순간 놈은 이제껏 발악하던 모습과는 달리 순
순히 끌려오고 있었다.

속이 들여다보이는 곳까지 놈이 끌려왔을 때 나는 한동안 어안이 벙벙해지지 않을 수가 없었다. 아까 노인이 잡은 것보다 크면 컸지 작지 않은 놈이 물살을 시퍼렇게 가르고 요동치며 다가오는데 그만 입이 딱 벌어질 지경이었다. 나는 푸드덕거리는 놈의 입에서 낚시바늘을 꺼내고 그 때문어 헤벌쑥이 벌어져 있는 놈의 아가리를 똑바로 끼어 맞추었다. 그러나 한번 어긋나 버린 주둥이는 제대로 돌아가지 않았다.

내가 한참 동안 놈의 비늘과 울멍하다 못해 이제는 체념해 버린 듯한 놈의 눈동자를 바라보고 있을 때 노인은 또다시 이쪽으로 다가오며 놈에게 의미심장한 얼굴로 얼마 동안 바라보더니,

"틀림없이 정어리야, 정어리."

하고 내받았다. 그러나 한국 동해안에서 이제 잡히지 않는 정어리가 내 낚시에 걸려들리는 만무인 것은 자명한 일이었다. 나는 제멋대로 말해 놓고 제멋대로 감격해 버리는 정어리에 대해서 비정상적으로 반응을 일으키는 노인에 대해서 알 수 없다는 생각과 함께 노인을 쳐다보았다. 노인의 행동은 정상인으로서는 감히 생각할 수 없는 민망스런 일이었기 때문에 노인을 마주 보는 일은 상당히 부담스러웠다.

하기는 동해안에서도 이곳 휴전선이 가까운 바다는 여느 곳과 달리 물이 좀더 찼고 정어리의 성장의 생태에 맞는 조건을 갖추고 있기는 했다. 정어리는 아직까지 휴전선 북쪽에서는 더러 잡힌다고도 했다. 일설에 의하면 원인은 알 수 없지만 정어리가 오오츠크의 찬 바다 쪽으로 물러갔다고도 했다. 그러나 어디까지나

알 수 없는 일이고 분명한 것은 해방 전에는 동해안에서 비료로
쓸 정도로 많이 잡혔다던 정어리가 지금은 우리의 동해안에서
잡히지 않는다는 것이었다.

비정상적이라고까지 할 정도로 정어리에 대한 애착이 지나친
노인으로서는 저런 비정상적인 행동이 가능하다고 나는 여겨졌다.

나는 또다시 낚시에 미끼를 꿰고 둥그렇게 던졌다. 노인이 어
망 속에 든 놈들을 이리저리 흔들며 어느 아비가 자식에 대한
사랑이 저보다 더할까 싶은 생각이 들 정도로 놈과 재롱을 떠는
사이 나는 낚시꾼 특유의 길다란 공허에 또다시 빠져 버렸다. 그
것은 낚시꾼이 아니면 느낄 수 없는 일이기도 했다.

내가 그 침묵의 무한한 공허 속에서 후닥닥 놀라 깨어난 것은
노인이 전에 없이 곁에 앉으란 말도 없었는데 내 곁에 와 앉았
기 때문이었다. 그런 일은 처음 있는 일이었다. 그러나 노인이
내 곁에 앉은 것은 좀더 쉽게 머언 바다를 바라보기 위한 것이
었을 뿐 나와는 아무런 상관이 없는 일이었다는 것을 나는 곧
알았다. 나는 노인의 우수의 빛이 점점 빛나다가 소멸되어 점으
로 남는다고 생각하였다. 그것은 마치 참선의 경지와 같은 것이
었다. 빳빳한 등허리며 가부좌의 자세 앞쪽 무릎을 약간 든다고
했던가. 그렇다. 그런 불편한 자세로 종일을 불편 없이 앉아 있
는다고 하였다.

그러나 떠나지 않는 것은 저 정어리와 노인과의 관계였다. 도
대체 노인이 정어리에 저토록 애착할 이유가 없었다. 나는 또다
시 종전의 그 민망스런 표정을 떠올렸다. 두 손으로 놈을 잡고

마치 자식에 하듯 이야기하는 것은 정말 나로서는 민망이라고
밖에는 표현할 수 없는 것이었다.

나는 고개를 그런 생각으로 설레설레 저으며 한 순간 홀깃 노
인을 쳐다보았다. 노인은 깨어날 것 같지 않게 깊은 명상 속에
잠겨 있었다. 해가 중천에 떠 있을 때까지 노인과 나는 아무런
말이 없었다. 노인의 그런 명상 속에서 나 역시 명상 속으로 빠
져들고 말았다.

내가 그런 명상 속에서 깨어난 것은 노인이 나를 부르는 다급한
소리 때문이었다.

"왜 그러시지요?"

"그래, 젊은인 저런 놈을 낚아 본 적이 있소. 정어리란 놈 말
이오."

"저는 도무지 처음 보는 놈이고 오늘 같은 날은 처음이어서…
….."

아까 요령을 해서는 또다시 커다란 놈이 걸려들 것 같은데 시
간 여가 지나도록 미낀 입질조차 없었다. 노인과 나는 그렇게 두
마디씩만 말해 놓고는 서로가 또다시 깊은 침잠 속으로 빠져들
기 시작했다. 그러다가 또다시 깨어난 것은 역시 노인이 정어진
에 대해 알고 있느냐고 물어 왔을 때였다.

나는 명상에서 덜 깬 상태에서 전후 사정도 똑똑히 들어보지
않고 얼떨결에

"예, 그것은 알고 있었지요."

하고 함부로 대답해 버렸다. 그러나 이곳이 옛날 정어진이라는

마을터였다는 것쯤은 익히 알고 있었다.

벌써 오래 전의 일이었다. 내가 대학에 다닐 때의 무렵이었으므로 햇수로는 제법 오래 전의 일이었다. 당시 우리 학술조사 팀은 해안에 서식하고 있는 희귀 식물을 조사하는 임무를 띠고 한 팀은 서해안의 옹진반도에서부터 또 한 팀은 동해안의 거진, 간성 지역에서부터 조사 활동을 편 적이 있었다. 그때 나는 지금 우리 생물학계의 태두이신 원병우 박사를 따라서 이 동해안 팀에 속해 학술 연구 활동을 편 것이었다. 그러나 내가 관심을 가지고 이 학술 조사에 참여했던 것은 나의 전공과는 다른 이런 지방에 만연하고 있는 미신, 방언, 전설 따위를 채집 조사하는 것이었다. 사실 나는 그런 일에 보다 열을 올리고 있었다.

남한의 동해안 극북인 거진에서 조금 더 올라가서 시작된 이 조사는 박사님의 엄밀한 계획 아래 주도된 것이었지만 전공과 적성이 맞지 않았던 나는 그들로부터 이탈하여 갯마을을 찾아다니며 그들의 생활 속에 절어 있는 방언과 무속, 풍습 따위를 조사하는데 다른 동료들이 열성을 쓰는 것만큼이나 혼신의 노력을 기울였다. 그러니까 조사가 시작되고 하루가 지났을 무렵 우리는 간성까지 오게 되었는데 나는 그날 대원들과는 좀 떨어져서 갯마을을 찾아다니다가 간성 못미처 이 곳까지 오게 되었던 것이었다.

내가 있는 갯벌 위로는 언덕바지가 있었고 그 언덕바지는 밭으로 이어져 있었고 그 위로는 나지막한 산이었다. 그 산의 낮은 곳으로 신작로가 나 있었다. 이 곳은 바위의 모양이라던가 산새

가 다른 곳보다 조금 다르기는 했다. 첫째가 바다로 내리꽂힌 산에 바위가 험상했고 해수욕장으로 여기기에 마땅한 것은 찾을래야 찾을 수가 없었다. 산은 바다 쪽으로 쑥 나와서 있었기 때문에 해가 가려진 곳은 음지식물이 많았다. 그러나 이 곳에는 마을이래야 눈을 씻고 찾아볼래야 찾아볼 수가 없었다.

신작로라곤 했지만 당시는 너무도 빈약하게 버스가 한 대 겨우 왔다갔다할 정도에 지나지 않았다. 이 곳에 인가는 없었다. 단지 낚시꾼이 자주 찾아오는 모양이었으므로 그들을 위해서 버스가 하루에 세 번 다니면서 그들을 버스가 이곳에 내려다 줄 뿐이었다.

그러나 단 한 집 신작로 바로 곁에 낚시꾼들을 위한 버스 정류소 겸 경월소주 몇 병을 갖다 놓고 노파가 파는 가게가 하나 있었다. 우연히 그 집에 들렀다가 나는 노파로부터 그 정어진에 관한 이야기를 들었던 것이었다.

지금은 밭으로 변하고 말았지만 그 밭으로 변한 곳을 자세히 살펴보면 나무가 탄 숯조각이나 불에 그을린 돌들이 많이 있음을 볼 수가 있었다. 노파는 이것을 가리키며 예전에 여기에 제법 번성한 마을이 있었다고 했다. 작은 마을이었지만 그러나 한 가족처럼 마을 자체가 순박과 인정으로 이어진 마을인 이 마을은 모든 일이 고대 사회처럼 마을 자체가 하나의 커다란 대가족이었다. 당시 이 곳은 정어리로 유명하였고 정어리가 많이 난다고 해서 이름도 그와 비슷한 정어진이라고 했다. 그러나 오늘날 정어진이라는 말은 이제는 지도상에서 찾을래야 찾을 수가 없는 이름이 되고 말았다.

정어리 산지로 유명한 정어진은 고대 사회에서 사냥을 나갈 때면 마을 장정들이 모두 한꺼번에 사냥을 나가듯이 출어때가 되면 출어할 수 있는 남정이라면 어김없이 전부가 출어에 동반하였다.

그러던 어느 날 만선의 꿈을 안고 마을의 장정을 싣고 정어진을 떠난 배는 출항은 보았지만 귀항은 볼 수가 없었다. 여기까지 말해 놓은 노파가 갑자기 고개를 떨구며 신파극 변사처럼 한없이 비감해 하는 것을 나는 보았다

돌아오리라 기대했던 마을을 지키고 있던 아낙들이 이제는 기다리다 지쳐 체념하게 될 즈음 먹고살기 위해 마을을 하나 둘 떠나게 되면서부터 마을은 점점 유령 촌락이 되어 갔던 것이었는데 그나마 전쟁 때 공비들의 소행으로 마을 자체가 그만 깡그리 없어지고 말았다는 것이었다. 나는 남자가 없는 여자들의 천지를 생각해 보며 비극을 역겨워 했다.

그로부터 정어리를 남한 땅에서는 볼 수가 없게 되었다는 것이었다.

그러나 나는 노파의 그런 말을 전적으로 믿을 수는 없었다. 노파는 귀가 상당히 어두웠고 이가 빠져 발음이 성치 않아 나는 제대로 알아들을 수가 없었기 때문이었다. 이상의 것도 전후를 끼어 맞추어 내 나름대로 헤아린 것이었다.

나는 다소 놀라기는 했다. 노인이 어떻게 이곳에 옛날 마을이 있다는 것을 알았을까 싶었기 때문이었다. 그러고 보면 노인이 저렇게 정어리에 대해서 애착을 갖는 것도 이상한 일이기도 했

다. 그 생각이 미치자 나는 노인과 정어리의 관계가 의외로 심상치 않다는 것을 느꼈다. 나는 흘깃 노인의 얼굴을 바라보았다. 노인은 우수의 빛을 더욱 띠우며 거의 멍청하게시리 나를 바라보고 있었다. 피할 수 없다는 표정이었다.

이윽고 노인이 또다시 물었다.

"젊은인 정어리가 남한 땅에서 잡힌다는 애기를 들은 적이 있소?"

노인의 말은 전혀 엉뚱한 것이었다.

"정어리는 우리 남한 땅에서는 이제는 잡히지 않는다고 들었는데 아니 갑자기 왜 그러시지요?"

"아니요. 그저 정어리를 오래간만에 토니까 내가 실언을 했는가 보오."

노인은 그러면서 갑자기 그물을 바라보며 놈을 또다시 이리저리 옮겨 보았다. 그럴 때마다 정어리는 푸드덕거렸다. 은백색의 등어리와 담청색 등이 햇빛에 눈이 부셨다. 한참만에 노인이 어망에서 손을 놓으며 다시 말했다.

"이 곳에 마을이 있었다는 것은 알고 있었소. 젊은인?"

노파의 말을 사실대로 옮겨 주는 것은 그렇게 어렵지 않았다.

"할아버지께서는 어떻게 이 곳에 오시는지요?"

그것은 내가 가장 묻고 싶은 것이었고 노인의 신분에 관한 최초의 질문이기도 하였다. 사실 이 바다이 나오게 되면서부터 노인을 주욱 만나왔지만 나는 한번도 노인이 무얼 하는 사람인지, 왜 이 곳에 나오게 되는지에 대해서 결로 물은 적이 없었다.

“그저 요넘에서 눈만 뜨면 오고 있지요.”

요넘에라면 바로 간성이었다. 그렇다면 노인은 간성에 산다는 말인가?

“그런데 할아버지께서는 여기에 나오는 특별한 일이라도 있는 가요?”

나는 노인의 말을 놓치지 않고 물었다. 순간 노인은 움칫 놀라며 지그시 눈을 감았다. 그러다가 다시 그 것만큼 지그시 눈을 떴다.

“네, 있지요.”

“……”

“바로 이 정어진에서 나는 뼈를 묻을 겁니다. 바로 이…….”

그러나 노인은 더 이상 감정이 격해 오는지 말을 잊지 못했다. 나는 노인의 마지막 말 속에서 묘한 뉘앙스를 느끼며 노인의 얼굴에 스쳐가는 불안을 재빨리 낚았다. 그렇게 말하는 노인의 말은 차라리 비참에 가까웠다.

한참만에 노인은 다시 말을 더듬었다.

“벌써 오래 전의 일이라우. 이 정어진에 마을이 생긴 것은. 이 성계 일파에게 쫓기게 된 고려 왕족 중의 하나가 이곳에 숨어살게 되고부터 마을이 형성되게 된 이 정어진은 이 앞바다에서 무진장으로 건져 올려지는 정어리를 유일한 생계 수단으로 삼았지요. 해방 전까지만 해도 정어리는 이 정어진을 알아주었지요. 이 정어진에서 많이 잡히기도 했구요…….”

노인의 말은 말길을 잃어버린 듯 같다가 다시 살아났다.

“그런데 그만 이 곳에 비극이 온 것입니다. 어떻게 된 셈인지

한 해에는 정어리 철이 되어도 정어리가 잡히지 않는 것이었다우. 사람들은 정어리가 잡히지 않으니까 괜히 동요를 했구요. 근 오백여 년을 지켜온 어장에서 정어리가 한 마리도 잡히지 않는 것이 말이나 될 법한 일이겠습니까?"

노인은 여기서 갑자기 내게 화를 내기라도 하는 것처럼 버럭 소리를 질렀다.

"하느님도 무심하시지. 그렇게 시작된 정어리 흉년은 이듬해에도 계속되었고 그 이듬해에도 마찬가지였다우. 정어리를 따라 형성된 마을은 차츰차츰 사람들이 빠져나가게 되었고 마을은 유령촌락이 되어 버렸던 것이었다우. 전쟁 때에도 이 곳은 공비들의 소행으로 흔적도 없이 타 버리고 말았습니다."

나는 노인이 어쩌면 정어진의 최후의 한 사람일지도 모른다는 생각을 하였다.

"그런데 어르신께서는 이 정어리와 특별한 관계라도 있으신가 보지요?"

"아니라우 나 같은 게 감히 정어진과 관계가 있다고 말할 수가 있겠습니까?"

금방 정어진에 묻히겠다고 하셨잖아요 하는 말이 툭 튀어나오려고 하였지만 나는 애써 참았다.

"저 같은 거야 정어진에 묻힐 자격조차 없는 몸이라오."

노인은 강조하듯 거듭 말했다.

"……."

"벌써 여러해 전에 저는 죽었어야 할 곰이었지요. 제가 젊은이

만 했을 때 내게도 꿈이 있었다오. 이 불편한 마당에 이 좁은 마당에 무엇이 두려워서 망설였겠소. 젊은이, 이 바다란 놈이 지긋지긋 했지요. 눈만 뜨면 들려 오는 파도 소리, 막막한 수평선, 바다에서 나고 바다에서 죽고…… 나는 지긋지긋한 거였소. 저 산을 넘어 훨훨 대처에 가서 살고 싶었던 거였소. 나는 이 바다에서 죽을 내 운명이 죽기보다 싫었소. 한 해에는 온 마을이 초상을 치른 적이 있었다오. 풍랑에 배가 뒤집혔던 거였지요. 울부짖는 마을 사람들과 앞으로 살아갈 막막하기만한 자신들의 신세를 한탄하고 있는 마을의 아낙들을 바라보았을 때 나는 순간 이 정어진을 떠날 것을 결심했던 것이었다오. 내가 마을을 떠날 때 온 마을 사람들은 나를 보고 저주를 했지요. 다시는 이 정어진에 발을 들여놓지 못할 것이라고. 하기는 저도 고집은 있어서 결코 출세를 하지 않고는 이 정어진을 다시는 찾지 않으리라는 것을. 그런데 출세하리라는 기대와는 달리 나는 정어진을 떠나 있는 수십 년 동안 죽을 고생만 했으니……"

그 때 입질을 하는 신호가 마구 들렸다. 노인과 나는 정신이 부쩍 나서 부리나케 낚싯줄을 잡아당겼다. 아까에 비해서 좀 수월하게 끌려온 놈은 등이 담황색이고 눈만 클 뿐 체구는 빈약했다. 좀 겁쟁이처럼 나처럼 멍청하게 생긴 놈이었다. 노인은 내가 하는 모습을 물끄러미 바라보더니

"젊은이 솜씨가 훌륭하오."

하고 말했다.

하늘은 구름 한 점 없고 바다와 하늘은 하나였다. 노인과 나는

한참 동안 말이 없었다.

"그래서 할아버지께서는 어떻게 그 역경을 극복할 수 있었나요?"

내가 노인을 향해서 이렇게 물을 수 있었던 것은 또다시 대화가 끊어졌기 때문만은 아니었다. 노인의 그 뒤가 궁금했다. 굳이 이 정어진에서 묻히겠다는 노인의 집념은 거의 숙명적인 것처럼 보였기 때문이었다. 노인은 내가 묻고도 한참만에 대답했다.

"내가 거의 시든 몸을 끌어안고 기침을 하고 있을 때 내 머리 속에 떠오른 것은 이 정어진이었다오. 그저 솔충이는 솔잎을 먹고 살아야 한다고, 그저 뱃놈 자식은 바닷가에 뼈를 묻는 것이 이치이지요. 나는 내가 이 고통을 견디어 다시 살 수만 있다면 나는 단연코 이 정어진으로 돌아갈 것을 결심했던 것이었다오. 신의 가호가 있었던지 나는 연속극처럼 다시 살아났고 거의 이십여 년만에 와 보는 정어진을 대하고는 속이 시려 오는 것을 느꼈다오. 그러나 그때 이 정어진은 이미 폐허가 된 채로 일부는 밭으로 일부는 화전으로 변해 있었던 것이었다오. 소문을 통해서 간간 듣기는 했지만 정말 이렇게 변해 있을 줄이야. 제가 떠난 이후로 어떻게 된 셈인지 정어리가 잡히는 것이 줄더니 차츰차츰 해가 갈수록 정어리가 잡히는 양이 줄더라는 것이 아니었겠수. 그 때마다 이 정어진에서 타처로 떠나가겠다고 발버둥친 사람은 내가 처음이었으니. 사람들은 이 정어진을 숙명처럼 여기고 아예 정어진 밖으로 나가겠다고 생각해 본 적도 없었고 또 정어진을 떠나서는 살 수가 없다고 여기기도 했지요.

하기는 이 정어진에서는 아닌게아니라 전해 오는 말이 있기는
했소만……."

노인은 문득 말길을 훔치며 비어든 잔을 거의 반사적으로 들이
켰다. 그리고 이내 다시 더 따르며 신경질적으로 들이켰다. 그리
고는 담배를 찾았다. 나는 반사적으로 노인에게 담배를 내밀며
불을 당겨 주었다. 노인은 거의 신경질적으로 담배를 깊이 빨아
당겼다. 순식간에 담배는 미세한 섬유 부분만 남고 타 버렸다. 노
인은 깊은 절망을 반추하는 것 같았다. 결코 되씹기 싫은 장면인
것 같았다.

나는 그런 노인의 얼굴을 마주 바라볼 수가 없어서 외면하며
문득 시선을 먼 수평선에다 두었다. 끝없이 푸른 동해 바다, 물
감을 풀어도 저렇게 푸르지는 못할 것 같았다.

"자고로 갯마을에는 그 갯마을 나름대로 터부시해 오는 것이
있기는 했지만 누가 그렇게까지 절대적으로 믿었기야 했겠습니
까. 누군가 이 정어진을 벗어나면 마을에 큰 재앙이 온다는 것이
었다오. 그런데 그 정어진을 벗어난 인물이 내가 처음이었으니
허허."

노인은 자기가 웃는 것이 아니라는 것 같게 웃었다.

"그래서 마을 사람들은 나에게 뭇조롱을 보내면서도 다시 돌
아오기를 기대했던 것이었는지도 모르지요. 그러나 그렇다손 치
더라도 그 이듬해부터 왠지 정어리가 잡혀 주지 않는 것이었다
오. 정어리는 종내 나타나 주질 않았고 종내는 마을 사람들이 떠
난 계기가 되고 말았으니……."

"어르신께서는 순전히 그것이 어르신 탓이라고 여기고 자학하고
계시는군요……."

"아침마다 그리고 종일 해가 지도록 벌써 수십 년을 이렇게
지켜보고 있어도 한번 떠난 놈들은 나타나 주지 않는구려, 젊은
이."

해는 이미 서산에 기울고 있었다. 노루 꼬리처럼 길게 들어온
햇살이 노인의 얼굴을 무겁게 비추고 있었다. 햇살을 업고 서 있
는 노인의 얼굴은 준엄했다. 나는 햇살의 힘이 너무 위대하다고
여겼다. 노인은 또다시 먼 수평선을 말없이 바라보고 있었다. 나
는 문득 시계를 바라보다가 막차를 탈 생각으로 부리나케 낚시
를 거두었다. 무언가 내일은 새로운 힘이 솟아날 것 같았다. 늘
업신여기고 타기했던 초등학교 교사라는 내 직업에 대해서도 새
롭게 생각해 볼 것만 같은 생각이 들었다 내일은 정말 100여 개
의 까만 눈동자들에게 새롭게 대하여야지. 내 자신의 비뚤어진
직업관 때문에 학대받았을 아이들에 대한 자성이 반발처럼 떠나
지 않았다. 노인이 바다, 그것이 자신의 영원한 안식처인 것을
깨달은 것처럼 교직, 그것은 어쩌면 이 삭막한 세대를 지키는 마
지막 보루인지도 모른다는 생각이 문득 떠오른 것이었다.

나는 노인과 작별을 고하며 신작로까지 걸어나왔다. 차창을 통
해서 노인을 바라보니 노인은 여전한 모습으로 정어리를 기다리
고 있었고 그것은 어느새 점이 되었다가 이내 내 시야에서 사라
졌다.

다리

　호수는 하늘이 잠길 만큼 맑고 넓었다. 호수에는 낮달 같은 작은 배들이 한두 척 한가롭게 떠 있었고 호수 건너편으로는 이마를 마주 댄 집들이 옹기종기 모여 삽화 같은 마을을 이루고 있었다. 마침 마을 어귀 고샅으로 트럭 한 대가 조심스럽게 들어서자 그 앞으로 펼쳐진 무논에서 한 떼의 참새들이 경적 소리에 놀랐음인지 까맣게 날아올랐다. 차창으로 비쳐진 시골 풍경은 사람이 드문 만큼 평화롭고 한적했다. 아스팔트 길 양옆으로 군락을 이루고 있는 코스모스는 바람에 하늘거리며 맑고 짙고 하얀 꽃을 수놓고 있었고 과장되어 보이던 산은 손에 잡힐 듯이 가깝게 다가와 있었다.

　머리 속에는 지금 내가 최씨 아저씨의 운구 행렬을 따라가고

있다는 절박한 현실감이 선명하게 부각되어 왔다. 이 나이에 사람이 묻어지는 모습을 보아야 하다니, 망자는 아버지의 먼 친척 되는 사람이었고 아버지는 이 쓸쓸하기 만한 장례에 처음부터 끝까지 실질적인 상주가 되어 아저씨의 장례를 치르고 있었다.

영구차는 보기만 해도 슬프고 괴롭고 허전했다. 더더구나 그 안에 찬 사람들의 형상이란 얼마나 무표정하고 시각에 괴로움을 주고 있는가. 며칠 새에 폭싹 늙어 버린 듯한 얼굴들과 눈물이 마르지 않아 눈거죽에 짙게 남아 있는 암영의 그림자들. 도수 높은 안경처럼 몇 개씩 접혀져 있는 주름살, 도대체가 마음에 드는 구석이라고는 없었다. 빛깔은 또 어떤가. 밝지도 않고 어둡지도 않은, 꼭 이런 일에나 어울릴 수밖에 없는 색깔, 먼 옛날 우리 조상들의 현명한 지혜로 지어낸 베로 만든, 이럴 때 입는 옷의 색깔이 주는 느낌이란 것이 도대체가 기분이 좋지 않았다. 그것은 끝을 의미했고 어둠을 의미했다. 절망과 좌절의 깊은 나락 속으로 한없이 빠져 들어가 영영 헤어날 길 없는 구멍 속으로 들어가는 것 같았다. 저런 빛깔도 있다니? 처음 죽음의 빛이라고도 할 수 있는 저런 빛깔을 보았던 것은 초등학교 4학년 때였다. 친하게 지내던 친구가 어느 날 갑자기 보이지 않게 되었을 때 선생님은 우리들에게 친구가 인사도 못할 정도로 급히 먼 곳으로 이사를 가 버렸다고 말했다. 그래서 그런 줄로만 알고 있었던 우리들에게 그러나 오래지 않아 그것이 정말로 친구가 더 이상 볼 수 없는 먼 곳으로 이사를 가 버렸다는 겄을 알았을 때 나는 인간의 말이 주는 그 모호함과 아뜩함으로 인해 이 세상 모든 순

수와 진실들을 부정하고 싶었다. 그때까지만 해도 하나 뿐인 딸의 재롱을 충분히 들어줄 수 있을 정도로 도시의 부유한 가정에서 고결하고 청순하게 자라 왔던 내게 죽음의 경험은 매우 몰상사나운 느낌으로 다가왔고 전혀 낯선 항구에 닻을 내린 외롭디외로운 선원처럼 감정을 다스리기가 무척이나 서툴고 어려웠다. 세상에 죽음이라는 것도 있다니…… 죽음이란 것은 얼마나 슬픈 것인가? 친구를 보내는 친구 엄마의 애절한 곡성과 친구 아버지의 울부짖는 몸부림, 허전해 오던 마음과 주체할 수 없을 정도로 시려 오던 가슴, 그리고 친구가 가 버리고 난 다음의 그 시려 오는 가슴으로 인하여 몇 날 밤을 잠 못 이루고 괴로와했던 나날들, 나는 친구의 죽음 앞에서 방정맞게도 물음표를 연발하였고 친구를 보내고 난 다음 나는 갑자기 죽음이란 무엇인가? 죽으면 어디로 가는 것일까? 사람은 죽음을 알면서 왜 태어나는 것일까? 이 같은 생각이 가슴에서 떠나지 않았다.

"엄마, 사람 목숨이 건전지 같은 것이라면 좋았겠지. 아예 몇 개쯤 미리 사다 놓는 거야. 그래서 닳아서 없어지면 새 것으로 갈아치우고 닳아서 없어지면 또 새 것으로 갈아치우고 아예 건전지같이 값도 싼 거라면 다른 사람들에게도 네댓 개쯤 기분 좋게 선사하는 거야."

엄마는 피식 웃었다. 이 세상의 모든 슬픔이 죽음 때문에 오는 것이라면 나는 정말이지 생명을 건전지로 만들어 버려서 딸의 죽음을 슬퍼하는 친구 엄마의 슬픔을 덜어 보겠다고 생각했다.

그러나 그런 생각 자체가 얼마나 허망하고 맹랑한 것이란 말

인가? 죽음은 이 세상의 전부인 우주적인 언어였다. 적어도 죽음의 문제만 해결되어진다면 사람들은 최소한 생로병사의 인생의 사대 고해 중에서 4분의 1은 해결이 되어 지금보다 훨씬 세상을 쉽게 살아갈 수도 있을 것이다. 이렇게 며칠 새에 사람을 좌절스럽게 만들어 버리는 고통도, 슬픔이 주는 감정의 허기도 받지 않아도 될 것이었다. 부음의 소식에 접해도, 무겁게 가라앉아지는 집안의 분위기로 고통을 받지 않아도 될 것이었다.

그러나 지금 나는 죽음의 대열에 끼여서 무겁게 가라앉아 있는 행렬을 따라가고 있다는 엄연하고도 명백한 사실 앞에 있었다. 아버지는 아무 말 없이 앉아 있었지단 슬픔을 삭이려 애쓰는 모습이었고 건너편 앉아 계시는 목사님도 잠 못 잔 사람처럼 퉁퉁하게 부어 한껏 죽음의 분위기를 자아내고 있었다. 그런 그들은 어찌나 사실적이었던지 그들의 얼굴을 보노라면 정말로 죽은 사람의 분위기가 그대로 나타나는 것 같았다. 슬픔이란 것은 슬픔 그 자체보다 슬픔을 둘러싸고 있는 그 분위기가 슬픔을 자아내게 하는 것인지도 몰랐다.

아무튼 오늘의 이 내키지 않는 걸음은 아버지의 먼 친척뻘 된다는 최씨 아저씨의 죽음에 굳이 내가 끼여들 필요는 없었던 것이었지만 아버지는 그가 가는 곳마다 나를 데리고 다님으로써 딸을 사랑한다는 것을 대신하려는 것 같았다. 아니 그것보다도 아버지는 하나밖에 없는 딸인 내가 미리 어려서부터 많은 경험을 쌓아 마음의 면역성을 길러 슬픔도 기쁨도 삶의 한 기술이라는 것을 일찌감치 가르쳐 주려고 했었던 것이었는지도 몰랐다.

어쨌든 최씨 아저씨의 그 멀고도 고적한 곳으로의 행진에 동반된 사람들이 있다는 것은 최씨 아저씨도 이 사실을 알고 갔다면 슬프지는 않아 했을 것이었다.

어느 아버지가 안그렇겠냐마는 사랑하는 딸에게 일러주는 여자의 도리, 이를테면 마음가짐, 몸가짐, 예절은 아마 아버지의 사랑의 표현이 아닌 것 없겠지만 죽음에 대한 여자의 예절까지 일러주는 데에는 나는 경악스럽기까지 했다.

"초상집에 문상갈 때에는 검은 옷차림을 하고 절을 할 때에는 두 번을 하는 것이 도리이지만 여자인 경우는 기도나 묵념을 해도 무방하단다. 여자 상제는 곡을 할 때를 제외하고는 영전에 얼씬거리는 것은 바람직한 경우가 못되지."

때때로 아버지의 이야기를 들을 때마다 나는 그 많은 예절, 한국의 여인들에게 내려져 있는 그 보이지 않는 예절이란 이름의 속박으로부터 벗어날 자신이 없었다. 그 많은 속박을 우리 여인네들이 한평생 안고 세월을 살아가야 하는 것이라면 나는 숫제 영원히 아이로만 머물러 있고 싶었다.

"엄마 무서워."

나는 가라앉아 있는 분위기가 너무나 공포스러워서 엄마의 어깨에 얼굴을 기댔다. 엄마는 지친 얼굴로 나를 가엾게 내려다보았다. 엄마의 얼굴도 이미 정상은 아니었다. 슬픔은 모든 것을 변하게 하는 것이라고 나는 생각했다. 아침에 빨갛게 익은 감나무에 까치가 와서 울어도 발갛게 익은 소녀의 자랑스런 젖몽아리도 모두 죽음 앞에선 의미가 없는 것이었다.

"그래 엄마도 무섭구나. 그렇지만 나는 네가 있으니까 덜 무섭구나."

"왜?"

"저 아저씬 자식도 아내도 없었던 사람이었거든."

"왜 없어?"

"결혼을 안 했으니까 없지."

"왜 결혼을 안 했을까?"

"낸들 알겠니. 그렇지만 더 이상 말을 말도록 하자. 이런 데에 선 말을 하는 것이 아니란다. 남들 다 슬픔 속에 잠겨 있는데 우리만 떠드는 게 분위기에 어울리지 않는구나."

엄마는 이내 슬픔 속으로 되돌아가는지 입을 다물었다. 그래서 나는 침묵은 슬픔을 뜻하는 것일지도 모른다고 여겼다.

차창으로 비쳐진 하늘은 바람의 빛깔까지도 비쳐질 정도로 맑았다. 깎아지른 절벽 밑 호수 위로 건너편 산이 거꾸로 잠겨 있었고 이따금 햇살에 번쩍이는 차들이 눈부시게 푸르른 국도를 달려왔다가 갔다.

아저씨는 왜 결혼을 안 했던 것이었을까? 아니 그에게는 북에 두고 온 사랑하는 아내와 자식이 있었다고 했지. 처음엔 곧 열리겠지. 다 같은 한 민족, 한 백성인데 오도 가도 못하는 것은 일시적인 현상일 뿐일 거야. 그는 스스로를 달래며 조금 더 남북이 열리기를 기다려 보았겠지. 점점 더 굳혀만 가는 것을 빤히 보면서도 그는 왠지 믿고 싶지 않았겠지. 그것은 다만 이제 곧 협상을 위한 서로의 입장을 강화하기 위한 일시적인 방편일 뿐이라

고 그는 생각했겠지. 그 많은 날을 살아오면서 그는 색깔이 붉든 파랗든 그냥 그 자리에 눌러 앉을 걸 하는 후회도 꽤 했었겠지. 그래도 그는 남북이 열리리라는 것을 신앙처럼 가졌겠지. 그렇게 그렇게 미루고 기다렸던 세월은 더 이상 그를 기다려 주지 않았던 것이었다.

"엄마, 사람은 죽으면 어떻게 될까?"

나는 행동거지 하나 하나를 늘 묻고 그대로 좇아야만 하는 소심한 아이처럼 엄마의 슬픔으로 축 늘어진 눈동자를 바라보며 말했다.

"글쎄다. 흙이 될 꺼야. 그래서 고대 희랍 사람들은 만물의 근원을 흙이라고도 생각했지. 죽으면 흙이 되지 않겠니?"

"무서워 엄마, 내가 죽어서 흙이 된다는 사실이 무서워."

미술 시간에 얼굴을 만들고 짐승을 만들기도 하는 흙이 사람이 죽어서 된 것이라니……

중년의 사내는 무슨 사연이 있길래 혼자 그 긴 날을 살아왔던 것이었을까? 그 긴긴 날을 고독 속에서 지치지도 않고 어떻게 헤쳐 나올 수 있었던 것이었을까? 그러나 그는 이제는 그런 고통 속에 시달리지 않아도 되었다.

갑자기 누군가가 뒤에서 울음을 가까스럽게 참는 것 같게 흐느끼는 바람에 가뜩이나 침통하던 분위기가 더욱 침울해졌다.

나는 침울한 분위기를 애써 외면하며 시선을 차창 밖으로 던졌다. 가을에 젖어 있는 풍경은 나비 날개처럼 눈부시게 고왔다. 산비탈 경사진 밭에 밀짚 벙거지를 눌러 쓴 허수아비가 외로왔다.

다리

49

죽음이 침묵인지도 모른다고 생각한 것은 여학교 입학을 며칠 앞둔 무렵이었다. 새로운 생활과 새로운 친구들을 만난다는 기쁨에 조금은 들떠 출랑대고 있을 때였다. 친구가 그렇게 된 이후 나는 한번도 내가 살고 있다는 생각을 가져 본 적이 없었다. 누구나 한번씩 죽는 것이 인간이라고 한다면 인간은 누구에게나 어차피 죽음을 향해서 달려가는 존재가 아닌가. 아마 삶을 실감한다는 것은 죽음이 무엇인지 앎으로서 가능할 것이었다. 나는 죽음을 찾아 죽음의 순서를 따라 순례하기로 작정했다.

영안실에 가 보았다. 그러나 죽음이 무엇인지 알 수 없었다. 아버지 몰래 화장막에도 가 보았다. 그래도 죽음이 무엇인지 알 수 없었다. 죽음은 공원 묘지에서야 실감이 되어 왔다. 졸졸 숨어서 흐르는 냇물, 발갛게 살갗을 찔러 오던 투명한 햇살. 그러다가 문득 내 앞에 크게 막아서고 있는 넓은 산등성이, 그리고 더 이상 들어설 자리조차 없이 빽빽하게 들어서 있는 관보다 조금 더 큰 것처럼 보이던 질서정연하고 잘 가꾸어진 수천 개의 무덤들. 그때 한 순간 느껴지던 참으로 무겁고 어두운 정적. 그 묘지들은 인간이 결국 돌아갈 곳은 자기 몸뚱이가 누울 수 있는 몇 제곱미터의 땅과 무게라는 사실 이상을 내게 가르쳐 주고 있었다.

그런 침묵은 아빠 공장에 일하러 온 아래채 정씨 아저씨의 아기가 경기로 죽었을 때도 확인할 수가 있었다. 뜨락은 금새 죽음의 집이 되어 버리고 말았다. 참으로 무겁고 어두운 정적이 집안 온 뜨락을 가득 맴돌았다. 멋도 모르고 출랑거린 나는 공연히 죄

스러워 견딜 수가 없었다. 그때 누가 죽음의 소리를 들었냐고 묻는다면 들었다고 나는 자신 있게 말할 수 있으리라.

어떻게 사는지 아침과 저녁으로 아저씨와 아줌마 얼굴이 잠깐씩 보였을 뿐이었다. 바람이 달가락거리며 창문을 조심스럽게 밀다 가기도 했고 쥐가 먹을 것을 찾는지 숟가락 떨어지는 소리가 간혹 들리기도 했다. 그 뿐 아래채 아저씨 집은 숨쉬는 소리마저 정지해 버린 것만 같았다.

"아빠, 왜 소리가 안 나지?"

나는 숨막힐 것 같게 고요 속에 들어 있는 아래채를 보자 더럭 겁이나 물었다.

"사람이 죽어 잠들어 있기 때문이야."

아버지는 너무도 쉽고도 간단하게 대답했다. 너무 간단하고 단호해서 모든 일의 원인을 마치 사람이 죽었기 때문이라는 말로 대신하려는 것처럼 보였다.

"사람이 죽으면 조용해지는 거야?"

"그래 너 같으면 죽음 앞에서 소리가 나겠니?"

아버지는 별걸 다 묻는다는 듯이 나를 한번 힐끗 쳐다보았다. 그 목소리는 너무 단호해서 나는 목구멍으로 넘어오는 또 다른 의문들을 차마 다시 물을 수 없었다. 또다시 단호함을 들음으로써 이해되지도 않고 넘어가야 할 의문들에 대한 의문이 또다시 생길 것이기 때문이었다. 하지만 아버지의 말을 부정하고 나설 만한 자신이 없었기 때문이기도 했다. 아버지는 그 때 알고 있었을까. 그 때 딸이 얼마나 심각하게 죽음에 대해 생각하고 있

었는지.

"엄마, 아저씨 왜 돌아가셨대?"

"글쎄다. 자살인지도 몰라."

"뭐 자살? 왜?"

"낸들 알겠니. 갑자기 사람이 죽었으니까 하는 소리지."

아, 나는 결코 자살한 사람에 대해서는 용서할 수 없다는 생각을 가지고 있었다. 먼저 간 사람은 그렇다 치고라도 남은 가족들이 감내 해내야 할 그 한스러움과 비탄과 절망……

들보다 산이 더 많아지면서 시낡은 차는 한번 움찔했다가 나아갔다. 산에는 올망졸망 노랗고 하얀 꽃들이 조락하고 있었다. 꽃을 보자 산에 나는 백가지 꽃으로 백화주를 만든다는 이야기가 떠올랐다.

아저씨의 사망 전보가 오던 날, 아버지는 서재에서 표고장을 돌봐 주는 사람에게서 얻었다는 목이 길고 밑이 넓은 백화주병을 무슨 도자기 감정가처럼 쓰다듬고 있었다. 아버지는 아저씨가 오래 살지 못할 것을 벌써부터 알고 있었다는 듯 별로 놀라는 기색은 없었지만 속이 쓴지 내게 백화주병을 치우라고 했다.

슬퍼할 대상인지도 알지 못하고 나는 내 의지에 상관없이 전보용지의 사망이라는 낱말을 보는 순간 나도 모르게 눈앞을 푹신 적셔 오는 뜨거운 눈물을 의식했다. 죽음이란 그 이름만으로도 얼마나 슬픔을 자아내게 하고 있는가?

둑 때문에 끊어졌던 호수가 다시 보였다.

"머언 친척 중에 스님이 한 분 계셨어. 나보다는 세 살이 아래

였지. 아마 네 나잇적에 너만큼이나 호기심이 많았더랬지. 그저 나를 누나, 누나하고 따라다니면서 묻는 것도 많았지. 너만큼이나 죽음에 대해서도 많이 묻더구나.”

엄마는 묻지도 않았는데 말했다.

“그게 엄마는 호기심으로밖에 여겨지지 않았어?”

“호기심이 아니믄 뭐겠니?”

“그래 뭐랬어?”

“뭐라 하긴 인간에겐 죽음도 어차피 삶의 한 부분인 거야. 삶의 연장이기도 하고. 그래서 사람은 죽음을 떠나서는 살 수 없고 또 죽음이 있기에 아름다울 수도 있다고 했지.”

“……?”

죽음이 있기에 아름다울 수도 있는 것이라면 나는 그 아름다움을 위해서 얼마든지 죽어 줄 수도 있겠다고 생각했다. 이 고절하고 애통한 모습을 보고 있으면서도, 친구 엄마의 울부짖는 모습을 보았으면서도 엄마는 그렇게 말할 수가 있는 것일까.

“생각해 보렴. 사람이 죽지 않고 살기만 한다면 세상은 얼마나 추악해지겠니?”

엄마는 참 미래적이다. 추악한 지구를 다 생각하고. 설사 그렇다 할지라도 나는 미래의 아름다움보다는 당장 눈앞의 고통을 없이 하면 좋겠다고 생각했다.

엄마는 그녀의 어린 딸인 나의 성장에 대견해 하면서도 속으로 한 가닥 불안의 빛을 감추지 못하는 것 같았다. 그 많은 관심 중에 하필이면 죽음이람. 엄마는 또 내가 엄마의 먼 친척 동생과

같은 전철을 밟는 것은 아닌지 우려하는 것도 같았다.

"어느 날 그 동생은 죽음이 무엇인지 알기까지는 절대로 집에 돌아오지 않겠다고 말하면서 집을 떠나갔단다. 영혼을 달콤하게 해주는 책들도, 내가 권했던 교회도 더 이상은 그에게 아무런 도움도 되지 않았던 모양이었어."

"그 후에 그 동생 집에 왔었어?"

"아니 소문에 칠장사(七長寺)에 있더라는 말을 들었다."

"흠."

나는 그런 것도 아닌데 나도 모르게 심각한 한숨을 내뱉고 말았다.

코밑에 있던 계곡에서 가을이 묻어 흐르고 있었다. 이제는 제법 깊어진 골짜기를 오르는지 코밑에 있던 계곡이 갑자기 깊어지고 아득해졌다. 콸콸 쏟아지는 물소리가 눈으로도 보일 것 같게 경쾌했다. 자작나무 숲이 끝나는 무렵엔 아카시아나 가시나무 따위의 숲덤불이 제멋대로 무리져 이어졌고 그 사이사이 몇 개의 무덤이 엎드려 있었다. 나무 숲 사이로 언듯언듯 건너편 산등성이에 정연하게 다듬은 빈 산비탈이 보였다가 사라졌다.

차는 '재경 함북 도민회 공원 묘지' 라고 각인된 목판을 천하 대장군과 지하 여장군이 한쪽씩을 나란히 받들고 있는 입구 앞에 와 멎었다. 경적 소리를 듣고 묘지기 아저씨가 나와 문을 열어 주었다. 그 안으로 들어갈 때는 명부(冥府)를 지키는 사자 앞을 지나는 것만 같아서 나는 가슴이 조심스러웠다.

"그의 영혼을 아버지 하느님 손에 맡기나이다. 망자를 불쌍히

여겨 낙원으로 거두어 주옵소서.”

누군가 큰 소리로 외쳐 기도를 하는 바람에 차 안에 있던 사람들은 내릴 생각을 잊고 잠깐 손을 잡고 나직이 ‘아멘’ 하고 외쳤다. 다리가 나타났다. 그 밑은 물이 흐르고 있는 계곡이었다.

“엄마, 이상해 기분이.”

엄마도 기분이 이상한지 잠깐 고개를 숙여 기도를 하였다. 다리를 건넜을 때는 사람들 모두 목사님을 따라 찬송가를 불렀다.

날빛 보다 더 밝은 천국
믿는 맘 가지고 가겠네
믿는 자 위하여 있을 곳
우리 주 예비해 두셨네
며칠 후 며칠 후 요단강 건너가 만나리.
며칠 후 며칠 후 요단강 건너가 만나리.

밀생한 잡목 활엽들의 침묵을 깨우며 빽빽이 들어선 묘지가 저만큼에서 보였다.

‘내가 진실로 네게 이르노니 오늘 네가 나와 함께 낙원에 있으리라’

누구의 묘인지 십자가 위로 새긴 성구가 눈시울을 아리게 했다. 묘지까지 오르는 길은 쪽 곧았고 묘지는 만원이어서 도심 한복판에서 차들이 신호등을 기다리고 선 모습 같았다. 공동묘지에 누워 있는 죽음들이 그만큼 황량하고 쓸쓸한 것이었다면 공원묘지에 묻혀 있는 죽음들은 그만큼 천수를 다한 죽음일 거라는

생각이 들었다. 잘 단장된 주변의 경관과 언제나 손질이 잘 되어 있는 무덤과 살갗을 찔러 오는 투명하고 맑은 공기는 오는 사람이나 가는 사람이나 슬픔의 농도를 그만큼 덜어 줄 것 같았다.

시멘트 블록을 깔아 놓은 길은 무덤이 시작되는 중턱까지 곧게 주욱 계속되었고 햇빛에 눌려 하얗게 반들거리는 모습은 너무도 신비스러워서 마치 그 옛날 화장막의 하얀 굴뚝을 연상하게 하였다.

사람들은 묘지기의 안내로 최씨가 묻혀지기로 되어 있는 곳까지 걸었다. 어느 틈에 최씨 아저씨의 관이 노오란 국화에 둘러싸여 있는 채로 운구되어 있었다. 곁에 서 있기만 해도 노랗게 물들 정도로 온통 국화로 뒤덮인 최씨 아저씨의 관 주위를 목사님과 교우들이 침통한 모습으로 둘러쌌다. 울음을 삼킨 얼굴들은 험상궂게 일그러져 망자에 대한 슬픔으로 완전 일치하고 있었다.

이윽고 하관 예배가 시작되었다. 목사님이 경매사처럼 손을 들어 '다같이 기도합시다' 하는 소리와 함께 조금은 흐느끼고 부산거리던 소리들이 쥐 죽은 듯이 가라앉고 들러선 많은 교우들이 찬송하는 가운데 목사님의 망자를 인도하는 기도는 시작되었다. 기도 가운데는 간간 섧게 흐느껴 이 청순한 날씨에도 소름이 뚝뚝 듣게 하였지만 망자를 다시 볼 수 없다는 느낌은 진한 고독을 느끼게 했다.

목사님은 손수 관 주위를 돌며 기도를 해 망자에 대한 섭섭함을 조금이라도 줄이려고 노력하였지만 망자를 보내는 마음은 안타깝게도 미련을 버릴 수가 없는지 끊어질 듯 길게 이어졌다. 기다리고 섰던 산역꾼들도 그 순간만큼은 어쩔 수가 없는지 교인

이 아니더라도 눈치를 보며 피하기도 하고 고개를 숙이기도 해 마지막 보내는 망자의 기도에 한결같이 공감하고 있었다.

"어차피 가고 말 인생 혼자 살긴."

"3·8따라지들이란 원래 그런 독한 데가 있는 법이거든."

갑자기 기도 중에 내 뒤에 있는 산역꾼들이 망자를 두고 아무렇지도 않게 말해 버리는 바람에 나는 울 것 같은 심정이 되어 버렸지만 그들에겐 이런 일이 한두 번이 아니라고 생각 들자 그 이죽거림조차 아저씨에 대한 동정심일거니 여겨졌다.

"지랄 놈의 팔자."

내 옆에 바짝 붙어 있던 한 아저씨는 마치 자기의 운명을 보기나 하는 것처럼 연민의 정에 차서 허겁스럽게 중얼거렸다. 그들의 이야기는 갈수록 태산이었고 나는 그것이 최씨 아저씨의 죽음을 저주하는 것만 같아서 최씨 아저씨의 죽음이 그런 것이 아니라고 외쳐 주고 싶었다.

이윽고 노랗고 둥근 옥국들로 온통 뒤덮인 관은 묘혈 속에 서서히 갇혀지고 대기해 있던 사람들이 마치 노다지를 캐듯이 달려들어 삽질을 해대었다. 망자의 무게만큼 어느새 벙싯 무덤이 솟아오르고 있었고 그 모습을 보던 나는 소스라칠 듯이 놀라 엄마의 가슴속으로 파고들었다.

"엄마, 차마 눈뜨고 볼 수가 없어."

"크는 거야. 너도 이젠 고통을 참는 법을 배워야 해."

엄마는 너무도 당연하다는 듯 말했지만 그러나 엄마는 지금 내가 겪고 있는 이 무자비하고 경악스런 경험을 이해할 수가 있

을까. 갑자기 가슴에 맞닿은 딸의 젖몽아리가 엄청나게 커져 있
다는 느낌 말고 이 딸의 가슴속에서 덥청나게 자라고 있는 이
경악을 느낄 수가 있는 것일까?

"어떻게 혼자 아저씨는 그 많은 세월을 견디어 올 수 있었을
까?"

"죽지 못해 살아왔을 꺼야."

"아무렴 죽지 못해 사는 사람도 있을려구."

"그러나 얘야. 죽지 못해 사는 사람도 있단다. 할 수 없어서
사는 사람도 있구. 의무감 때문에 사는 사람도 있는 거야."

"엄마는 어디에 속해?"

"엄마는, 엄마는 글쎄 잘 모르겠구나. 그런 걸 한번도 생각해 보
지 않았으니……."

순간 순간 '다같이 찬송합시다' 하는 묵사님의 외침에 따라 다
같이 찬송했고 '다같이 기도합시다' 하는 외침에 다같이 기도했
다. 둘러선 교인들은 한결같이 날씨답지 않게 움츠러들어 음흉하
기까지 했다. 나는 마왕(魔王)이 뒤에서 쫓아오는 것 같아서 괜
히 등어리가 섬득섬득해 자주 힐끔힐끔 뒤를 돌아보았다. 삽에
흙을 떠 옮기던 산역꾼들이 손을 탁탁 털고 일어났을 땐 둘레가
초여름의 신록처럼 선명하게 부각되어 있었다. 망자에 대한 슬픔
이 북받쳐 보는 이들로 하여금 모르게 눈물을 핑 돌게 하였다.
엄마 말대로라면 최씨 아저씨는 얼마 가지 않아 흙으로 변할 것
이었다.

갑자기 최씨 아저씨가 벙싯 솟아오른 무덤 속에 갇혀져 버렸

다는 절박한 현실감이 막막하게 먹어 왔다.

　최씨 아저씨가 우리집 아래채에 들어와 살게 된 것은 아버지가 사업을 줄이지 않으면 안될 정도로 불황이 심각하여 도시의 공장을 팔고 삼남으로 이주해 온 지 근 두 해가 지나가 있을 무렵이었다. 어느 곳에서나 눈을 들면 아지랑이에 보이는 세상 모두가 최면된 것처럼 몽롱하고 살갗을 찔러 오는 햇살에 눈시울이 아리던 경이, 그 도시에서는 느낄 수 없는 경이가 두 번이나 바뀐 지금껏 아버지는 마을 사람과 인사도 못할 정도로 바쁘게 뛰었지만 사업은 아버지의 뜻대로 잘 안되는 모양이었다. 어느 날 아버지는 공장에서 일 할 사람을 구한다며 나갔다가 그 날 밤늦게 들어오셨다. 나는 아버지의 너무 늦은 귀가로 아버지를 기다리다 지쳐 그만 깜박 잠이 들었던 것이었는데 이튿날 아침 깨어 보니 아래채에는 낯선 손님인 최씨 아저씨가 들어와 있었던 것이었다.

　들어온 첫날부터 최씨 아저씨는 무언지 알 수 없는 서늘함을 몰고 다녔다. 그것은 서늘하다 못해 시리기까지 했는데 그 무언가 헤어 나갈 길이 없는 아뜩함…… 비밀을 많이 가지고 있는 사람처럼 보였던 것이었다. 그런 아저씨에게서 나는 처음 야릇한 적의 같은 것마저 느꼈다. 그도 그럴 것이 그는 아버지에게 뿐만이 아니라 내게조차 옛주인을 생각하는 늙은 하인처럼 지나치게 공손했고 선생님은 앞에서 공손한 사람은 뒤돌아서면 그 사람을 헐뜯는다고 말해 주셨기 때문이었다.

　바쁘기도 했지만 최씨 아저씨와는 거의 만나는 일이 없었다.

언젠가 한번 나는 연을 날리러 가는 그를 따라 고구려의 옛성터에 올라간 적이 있었다. 그것은 내 뜻이 아니었고 공휴일 같이 나들이 가기로 약속했던 엄마와 아버지가 피치 못할 사정 - 아버지 거래처 사장님의 자제 결혼식 - 으로 약속을 못 지켜 미안하다며 내놓은 대안이었다. 사라져 버린 기대에 조금은 섭섭했지만 당신들의 충실한 딸은 기꺼이 따랐던 것이었을 뿐이었다.

바람이 사정없이 불 때마다 연은 곤두박질 칠듯칠듯 하면서도 잘도 솟아올랐다. 풀풀 날리는 아저씨의 희끗희끗한 은발이 얼굴을 이끼처럼 뒤덮어도 아저씨의 연을 바라보는 두 눈은 아가에 대한 엄마의 믿음직한 두 눈동자였다. 남빛을 먹인 방패연은 짧게 달린 2개의 꼬리를 심하게 채찍질하며 더욱 높이 솟아오르고 있었다. 황사 현상으로 온 산두렁과 벌이 붉게 황토 뻘을 풀어놓은 것처럼 뿌옇게 시야를 가렸어도 아저씨는 이따금씩 두 팔을 벌려 우짖을 뿐 허연 입성을 너울거리며 신명나 했다. 연은 북쪽으로 꼬리를 늘인 채 때마침 불어오는 바람으로 곤두박질쳤다가 더욱 높게 솟구쳐 올랐다. 아저씨의 검은 손마디에 힘줄이 툭툭 굵어지면서 푸들푸들 경련이 일기 시작했다. 아저씨는 연을 또다시 썸벅썸벅하게 두어 번씩 잡아당겨 연을 억지로 끌어올렸다. 연은 멀리, 아주 멀리 바람을 타고 실타래를 풀은 만큼 멀어져 갔다. 연은 어느새 강을 가로질러 문둥이 마을 앞까지 올라가 있었다. 시뻘건 황토가 우뚝 선 기도원과 함께 인상적이던 마을은 뜨악할 정도로 한가했고 연은 하도 멀어 이제 딱지 속의 그림에 불과할 뿐이었다. 그래서 그 넓은 창공에서 연을 좇다가 잠깐 한

눈 파는 사이 나는 그만 연을 놓쳐 버리고 말았다. 그래서 나는 최씨 아저씨에게 연의 행방을 확인하지 않을 수 없었는데 그것은 내내 침묵만을 지키던 내가 최씨 아저씨에게 건넨 최초의 말이 되고 말았다.

"아저씨, 지금 연이 어디쯤 날고 있지?"

오로지 연 날리는 일에만 몰두해 나 같은 것은 안중에 없는 것으로 알았던 아저씨가 갑자기 소리가 나게 고개를 돌렸다. 그는 오랫동안 사람 보기에 주린 사람처럼 한동안 그윽한 시선으로 나를 바라보더니 문득 생각난 듯 말했다.

"너 만한 깜찍한 딸이 있었어."

그것은 오래 전부터 나를 알고 있는 사람이 말하는 것처럼 부드럽고 다정해서 그 한마디로 그는 그의 모든 것을 한꺼번에 내게 전해 주는 것 같았다. 나는 잔잔한 그의 음성으로 인해 감전된 듯 그 자리에서 꼼짝할 수가 없었다. 그 이상 그 어떤 말도 그에게 더할 수가 없었다.

한나절을 느리고 꼼꼼한 모습으로 연을 날리던 아저씨가 연을 시집보냈던 것은 바람이 좀 자는가 싶더니 거대한 구름 자락이 그늘을 만들면서 무섭게 어둠으로 변해 갈 무렵이었다. 두 번 다시 연을 날리러 따라오지 않으리라 작정할 정도로 나는 심심하고 무료했건만 아저씨는 오로지 연 날리는 데만 몰두해서 나는 혹시 그가 집에 갈 시간을 잊은 것은 아닌가 걱정스럽기까지 했다. 그는 호주머니에서 미리 준비해 온 종이를 꺼내 한쪽을 찢고 가운데에 구멍을 뚫어 풀물을 먹인 연줄에다 꿰었다. 그 때 내가

심심하고 무료하지 않아서 연 날리는 일에만 정신이 팔려 아저씨의 행동을 유심히 보지 않았다면 나는 그 시집보낼 종이에 적힌 구구절절 애타는 사연을 간과했을지도 몰랐을 것이다.

'오늘 또다시 당신이 보고 싶어 이 고구려 옛성터에 나왔구료. 기다림에 목이 메어 머리마저 희끗희끗 잔설이 내렸건만 보고 싶은 당신은 북녘땅 어드메 하늘 아래 있는지 보고 싶다우. 보고 싶어서 많이 울기도 했다우. 꼭 살아만 있어 주오. 다시 만나는 그 날까지 꼭 살아만 있어 주오. 최 덕만'

전쟁은 가도 벌써 한참은 멀게 가버렸음직도 하련만 아저씨의 머릿속에서는 전쟁은 가 버린 세월만큼 다가왔음인가? 나는 전쟁이 주는 비극을 아저씨로 하여금 생생하게 느끼고는 이 땅에 다시는 전쟁이 없어야 할 것을 느꼈다.

시집간 쪽지가 바람을 타고 뱅글뱅글 돌면서 아득히 연 밑까지 갔다고 여겼을 때 아저씨는 연줄을 끊어서 연을 북녘으로 날려보냈다.

"연이 제발 가라앉지 않고 멀리 날아가 주었으면……."

그것은 또한 나의 바람이기도 했다.

나는 비로소 혈육을 그리는 정이 인간의 본능이라는 것을 깨달았다. 응어리진 한의 성질이 어떤 것인지 조금씩 깨달을 수가 있었다. 고향이란 무엇이길래, 피붙이란 무엇이길래 이토록 시간에 목메도록 그리워하는 것일까?

그러나 죽음은 모든 것에 우선한 우주적인 언어이고 전부였다. 죽음은 아무 말도 없었고 그리고 아무 것도 아니었다. 그러나 죽

음은 그 모든 것이었다. 죽은 사람은 이제 알 수 없는 어딘 가로 돌아간 것이었다.

아버지 말대로 최씨 아저씨의 죽음의 원인은 술이 그 원인이었을지도 몰랐다. 그것은 그날 아저씨가 내려오면서 내게 넋두리처럼 했던 말로 짚을 수가 있었다.

"처자식 고향 땅에 다 놓구 혼자 내려와서 많이 울기도 했지. 생각나는 게 고향이구 부모구 처자식이니…… 술 먹는 수밖에 없었어. 술을 먹으면 잊을 수가 있었어 그 순간만큼은……."

아저씨는 이제는 감정이 무디어진 듯 담담하게 말했으나 누가 들어도 그것은 갑바끈으로 목이 매인 노루가 야성에의 회귀를 끝없이 갈망하다 지친 체념 같은 것임을 알 수가 있었다.

"아, 엄마 최씨 아저씨 너무 불쌍해."

나는 그 말을 해 놓고 쏟아지는 눈물을 억지 하지 못해 두 손으로 얼굴을 감쌌다.

"아저씨의 죽음을 너무 슬퍼 말아라. 엄마와 아버지는 오래 못 사실 분이란 걸 진작부터 짚고 있었단다. 그렇지만 이렇게 갑자기 가다니 사람 인생 참 허무하구나. 사람이 갈 무렵에는 그래도 간다는 표시가 있기 마련인데 아저씨에게서는 전혀 그런 것을 느낄 수가 없었으니……."

엄마는 한없이 슬프게 말했다.

"허무?"

"왜 놀라니? 어차피 인생은 허무한 거 아니겠니? 기쁨도 슬픔도 다 허무한 거야. 죽음은 이 세상의 전부인 거야.

평소에는 느끼지 못하다가도 이런 죽음을 대하고는 인간의 연약함을 적나라하게 보는 것만 같아서 정말 인생이 허무하게 느껴질 때가 있구나."

엄마는 이마를 짚으며 고개를 숙여 한껏 슬픈 표정을 지었다.

"······."

"그러나 사람들은 그 어떤 희망 때문에 곧잘 허무를 딛고 일어선단다. 나는 네가 있기에 기쁘구나."

엄마는 내 손을 꼭 쥐었다. 그러나 나는 가슴이 덜덜 떨려 왔다. 아, 죽음이란 무엇일까. 내가 이제껏 겪었던 모든 죽음들이 다시 생명이 주어진다면 더 열심히 살겠다는 생각을 갖게 하는 것, 아니라면 번번이 죽을 줄 알면서도 살고 싶어 지푸라기에도 매달려 보고 싶어하는 인간의 연약성을 가장 밀도 있게 나타내는 말이 아닐까.

그러나 죽음을 이해하기에는 내 머리는 너무 깊이가 없었고 다만 머릿속에 찡하게 충격만 되어질 뿐이었다.

갑자기 비명처럼 어디선가 경적이 울렸다. 또 다른 죽음이 공원 묘지 안으로 들어서고 있었다. 사람들은 마치 쫓기듯 서둘렀고 그들을 따라 나는 서둘러 차가 있는 곳까지 내려왔다. 우리는 또 한차례 거기서 망자를 위해 기도를 했다.

미감아 학교

결국은 올 때까지 오고야만 느낌이었다. 어쩌면 그것은 이 세상 단 하나 혈붙이인 누이의 죽음 때문이었는지 몰랐다. 사는 것이 사는 것 같지 않아 교직에 마음을 잃어버린 나는 자포자기 식으로 도시, 산간, 농아들의 모임, 낙도로 줄기차게 옮겨 다녔고 마침내는 미감아 학교인 이곳 분교까지 오게 되고 만 것이었다.

실상 미감아 학교라고는 하지만 그 앞에 미감아라는 말만 빼고 나면 밥 먹고 자고 공부하는 것이 하등 다를 바 없는 이들에게 걷잡을 수 없는 수모의 편견들이 쏟아지고 있다는 사실에 대하여 나는 저으기 죽음만큼이나 분노하고 있었다.

내가 처음 내 임지가 미감아 학교라는 말을 담당 장학사한테

들었을 때 나는 이제껏 내가 웬만한 이야기나 사건에는 놀라지 않았듯이 그저 이번에도 1년만 있다 나오면 되겠거니 여겼을 뿐이었다. 문둥이를 본 적도 관심을 가진 적도 없었던 나는 단지 문둥이들은 고칠 수 없는 피부병을 가진 사람들이거니, 그래서 스스로 자신들을 그 흉물스러움 때문에 외진 산이나 낙도에다 고립시키며 사는 사람꼴의 짐승이거니 여겼던 것이었다.

그러나 이런 피상적인 생각들은 내가 미감아 학교로 출근하고 나서 며칠 되지 않아 교감 선생님과 함께 문둥이 마을을 방문했을 때 여지없이 산산조각이 나 버리고 말았다.

학교에서 서너 마장 떨어져 있는 문둥이 마을은 깎아지른 절벽 밑으로 강물이 흐르고 그 맞은편으로는 산을 깎아 계단식으로 밭을 일군 절벽 위에 위태롭게 서 있었다.

길 양쪽으로 코스모스가 무성히 자라 있는 길 끝닿은 곳에는 고딕 양식의 종탑이 우뚝 선 성당이 선명하게 눈에 와 닿아 나는 결코 이 곳은 문둥이 마을이 아니라는 착각에 빠져 버렸다. 성당 이쪽에는 계사(鷄舍)가 죽 열병식을 하듯 즐비하게 늘어서 있었고 닭 오줌똥의 지린내보다 소독내가 울컥 받혀 나는 또 이 마을 전체가 하나의 거대한 병동인 양 착각하였다.

그래도 평평한 땅은 그나마 다 계단식 농지로 이용되고 있었고 가파른 땅에 단추가 매달려 있듯 붙어 있는 집들은 전임지의 철둑 너머 다닥다닥 붙어 있던 그렇고 그런 집들과 하나도 다를 바 없었다.

수녀는 우리를 신부님께 안내하면서 나병은 결코 불치의 병이

아니라는 것과 우리 나라에 나병을 숨기고 있는 사람이 의외로 많아 치료가 가능함에도 불구하고 쉽게 불구와 탈골이 되는 경우가 허다하다고 마치 나를 보건소 나병 관리요원이라고도 알고 있는 양 예산 없음을 탓했다.

요즘은 한 가지 항나제를 쓰는 단독 요법을 지양하고 두 가지 이상의 항나제로 동시 치료하는 복합 화학요법이 개발되어 치료의 효과가 한층 높아진 데에도 불구하고 아직도 숨어 결코 정균제(整菌制) 구실밖에 못하는 대풍자유 따위를 써 더 이상 사태를 호전시키지 못하고 있다고 말하기도 해 나는 방물장수 할머니들이 집집마다 돌아다니며 '대풍자유 사라'고 비밀스럽게 얘기하던 뜻을 이제야 겨우 이해할 것 같았다. 그러나 그다지 실감을 느끼지 못하고 있는 나는 그녀가 무감동하게 내뱉는 만큼이나 묵묵히 따라가며 오로지 내 자신의 감동만을 고지식하게 고집했다.

신부님은 새로 발령되어 온 나를 따뜻하게 손을 잡아 주었고 마치 내게 사명감이라도 불러일으키게 하기라도 하려는 듯 그윽한 눈길로 오랫동안 바라보았다. 나는 그 순간만큼은 내 잔인스럽도록 냉정한 이기주의가 풀씨 퍼지듯 엷어지는 것을 느꼈다.

이윽고 문둥이 마을 이장 댁에 우리가 위태스럽게 징검다리를 놓아 가며 ─ 이장 댁은 우리가 질러가는 정 반대편에 한군데 길이 통하고 있을 정도로 외졌다 ─ 씨 뿌리듯 발을 콕콕 찍으며 도착했을 때 나는 하마터면 이들이 전개하고 있는 삶에 아연해 받혀지는 속을 꾹 참지 못하고 토하지 않으면 안되었다. 세상에 아직도 이런 곳이 있다니…… 그것은 집이 아니라 문둥이들이

사는 우리였고 변소에는 가마때기가 아무렇게나 매달려 사람막이를 하고 있어서 사오십 여 년 전이나 거슬러 올라가 못사는 우리 농촌을 연상케 하였다.

그러나 다음 순간 나는 막 비명을 지르며 그 자리에 털썩 주저앉아 버리고 말았다. 형태도 얼굴도 타이 알아볼 수 없는, 입술이 마모되어 이틀이 허옇게 드러난 몰골로 껄죽스럽게 반기는 꼴이란 나는 끔찍이도 몸서리쳐지는 것을 느꼈다.

그는 내가 외면하자 오로지 사람을 만난다는 단순한 반가움으로 일관돼 있던 표정이 내 외면으로 인해 돌처럼 굳어지며 그는 그 앞에 선 모두를 외면하고 있었다.

이 역겨움을 꾹꾹 삼키며 이윽고 교감 선생님이 소개시키는 대로 아무개입니다 하고 덥석 상대편의 손을 잡으려는 순간 나는 또다시 소스라치고 말았다. 손가락이 마모되어 뭉툭해진 손은 저 수만 년 전부터 진화를 계속해 온 말발굽처럼 그 흔적만 남아 있을 뿐 손이 아니라 말굽이었다. 차라리 짐승이라면 땅 짚는 데라도 쓰겠지만 이미 아무짝에도 쓸모 없는 물건이 되어 있었다.

오 오, 그 무슨 천벌이라고. 가난한 네 몸에 문둥병을 씌웠단 말인가. 오 오, 그 무슨 업보가 있어 차마 네게 천형을 내렸단 말인가.

'사람이 아니올시다. 짐승이 아니올시다. 하늘과 땅과 그 사이에 잘못 돋아난 버섯이올시다. 버섯이올시다.'

교감 선생님과 신부님의 얼굴이 빙글빙글 돌며 나는 쓰러질 것 같은 현기증을 느꼈다.

신부님은 몇 집을 더 돌아다니며 아니꼽게도 냉소주의와 철저하게 국외자로 일관해 왔던 내 이기주의를 껍질을 벗기듯 야금야금 발가벗겨 놓았다. 현대 의학에 좋다는 약은 다 써 보고 갓난아기의 태, 똥, 심지어는 멀쩡하게 산 자식을 죽여 간을 빼먹어 보기도 하지만 자꾸만 무너져가는 자신의 얼굴과 손가락과 몸둥아리는 나병은 불치의 병인 것처럼도 느끼게 했다. 재산은 탕진되고 자신의 몸은 썩어 들어가며 소망이라던가 빛이라던가 소금 따위의 밝은 세계와는 결코 층을 이룰 수밖에 없던 이 세상 생명 있는 것들 중에 가장 미물인 문둥이들, 한번 걸렸다 하면 무지로 편견으로 대물림, 패가망신을 당하는 대풍창(大風瘡), 나병(癩病), 천형병(天刑病), 풍병(風病) 그것은 우리가 일반적으로 알고 있는 문둥병과는 차원이 또 다른 것이었다.

그 후 이들의 불행한 2세들을 가르치며 문둥병은 결코 난치병이 아니며 유전병도 아니고 문둥이들에게도 우리와 똑같은 얼굴과 정을 가진 사람이라는 당연한 사실을 새삼스럽게 깨달았을 때 나는 우습게도 고독감을 느꼈다. 도대체 내가 허접스럽게 허덕여 왔던 문둥이들에 대한 인식이 겨우 이런 정도일진대 문둥이에 대한 편견이 곳곳에 장마철 빨랫감처럼 후줄근하게 널려 있는 이 벽을 어떻게 무너뜨리면 좋다는 말인가. 결코 내게 맡겨진 책임의 한치도 덜도 더도 하지 않으려는 내 알량한 이기주의와 별것도 못되면서 고고한 척 해대는 내 철저한 방관주의에 그것은 실로 나를 최초로 애타(愛他)와 사랑이 무엇인지 생각해 보게 했다.

미감아 학교는 원래 산등성이 너머 면 소재지 학교가 취학 구역이었다. 그러나 알량한 속셈의 일반 학부모들의 결사적인 미감아 분리 진정에 부딪혀 할 수 없이 분교로 독립시켜 미감아들만 따로 수용시켜 놓고 있었다.

처음 이들이 갈대에도 베일 것 같던 연약한 손을 내밀며 내 옷자락과 손으로 마구잡이로 기어오를 때 나는 송충이가 스멀스멀 기어가는 느낌이라도 받듯 질겁을 하며 교사의 체신을 망각하고 비명을 지르며 도망치고 말았다. 실험용으로 쓰고 있던 알코올과 약장에 있는 옥시풀을 세숫대야에 담아 살갗이 허옇게 변하도록 씻어 내며 철없이 굴었다. 그 때의 내 알량스런 감상과 몰인격은 얼마나 내가 위선자인가를 그대로 보여주고 있는 것이었다.

기실 혐오감을 일으킬 정도로 못생긴 얼굴들과 이 첨단의 섬유 공업화 시대에도 불구하고 변변한 옷 하나 제대로 걸치지 못하고 있는 미감아들에게 온 몸을 내맡겼다는 것은 누구라도 질겁을 하지 않을 수 없으리라.

그러던 어느 날, 나는 말로만 듣던 문둥이들의 좁은 문으로 들어가는 광경을 목격하고는 나는 감동을 찾아서 어쩌구 저쩌구 깝죽대며 미감아 학교에 내 의지에 상관없이 굴러 왔던 것을 참으로 역겨워 했다. 어느 신록이 눈부시게 아름다운 깊은 봄날 오후, 나는 학교를 파하자마자 미감아들에 적의를 느끼며 이 허기스럽고 쭈볏쭈볏 낮가림하는 미감아 학교를 벗어나 무우청처럼 펼쳐진 하늘과 강을 따라 내 주눅든 낭만주의를 마음껏 펼쳤다.

푸르름이 영원히 간직된 하늘과 언덕과 강을 바라보며 풀을 뜯기도 했고 강아지처럼 쿵쿵거리며 이 자연의 냄새를 온통 들이마시려 들었다.

그런데 어느 때나 마찬가지로 즐비한 계사들의 밑으로 매부리코처럼 튀어나와 언덕이 가려진 좁은 문 아래까지 오자 사람들이 빙 둘러서서 웅성웅성 대고 있었고 그들의 얼굴은 한결같이 음울과 허기진 모습이어서 사망의 골짜구니같은 모습이었다. 웬일일까 그들의 어두운 모습을 보는 순간 갑자기 가슴이 덜컥 내려앉으며 심상찮은 느낌을 받았다. 그들의 말대로 또 죽음의 소문이란 말인가.

문둥이 정착촌에는 어딜 가나 좁은 문이라는 곳이 있었다. 그들의 말로 문둥이들의 설움을 달래 주는 장소였다. 수심이 깊어 자신의 발에다 웬만한 돌덩이를 묶고 뛰어내리면 어디서 어떻게 되었는지도 모를 정도로 간단히 문둥이 설움을 덮어 주는 천국행 정거장. 희뿌여한 안개가 음습하게 흐르고 구름이 잔뜩 끼어 음산한 기운이 감도는 날이면 오늘 또 한 사람 죽어나갈려나 하고 미리 예감을 짚을 정도로 많은 문둥이들이 이 좁은 문으로 와서는 자신의 생을 마감했다.

누군가에 의해서 건져 올려진 시체는 보리 수염처럼 쭈볏쭈볏하게 머리칼이 곧추 서 있었고 얼굴은 알아볼 수 없게시리 뭉개져 아직도 핏발이 뚝뚝 듣고 있었다.

사람들은 벌어진 광경에 저마다 혀를 내두르며 허겁스러워 했다.

"하필 여기까지 와서 죽을 게 뭐람."

"누가 아니래, 배운 사람인가 했더니 쯧쯧."

"왜 그림을 그리지 않았던가 벼. 더러 저기 배 있는 곳에 와서 하루종일 그림을 그리다 가고는 했지."

"어디 사람이래?"

"그걸 내가 알믄 점쟁이 할아부지지."

"에구, 이 놈의 문둥이 신세."

사람들은 저마다 동정 이상일 수 없는 메마른 말을 망자를 의식치 않고 내뱉었고 그 끝은 언제나 주저리주저리 문둥이 설움이었다. 그러나 다음 순간 망자의 왼쪽 손이 점점 마모되어 간 모습을 보자 나는 역겨움에 진저리를 쳤다. 이 가공할 현장을 역겨워하며 이 불구 하나 재생시킬 수 없는 이 현대 의학을 원망했다. 그런 한편으로 이 현대 의학에 왜 좀 더 기대를 걸어 보지 못한 것인지 나는 여자가 안타깝도록 애석했다.

결국 그녀는 문둥이일 수밖에 없는 자신의 신세를 천국으로 가는 길목으로 인도했던 것이었다.

'좁은 문으로 들어가라 멸망으로 인도하는 문은 크고 그 길이 넓어 그리로 들어가는 자가 많고 생명으로 인도하는 문은 좁고 길이 협착하여 찾는 이가 적음이니라.'

여자는 누구라는 것도 어디에 살며 어떤 신분이고 무얼 하는 여자였는지도 밝혀지지 않은 채 다만 그녀가 평소 그림을 그리러 이곳에 자주 왔기 때문에 다만 그림 그리는 여자라는 사실만을 알 뿐 그녀가 누구라는 것도 모른 채 간단히 처리되어진 것이었다.

문둥이의 설움이라는 말이 있던가. 문둥이의 설움은 검고 깊고

컸다.

걸핏하면 문둥이 새끼였다. 문둥이 간 빼먹는 구설수 윤 사월 토담집에서 새어나오고……

한편 나는 내 자신이 문득문득 죽음의 손길에 온 몸이 좍좍 죄어드는 듯한 느낌에 흐느적거리고 있었다. 이들 문둥이들이 소문도 없이 알게 모르게 좁은 문으로 가고 있다는 사실을 알았을 때, 그것이 결코 좁은 문이 아니라 크고 넓은 사망의 골짜구니로 이르는 길이라는 것을 알았을 때, 나는 내가 지금 죽어 가고 있는 것인지도 모른다고 생각했다. 여자의 손끝은 원숭이 궁둥이처럼 빨개 매니큐어를 칠한 것처럼 보였지만 실상은 썩어 들어가는 손가락을 감추기 위한 것이었다.

이런 절망과 내 자신이 문둥병에 걸리지도 모른다는 강박관념으로 휘청대던 어느 토요일 오후, 나는 소녀를 알게 되었다. 나는 가정 방문 길이었다. 물론 가정 방문은 핑계에 지나지 않았고 나는 답답하고 권태에서 더 이상 벗어날 수 없는 미감아 학교 생활을 조금이라도 덜어 보려는 생각으로 그 동안 한번도 돌아본 적이 없는 정착촌을 무료함에 쫓기듯 헤매는 중이었다. 생각해 보라. 문둥이의 손으로 병마개를 따고 잡고 먹는……우와 우와 내지르는 문둥병균, 향산성, 비운동성의 간균……

소녀는 언덕바지 위에서 쏟아지는 하늘을 멍청히 바라보고 서 있다가 나를 보는 순간 조금 입을 벌려 반가움을 입 언저리에 나타내다가 금방 시무룩해 져 버렸다.

내가 이 미감아 학교에서 모르는 애가 있던가.

“왜 놀라, 선생님이 오는 게 나빠?”

엉겁결에 내뱉기는 했지만 나는 소녀의 표정이 오히려 슬픈 것이라는 것을 알았다. 소녀는 아무 말이 없었다. 그저 슬픈 것 같기도 하고 겁먹은 것 같기도 했다. 나는 그 때까지도 그녀가 이 미감아 학교에 다니는 줄로만 알고 있었다. 깜찍하다고는 생각했지만 그 또래의 아이와 같은 웃음이 없는 것처럼 보였다. 긴 머리, 짧은 치마 얼굴이 물처럼 맑은 아이였다.

“집이 어디야?”

아무 말이 없었기 때문에 나는 한번 더 물었다.

“왜 이렇게 무서운 곳까지 나와 있지? 여긴 사람들이 오기를 꺼려하는 곳인데……”

한참을 기다렸지만 역시 그녀는 말이 없었다. 나는 곧 돌아서서 언덕바지 밑에서 시퍼렇게 아가리를 벌리고 잔인하게 끊어치는 파도의 깊디깊은 절망감을 들으며 늘 푸른 창공을 눈에다 담았다. 어디선가 문둥이들의 설움이 들려 오는 것 같았다. 문둥이의 설움. ‘좁은 문으로 들어가라. 멸망으로 인도하는 문은 크고 그 길이 넓어 그리로 들어가는 자가 많고 생명으로 인도하는 문은 좁고 길이 협착하여 찾는 이가 적음이니라.’

그런데 내가 이 모든 절망감을 한꺼번에 토해 내며 뒤돌아 섰을 때 소녀는 여전히 움직이지 않고 그 자리에 서서 나를 울멍한 눈망울로 바라보고 있었다. 나는 저으기 놀라며 무작정 작고 고운 소녀의 손을 잡고 산언덕으로 올랐다. 다람쥐 잡기를 했다. 솔방울을 주웠다. 심처 속으로 들어가며 버섯, 차돌, 으름꽃을 줍

비명소리
74

고 땄다. 문둥이들의 무섭고 험악한 얼굴과 문둥이들의 설움을
들려주었다.

　그러나 결코 나는 그녀가 이름이 무엇이고 어디에 사는 누군
지 묻지 않았다. 죽은 누이의 창백한 얼굴이 갑자기 소녀의 얼굴
위에 겹쳐 떠오르며 동생이 내 곁에 와 웃고 있었다.

　그 후, 이런 절망과 내 자신이 문둥병에 걸릴지도 모른다는 강
박관념으로 휘청대던 비오는 어느 날, 나는 또다시 소녀를 이번에
는 영원히 오래도록 만나게 되었다.

　이 미감아 학교가 생긴 이후로 일반아의 전입은 이 정착촌에
서는 가장 커다란 사건이 아닐 수가 없었다.

　물론 이 미감아 학교에서 일반아를 받지 않는 것은 아니었지
만 그런 경우는 이 미감아 학교 개교이래 처음 있는 일이었기
때문에 나는 더욱 놀라워했다. 생각해 보라. 자기 자식이 문둥이
아이하고 같이 지내는 것을 좋아할 부모가 어디 있겠는가.

　셋째 시간을 마치자 몰상 사나운 미감아들에 적의를 느끼며
교무실로 온 나는 내 시각을 괴롭히던 한결같이 영양실조에 걸
려 누렇게 뜬 미감아들의 그렇고 그런 얼굴과 달리 해맑간 얼굴
에 천사처럼 고운 피부를 가진 예의 소녀가 서 있는 것을 보는
순간 깜짝 놀라고 말았다. 거부감마저 들었다. 미감아 학교는 너
같은 애가 오는 곳이 아니야.

　전학 서류를 내미는 움츠러든 늙은이의 손등이 반질반질 닳아
있어 내가 그것을 유심히 바라보자 그는 의식적으로 자신의 손을
감추려 들고 있었다.

"형님, 내일부터 나와도 좋을까요?"

불에 덴 사람처럼 얼굴이 반질반질한 그가 조심스럽게 - 마치 아전이 상전을 대하듯 나를 보고 물었다.

"네, 내일 시간표만 알아 가지고 가고 오늘은 가서 푹 쉬도록 하십시요"

예의 울멍한 눈망울로 나를 보는 소녀와 눈이 마주치자 순간 소녀가 입을 조금 달싹지근하다가 입언저리에만 그쳤다. 나는 내일 시간표를 적어 소녀에게 건네주었다. 소녀를 데리고 나가는 그의 어깨가 움츠러들어 좁아 보였다.

이튿날부터 소녀는 내 반이 되었다. 소녀는 도시 소녀답게 미감아들과는 층지게 앙증맞고 깜찍스러웠다. 상상도 못할 정도로 조숙했다. 명랑했다. 사실 이런 성격은 미감아 학교에서는 상상 이상으로 중요한 것이었다. 한 뭉터기의 음울과 병마로 얽혀 있는 음습한 분위기……

그런 소녀와의 명랑한 생활 - 소녀의 구김살 없는 웃음을 볼 때마다 나는 늘 어둡고 자신 없는 분위기에 어눌해 있다가도 소녀를 볼 때면 썩 속이 화안해지는 것을 느꼈다. 그 때면 죽은 동생의 얼굴이 소녀의 얼굴에 겹쳐 문득 동생이 웃고 있는 듯한 착각을 느꼈다. - 을 해 나가면서 나는 소녀가 정착촌 아랫마을에 사는 윤초시의 손녀라는 것을 알았다.

윤초시라면 미감아 학교 선생님들은 웬만큼은 알고 있었다. 이 문둥이 정착촌이 들어설 무렵, 정착촌이 생기는 것에 반대한 마을 사람들을 각별히 무마시켜 스스로 이곳에 있던 산자락을 아

낌없이 내놓아 정착촌이 들어서게 한 장본인이었다. 그래서 마을 사람들로부터 욕도 얻어들어먹을 만큼 들어먹고 있던 차였지만 그러나 정착촌 사람들에는 고맙기 이를 데 없는 노인이었다.

그 후 나는 소녀의 말대로라면 아빠가 이유를 알 수 없게 할머니와 대판 싸움을 한 뒤 소녀는 혼자 외할아버지 윤초시 댁에 내려와 있다는 것. 아예 버린 자식 취급한다는 것 - 그래서 나는 혹시나 소녀가 사생아가 아닌가도 여겼다.- 소녀의 가정이 소녀 때문에 여간 걱정이 아니라는 것 등을 알게 되었다. 그러나 결코 나는 소녀가 왜 부모와 떨어져 살아야 하는 것인지 소녀의 부모가 왜 미감아 학교로 전입시키게 되었는지에 대해서는 결코 묻지도 않았을 뿐 아니라 알려고도 하지 않았다. 무슨 선생이 제자에게 그렇게 무관심하냐고 하겠지만 교직에 식상해버려 애착을 느끼지 못하고 이리저리 내 의지에 상관없이 떠돌며 건성건성 넘어가는 무절제한 삶의 낭비는 남에게 간섭하지도 간섭받지도 않으려는 철저한 무관심의 전형적인 성격을 탄생시켰다.

그러던 어느 날, 소녀가 내가 자취하는 방으로 찾아왔다. 모든 것이 외부와는 너무 멀리 떨어져 있어서 한결같이 자급자족을 해야만 하는 미감아 학교 생활은 불편하기 이를 데 없었고 점수를 따려는 사람 외에는 들어오지 않았다. 대머리의 장학사는 마치 내가 승진에라도 관심 있어 점수라도 따려고 그러는 줄 알고 특별 배려한 척 했지만……

그런 일은 처음 있는 일이었기 때문에 나는 다소 의아히 여기고 있었다.

소녀는 그 날 내 옆에서 물을 길어다 주기도 하고 빨래를 도와 주기도 하며 잔심부름을 도맡아 도와주었다. 그러다가 소녀는 무슨 생각에서인지 불쑥 이상한 소리를 내뱉았다. 그것은 내가 알고 있는 것과 전혀 다른 뜻밖의 사실이었기 때문에 한편으로는 놀랍기도 하고 새로운 사실이어서 나는 열기로 상기되어 있는 소녀의 얼굴을 뚫어져라 바라보았다.

그 날 소녀는 빨간 불빛을 보자 상기했는지 제법 큰 소리로 떠들었다. 자신에 대해서 이렇다 할 말이 없는 소녀에게서 그것은 좀 의아한 일이었다. 그래서 나는 좀 생각해 봐야만 한다고 여겼다.

"아버지는 이번 가을만 지나면 저를 데리러 올 거예요. 서울서 내려올 때 그랬거든요. 내가 1년 동안만 할아버지 댁에 가 있으면 내년에는 꼭 저를 데리러 온다고 그랬거든요."

"서울서 아빠가 무얼 하는데?"

"대학 교수셔요. 집에 있으면 선생님들이 참 많이 놀러와요."

"왜 그냥 서울서 눌러 같이 살지. 엄마가 보고 싶지 않니?"

"그래도 내가 참아야지요. 내가 어른이 되기 위해서는 떨어져서 할아버지 댁에도 있어 봐야 한다고 그랬거든요."

그런데 나는 무언가 잘못 알고 있는 것 같았다. 아니 어쩌면 지금 소녀가 거짓말을 하고 있는 것일지도 모른다고 여겼다.

"더러 제 용돈과 편지도 보내 주시는데 지난 생일 때에는 빨간 비옷을 보내주셨거들랑요."

소녀의 말은 정말 전혀 뜻밖이었으므로 나는 좀 생각해 보지 않을 수가 없었다. 초시댁 외아들이 문둥이라는 것은 이 정착촌

누구나가 다 아는 사실이었다. 아들과 며느리는 그 높은 박식함에도 불구하고 문둥이의 설움을 견디어 내지 못해 자신의 고통을 더는 방편으로 스스럼없이 좁은 문으로 들어갔던 것이었다. 나는 혹 내가 잘못 알고 있을 수도 있다고 여겼다.

나는 훗날 소녀 가슴속에 있는 소녀의 진실을 얘기해 보도록 하게 하리라 여겼다. 그러나 나는 그럼에도 조금쯤은 짚고 있었는지도 모른다. 나는 곧 그 가을에 모든 것을 한꺼번에 알게 되어 버리고 말았다.

보건소에서는 매년 두 번씩 춘계와 추계로 나누어 정착촌 사람들과 미감아들에게 정기 검진을 실시했다. 기실 미감아라고는 하지만 이들에게는 정밀한 검사가 정기적으로 실시되는 것이 필요했다. 어쩌다 미감이라고 안심하다 보면 어느 순간 문둥병이 오는 수가 있었다.

추계 정기 검진은 비가 오는 날에 있었다. 정착촌에 있는 사람들이라면 누구나 한번씩 정기 검진을 받아야 했는데 이때면 평소에는 잘 나타나지 않던 정착촌 깊숙이 숨어 있는 양성 환자들도 검진을 받으러 학교에 나왔다.

그러나 나는 또 이들 양성 환자들을 보는 순간 절망감에 빠져 버리고 말았다. 내가 무엇 때문에 이 미감아 학교에 들어 왔던고. 사명이고 뭐고 내년엔 여길 정말 떠나리라. 이런 삭막하고 차마 견디기 어려운 이 미감아 학교를 내 무엇 때문에 찾아 들었단 말인가.

이틀이 마모된 이장은 그래도 음성이라서 괜찮았지만 이들은

사람도 아니고 짐승도 아니었다. 하늘과 광 사이 잘못 돋아난 버섯이었다. 눈이 찌그러든 사람, 머리가 빠진 위에 저승꽃이 검붉게 핀 사람, 그들을 보는 순간 나는 죽어야겠다는 생각을 했다. 모슬렘 여인처럼 수건으로 눈 주위만 내놓고 칭칭 둘렀지만 다 가려지지는 못하고 상처가 비죽비죽 돋아났는데 차마 웬만한 시각에 대한 면역성을 갖지 않고는 견디기 어려웠다. 이들의 검진이 시작되는 것이었다. 양성 환자들에 시달려 온 이들 나관리 요원과 의사가 제대로 검진할 리가 없었다. 언제나 형식적일 수밖에 없는 것이었다.

한결같이 시들고 영양실조된 몸뚱아리, 옷을 벗을 때마다 드러나는 상처들 - 물론 이것이 나병이 아니라 그들의 환경이 불결하기 때문에 오는 피부병일 수도 있을 테지만 - 을 볼 때마다 나는 절망하지 않을 수가 없었다. 내 정말 떠나리라. 누더기 옷, 영양실조가 되어 누렇게 뜬 얼굴, 가난, 무지, 문둥병 어느 것 하나 내 속에 와 닿지 못했다. 나는 미감아들이 옷을 벗을 때마다 쏟아지는 때, 피부병, 냄새로 코를 틀어쥐며 문득 몇 번이고 죽어야겠다고 생각했다.

그러나 다음 순간, 나는 새파랗게 질려 회녹색 얼굴로 이쪽을 바라보고 있는 소녀를 보자 갑자기 결벽적으로 소녀를 저 보건소 의사의 나병균이 득실거리는 흰 장갑 속에서 구해 내야겠다고 여겼다. 그래, 너는 아니야. 너는 문둥이가 아냐. 오히려 문둥이들과 함께 있다가 너야말로 진짜 문둥병에 걸릴지도 모르리라.

비쩍 마른 의사는 처음에는 귀를 만져 보았다. 바늘로 콕 찔러

보기도 하고 엷게 칼로 긁어내어 다시 바늘을 찔러 보기도 했다. 꼬집어보기도 하고 철썩 때리기도 하였다. 아이들은 한두 번 꼬집고 나면 소리를 꽥 지르고 아픔을 호소해 왔다. 그러나 이런 것은 어디까지나 형식적이었고 사실 미감아들은 글자 그대로 결코 나병에 감염되는 경우가 없었다. 소녀의 차례가 되었다. 그러나 지금까지 내 곁에 있었던 소녀가 보이지 않았다. 나는 조금은 당황했지만 미감아들의 눈시린 꼴불견과 깨끗한 소녀가 저런 수모를 함께 당해야 하는 몰상스러움에 오히려 잘된 일인지도 모른다고 여겼다. 생각과는 달리 소녀의 깨끗한 몸을 저들 나병 관리 요원 따위의 시커먼 손에 대이고 싶지 않던 차에 나는 더욱 잘된 일로 여겼다.

사실 이 미감아 학교란 얼마나 허기스러운 곳인가. 문둥이 새끼란 생각만 해도 징그러운 것이었다. 어디를 둘러보아도 성한 곳이라고는 없는 이 멋대가리 없는 미감아 학교 - 선생님들 중에서도 음성 환자가 있었다.- 에서 오직 깨끗한 것은 소녀와 나뿐이었다.

그런데 돌아간 보건소 직원들과 의사는 이튿날 아침에 다시 왔다. 명부에 올려진 미검진된 사람들, 이를테면 몸이 불편해 검진을 못했거나 자신들의 불구를 내보이고 싶지 않아 검진에 빠진 사람들을 그들은 찾아내어 더욱 정밀 검사를 시켰다. 내키는 일은 아니었지만 명부와 대조하여 미진된 학생들을 독촉하는 바람에 나는 할 수 없이 소녀를 의사에게 데려가지 않을 수 없었다. 의사를 보는 순간 갑자기 소녀의 얼굴이 백짓장같이 하얗게 변하며 도망치려 들었다. 보건소 직원들은 그런 소녀를 놓치지

않고 우악스럽게 그녀의 여릿여릿한 몸을 움켜쥐었다. 소녀가 나를 울멍한 눈초리로 바라보며 살려 달라고 애원하고 있었다. 선생님 살려주셔요. 선생님 살려 주셔요.

나는 보건소 직원의 무식하리 만치 난폭한 손을 뿌리치며 소녀의 두 팔을 내 쪽으로 감싸 안았다. 그러나 요원은 거부하는 몸짓으로 나를 쏘아 부칠 듯이 노려보았다. 그는 화가 잔뜩 난 심술쟁이처럼 얼굴에 핏대를 올리며 나를 경멸하는 시선으로 바라보았다. 당신 같은 사람 때문에 나병이 근치되지 못하고 있는 거요.

그들은 어쩌면 소녀의 모든 것을 다 알고 있었는지도 몰랐다.

그래도 소녀는 자신의 몸에 감각을 느끼지 못하는지 깜짝도 안했다. 예방주사를 맞는 아이처럼 얌전히 겁에 질려 나를 쳐다보고 있었다. 나는 그 얼굴이 문득 나를 원망으로 애원한다고 여겼다. 선생님, 살려주셔요. 의사는 이번에는 소녀의 왼쪽 가슴 뭉툭한 곳을 만졌다. 살갗을 뜯어낼 듯이 할켰다. 그래도 여전히 소녀는 고개를 떨군 채 - 그것은 체념했을 때만이 그런 표정을 지을 수가 있었다. - 묵묵히 부처처럼 앉아 있었다. 왼쪽 가슴과 등 쪽으로 국화석처럼 박혀 있는 반점들은 서툰 내 눈에도 그것은 정확하게 나병임이 틀림없었다. 나는 몇 번 내 눈을 깜짝 깜짝거려 내 눈을 거듭 확인했다. 어디선가 우르릉 쾅쾅 산자락이 무너지는 소리가 들렸다. 그녀가 내 몸을 부젓가락으로 속속들이 파휘집고 있었다. 내 가슴에는 맥박들이 요란하게 두들기고 있었다. 아이야, 청산 가자. 아, 결국 확인하기 두려운 확신을 끌며

끌며 버티어 온 내 마지막 기대가 보기 좋게 배반당한 꼴이 되고 만 셈이었다.

내 내부에는 오직 혼란만이 가득 들어차 메마르게 겉돌고 있었다. 비로소 나는 모든 것을 한꺼번에 알아차리고 있었다. 나는 까닭 모르게 눈물이 왈칵 치솟는 것을 느꼈다.

의사는 더 이상 아무 말이 없었다. 기계적인 동작으로 다음 아이의 영양실조로 부옇게 뜬 가슴에다 청진기를 들이대었다. 똑같은 행동으로 할키고 꼬집고 여자아이라면 뭉툭한 젖가슴을 변태 성욕자처럼 만졌다. 비쩍 말라 키가 턱없이 커 보이는 의사는 내 이런 시무룩한 모습을 힐끗 쳐다보며 조소하듯 안경을 더듬었다. 이미 자신이 문둥이라는 사실을 알고 있는 소녀에게 나는 더 이상 물릴 수 없는 죄악을 뿌려 놓은 것이었다.

그러나 그게 어떻다는 말인가. 오늘날 나병, 문둥병, 대풍창이란 결코 유전병도 아니고 그저 잘 낫지 않는 피부병의 일종이며 디이. 디이. 에스(D. D. S), 리팜피신(Rifampicin), 람프렌(Lamprene), 애치오나마이드(Ethionamide), 프레치오나마이드(Prethionamide)와 같은 괄목할 만한 치료약의 발전을 가지고 있는 것이 아닌가. 한편으로는 왜 그녀가 자기 병을 감춰 왔는지, 왜 덕망 있는 윤초시가 나병은 빨리 치료하면 쉽게 나을 수 있는 병이라는 것에도 불구하고 소녀를 왜 이렇게 내버려두고 있는지, 나는 알 수 없었다. 나는 가능하면 나병이란 단지 잘 낫지 않는 피부병의 일종일 뿐이며 결핵과 같은 만성 전염병으로 꾸준한 사랑과 이해만이 그녀의 병을 고칠 수 있다는 것을 알려야 한다고 여겼다.

그 날 밤, 뜻밖에도 소녀는 내가 자취하는 방으로 찾아왔다. 소녀를 보는 순간 나는 눈물이 왈칵 치밀어 올랐다. 소녀가 가엾어서 견딜 수가 없었다. 우두커니 서 있는 그녀를 나는 뜨겁게 안으며 - 그것은 내가 결코 네가 문둥이기 때문에 너를 차별하지 않겠다는 진실한 애정의 표현이었다. - 내 방으로 데리고 들어왔다.

내가 몇 번인가 그녀를 즐겁게 할 양으로 우스개 소리로 말했지만 그녀는 결코 웃지 않았다. 그래도 나는 가만히 있으면 안될 것만 같아 쉴 새 없이 나 혼자 소녀가 듣지도 않는 이야기를 떠들어댔고 나중에는 내 풀에 입을 다물고 말았다.

"할아버지한테 알려야지. 결코 실망스런 병은 아니야. 의사 선생님도 말씀하셨어. 너를 꼭 나병에서 보호해 주시겠다고."

소녀는 그 날 밤늦게까지 있다가 돌아갔다. 별다른 말도 없었고 내 얼굴만 울멍한 눈으로 빤히 쳐다보았다. 내가 데려다 주겠다는 것도 마다한 채 소녀는 혼자 갈 수 있다고 우겼다. 나는 조금 이상하다는 예감은 들었다.

그런데 이튿날 새벽, 늘 그래 왔던 것처럼 새벽 산책에 나서려던 나는 공동묘지 같은 음습하고 냉랭함이 감도는 이른 아침의 안개를 보자 마치 이 문둥이 정착촌의 오랜 노인처럼 오늘도 또 한 사람 죽어 나갈려나 하고 문둥이 정착촌과 학교 사이에 강 쪽으로 쑥 올라 빠져나가 매부리코처럼 터억 막아서고 있는 좁은 문을 바라보며 음울한 기분에 젖어 있었다. 안갯살이 현실 건너편처럼 부유하고 있는 우뚝 선 언덕바지에서는 내 이런 예감

을 경매사처럼 알아맞추기라도 하듯 아닌게아니라 이른 새벽 물 긷는 소리만큼이나 은밀하고 조용한 소리들로 웅성거리고 있었다. 내 시각을 자극시키는 뭐가 있었다. 순간 나는 속이 철렁 내려앉으며 솟구치는 두려움으로 전신을 후드득 떨었다.

그래도 설마 - 때때로 나이 많은 문둥이들이 잠 없는 새벽에 이 곳에 산책하러 나오는 경우도 있으므로 - 싶어 이 좁은 언덕바지 위로 기우와 함께 다가갔을 때, 누군가에 의해서 건져진 시체는 내 이런 기대를 배신이라도 하듯 죽어서도 문둥이답게 내팽개쳐져 있었다. 한 눈에 봐도 소녀임을 알 수가 있었다.

나는 순간 내 속에서 무너지는 어떤 소리를 들었다. 사람 살려, 사람 살려.

문득 소녀가 문둥이로 살 바엔 칵 죽어 버리고 말테야 하고 외치며 좁은 문으로 뛰어가는 모습이 내 앞을 무질서하게 가렸다. 조숙한 그녀는 모든 것을 다 알고 있었으리라. 왜 문둥이들이 오늘날 훌륭한 약과 치료법이 개발되어 있음에도 불구하고 좁은 문으로 스스럼없이 걸어가고 있는가를.

"아 글쎄 이제는 윤초시 혼자만 남게 되었네 그려. 자식 복도 어지간히 없지. 서울 부모가 그래 이 언덕바지에서 와서 함께 자살한 것도 모르고 아직도 서울에 부모가 있는 것으로 알고 있던 모양이던데."

더 이상 소문이 나지 않게 옮기는 작업은 이미 시작되어 내가 미처 슬픔이 채 새어나오기도 전에 지게에 대강대강 매달려 가고 있었다. 졸지에 어제보고 오늘 깜쪽 같이 죽어 버린 가마때기

에 둘둘 말려진 소녀의 뒤를 따라가며 나는 그녀와 내가 무관하
다는 이기주의가 살아나려는 것을 느꼈다. 나는 문득 뒤돌아다보
았다. 언덕바지에는 아무런 일도 없었다는 듯 안갯살을 비비며
소녀를 삼켜 버린 붉은 해가 마악 솟아오르고 있었다.

만신의 딸

졸지에 주검으로 변해 버린 젊은 전도사는 온통 피투성이가 되어 길바닥에 처참하게 내던져져 있었다.

나 보다 먼저 목격한 많은 사람들은 한결같이 벌어진 광경에 식상하여 멍청하게 서서 소도구 이상의 구실을 하지 못한 채 서 있었고 시체 주위로 피밭처럼 피 뿌려져 있는 모습은 보는 이로 하여금 두려움으로 가득 차게 했다.

길가 한 옆에 괴물처럼 우뚝 서 말없이 관망하고 있는 시낡은 버스는 벌어진 사태가 어떻다는 것을 말없이 대변해 주고 있었고 벌어진 광경에 실색해 장승처럼 묵묵히 서 있는 사람들은 엄청난 사태에 누구 하나 감히 나서서 수습하려 드는 사람이 없었다.

　처참한 시체는 누가 보더라도 한 개의 물건처럼 보일 뿐 그가 간밤까지만 하더라도 이 보잘 것 없는 동네의 교우들의 정신적인 지주였다고 하기에는 아무도 믿으려 들 것 같지 않았다.

　"자기 하나 구제할 줄 모르는 주제에 감히 남을 구원하려고 들다니 쯧 쯧……."

　바로 내 곁에서 구경꾼 하나가 마치 하루에도 교통 사고로 수십 명씩이나 죽어 나가거나 다쳐 나가는 그런 무감동스러운 말투로 뱉아 버리는 바람에 나는 졸지에 비겁한 예수로 변해 버린 그를 생각했다.

　젊은 전도사의 죽음은 세간의 흔한 횡사, 그것으로 점점 전락되어 가고 있었고 그들은 그들끼리 마치 벌어진 사태를 즐기기라도 하는 양 마음대로 떠들고 이죽거리고 있었지만 그래도 말끝에 젊은 전도사의 죽음에 대한 애석함이 붓끝에 잔뜩 먹물이 배어 있듯 묻어 있어 망자가 결코 하나님을 믿지 않는 구경꾼들에게도 수월찮게 가슴에 닿아 있는 것을 알게 했다.

　이윽고 둘러선 사람들 중 하나가 어디서 구했는지 죽어 버린 젊은 전도사의 주검에다 가마때기를 뒤집어씌우고 있었고 어느 틈에 제복을 입은 기동 대원들이 호루라기를 불기 시작했다.

　나는 벌어진 광경에 그저 어떻게 할 수 없다는 생각으로 마음만 안타까와 발을 동동 구르고 있었다. 그러나 생각과는 달리 의외로 마음은 벌어진 사태에 냉정해 가고 있었고 한 때나마 그를 사랑해 버린 내 철없는 행동에 대한 자괴감으로 나는 발걸음을 떼어놓지 못하고 있었다.

어쩌면 나는 내 신분에 대한 자학적인 도피로 결벽적으로 학교를 옮기고 있는 것인지도 몰랐다. 아마 나만큼 학교를 오지랍스럽게 많이 옮긴 여자도 드물 것이다. 길어야 1년 작게는 반년도 채 되지 않아 나는 규정을 어겨가면서 학교를 벌집 쑤시듯 옮겨 다니기 시작했고 그러는 사이 어느 날 나는 거울에 비친 내 얼굴에 문득 주름이 들어 있는 것을 발견하고 어쩌면 영영 결혼할 수 없을지도 모른다는 절박감에 허우적거렸다.

여자로서는 길다면 길다고 할 수 있는 내 교직 기간동안 결벽적으로 학교를 옮기는 사이 나는 꽤 늙어 있었고 어쩌면 영영 결혼할 수 없을지도 모른다는 강박감 속에 허우적거리고 있었다.

내가 만신인 엄마의 피를 이어받은 자식이라는 사실을 새삼스럽게 깨달았을 때부터 나는 내 인생의 모든 정열을 오로지 학교를 옮기는데, 아니 도피하는데 써 왔다고 해도 과언이 아니었다. 업(業)이란 이 개명된 세상에서조차 벗어버릴 수 없는 찰거머리 같은 존재라는 사실을 내가 문득 깨달았을 때 나는 내 벗어버릴 수도 있다고 여겼던 만신의 딸이라는 신분을 벗어버리는 일이 얼마나 허망스러운 것인가를 깨달아야 했다.

세상의 온갖 만물에 온갖 신이 다 들어 있다는 그 신들을 제단 위에 모셔 놓고 시퍼런 칼날을 휘두르며 길길이 날뛰던 신들린 엄마의 밝은 모습을 볼 때마다 나는 문득 죽어야겠다는 생각이 울컥울컥 받히고는 했다. 집에서는 엄마와 신들린 엄마에 대한 증오감으로 오빠가 숨막힐 정도로 팽팽하게 대립하고 있었고 이런 팽팽한 줄다리기 속에서 발악적으로 자신의 운명에 대들던

오빠가 어느 날 술이 잔뜩 취해 목을 미달아 스스로 그의 몫을 거부해 버렸을 때 나는 나에게로 내려 있는 물리칠 수 없는 운명을 보았다. 가증스러움보다는 오히려 연민을 느꼈다.

오빠는 만신의 자식이라는 신분이 어떻게나 골수에 사무쳤던지 자신의 불행을 자식에게는 물리지 않겠다고 그렇게 엄마가 결혼하라고 성활 부려도 정말로 결혼을 포기한 사람처럼 막무가내로 지긋지긋하게 무당인 엄마와 싸웠고, 그런 오빠가 어느 날 보이지 않는다고 여기자 나는 평소에는 앞을 지나치기마저 두려워했던 그 온갖 우상들로 가득 찬 엄마의 방을 어떤 예감 같은 것으로 오빠의 직업인 닭 목따듯 획 문을 열어제쳤을 때 나는 벌어진 광경에 더 이상 클 수 없다는 생각과 함께 그 자리에 풀썩 주저앉아 버리고 말았다. 다락방 그 가늠할 수 없던 음침한 한 구석에 그것도 그 많은 우상들 가운데 하나처럼 보여 눈을 비비고 다시 한 번 바라보았을 때야 겨우 낯익은 우상의 하나인 그것은 놀랍게도 죽음 보다 자신을 멸시했던 오빠의 혀 늘어뜨린 모습이었다.

나는 그 때서야 비로소 손 댈 수 없는 그곳에 찰거머리처럼 착 달라붙은 운명의 딱지를 깨닫기 시작하였다.

엄마는 외아들인 오빠를 편애했다. 그렇지만 오빠가 자신의 운명에 지지리도 모멸차게 거부하며 그것이 도리어 그녀 자신에 대한 증오감으로 나타나자 엄마는 이번에는 지나칠 정도로 내게 맹목적인 애정을 쏟았다. 그 덕분으로 나는 내 신분을 철저히 속일 수도 있다고 여긴 교육 대학을 졸업할 수가 있었다. 나는 교

육 대학 졸업과 함께 교사라는 직업을 얻으면 다 속일 수가 있다고 여겼다. 나는 나를 알고 있는 사람들을 피해 산골로 섬으로 전전긍긍해 가며 나를 모멸차게 숨겼다. 누구 말마따나 일 끝나고 깨끗하게 손 씻고 나가면 모든 것 다 그만이라는 알량스런 생각이 배시시 고개를 내밀었다. 나는 일부러 산골, 낙도와 같은 교통이 불편한 곳으로 그것도 자주자주 옮겼다. 누군가가 내 거처를 알고 있어서는 안될 것 같았다.

그러던 어느 날, 결국 속일 수도 있다고 여겼던 내 이런 생각은 이 몇 년간 나를 철저히 감추고 있음에도 불구하고 어느 날 문득 봉긋 솟아 있는 젖봉오리를 발견하고 수줍어하는 사춘기 소녀처럼 엄마가 어떻게 알았던지 학교 일식(日式) 목조 건물의 낡은 사택 내 골방에서 원색의 옷을 입고 동기(童妓)처럼 앉아 나를 기다리고 있는 것을 보았을 때 나는 의외에도 무너져 내릴 것 같은 감정보다는 올 것이 드디어 오고 말았다는 냉정감을 되찾고 있었다.

엄마는 나를 보는 순간 야속한 원망의 눈초리로 바라보았다. 쭈글쭈글 모래톱처럼 갈라진 거친 피부의 반쯤은 우는 형상으로 반쯤은 반가움으로 한 얼굴로 두 감정을 동시에 나타내고 있었다. 낡아빠진 일식 목조 건물 사택의 삐그덕거리는 문을 열었을 때 느꼈던 그 귀기스러움, 엄마는 그녀가 가장 많이 앉아 있는 모습으로 그 음침하고 어두운 방에 흡사 귀신처럼 앉아 있었다.

그녀는 왠지 늙어 있었다. 불쌍한 엄마, 그녀가 긴 기구한 운명 때문에 그녀는 일부종사를 못하고 남편을 세 번씩이나 비명

의 횡사로 보내야 했으면서도 미치지 않고 냉정하리 만치 용케 이때껏 견디어 온 것이었다.

엄마는 결코 아버지에 대해 이야기하지 않았다. 그러나 엄마가 간혹 오빠에 대한 설움이 북받칠 때마다 토해 내던 오열 속에서 나는 그녀가 한이 많은 여자라는 것과 그 한 때문에 결국 무당이 되지 않을 수밖에 없었다는 것을 어렴풋이 짐작할 수가 있었다. 그녀가 무당이 되지 않았더라면 그녀는 아마 지금쯤 미쳐 온 길거리를 헤매며 들린 귀신들의 웃음소리로 날마다 가슴이 무너져 내리고 있으리라. 그와 함께 나는 근본도 모르는 여자가 되어 온 길거리를 오가는 뭇사내들에게 몸을 팔고 있을지도 모를 일이었다.

엄마의 첫 번째 남편은 그 지방에서는 제법 알려진 수천 석을 하는 지주의 자손이었다. 남편 되는 사람은 당시로는 드물게시리 신식 학문의 물도 먹은 유복하게 자란 아들로 귀한 집안의 장손이었는데 불행하게도 폐를 앓았다.

엄마는 색을 너무 밝히지 말라는 엄한 시부모의 명령에 따라 신혼 첫날부터 따로따로 살지 않으면 안되었다. 그러나 남편은 시부모의 눈을 피해 자주 그녀의 신방을 드나들었다. 그러던 어느 날 남편은 엄마 곁에서 피를 흐벅하게 한바탕 토해 놓고 신파극처럼 죽어 버렸다. 그 날 아침까지도 엄마는 곁에서 간밤에도 역시 남편이 시부모의 눈을 피해 들어와 함께 잠잔 기억밖에는 없었다고 했다.

집에서는 한바탕 난리가 났다. 집안에 석귀가 들어 와 남의 집 씨를 말린다고 그녀를 질책과 냉대로 몰아세웠다. 너무도 야속하

고 억울한 편견으로 견딜 수 없었던 엄마는 그 때에 그녀가 할 수 있는 일로서는 죽음밖에 없다고 생각하였다. 그래서 따가운 시누이, 시부모의 눈을 피해 헛간으로 가 자신의 몸에 석유를 뿌리고 마악 성냥을 당기려는 순간 창백한 모습으로 그녀의 방으로 기어들던 남편의 얼굴이 보이더라고 했다. 그리고 성냥을 그어 대려는 그녀의 손을 덜컥 잡는 것이 아닌가 그와 함께 견딜 수 없이 받혀지던 입덧.

그녀는 비로소 남편이 피를 토하면서도 자신을 찾아오던 까닭을 알 것 같았다고 했다. 자신이 오래 살 수 없다는 것을 안 남편은 부모에게 자신의 대에서 씨가 끊긴다는 누를 면하기 위해 피를 토하면서도 그녀의 방을 부지런히 드나들었던 것이었다.

문득 죽을 수 없다는 강한 모성이 불끈 솟구쳐 올랐다. 엄마는 그 날 야밤에 서울로 가는 새벽 열차를 타기 위해 읍내 정거장까지 시오리 길을 단숨에 달려갔다. 신발 공장, 염색 공장, 청소부 무엇이든 닥치는 대로 일을 했다. 생김새가 반반하고 매무새가 민속의 아낙처럼 흔치 않았던 엄마는 어딜 가나 유혹의 손길이 뻗치지 않는 곳이 없었으나 오로지 오빠에 대해 죄스럽지 않아야 한다는 질긴 기대와 희망에서 일체 뿌리치고 있었다. 그러다가 전쟁을 만났다. 그러나 오빠에 대한 희망과 기대로 전쟁의 어둠 속에서도 은근히 살아남길 기대했던 엄마는 결국에 당시의 아이들이면 모두 겪었던 전쟁의 굶주림과 절망 속에서 영양 실조와 병들어 시들어 가는 오빠에 대한 견딜 수 없는 연민과 더이상 이대로 내버려두면 죽을지도 모른다는 걱정으로 남편과도

한때 동업을 한 적도 있었던 어느 목재상의 후취로 들어갔다. 엄마가 첫 남편을 비명에 보낸 뒤 거의 10여 년 만이었다. 그런데 이 무슨 청천벽력이, 엄마에겐 살이라도 끼었단 말인가. 그녀가 후취로 들어가자마자 병명도 알 수 없이 시름시름 앓기 시작하던 남편은 종래 그 해를 넘기지 못하고 전 남편처럼 병마의 소용돌이 속에서 헤어나지 못하고 죽고 말았다. 미치고 환장할 노릇이었다.

엄마는 비로소 이 때에 자신에게 내려져 있는 운명이 심상치 않다는 것을 느꼈다고 했다. 자신에게는 남과 달리 살이 끼어 자신은 북치고 장구를 쳐도 거역할 수 없는 커다란 손아귀에 얽매어져 도시 벗어날 틈바구니가 없는 것처럼 느껴졌다고 했다.

그녀가 또다시 남편을 여의고 자신에게 내린 운명을 바람 부는 대로 물결치는 대로 맡기다시피 하여 떠다니다가 발붙인 곳은 남도 서해안의 어느 작은 갯마을이었다. 그녀는 그 갯마을에서 해산물을 받아다가 인근 소도시에 팔겨 오빠와 연명을 해 갔다. 시간이 나는 대로 해태 말리는 일도 하고 조합에서 일감을 주면 나와서 일을 보기도 했다. 그런 속에서도 그녀가 가장 끈끈히 애착했던 것은 커 가는 아들에 대한 뿌듯함과 총명에 대한 오직 그녀만의 기쁨이었다. 그것은 그녀에겐 일종의 신념이었고 그녀의 삶의 목적이었다.

그러던 어느 날 그녀가 두 번째 남편고도 사별하고 그 상처로부터 조금씩 아물기 시작했을 때 그녀가 혼자 살고 있는 것을 안 조합 사람들은 그녀에게 그 나이에 배를 한 척 가지고 있을

정도로 기반과 성품이 단단한 십장 한 사람을 소개했다. 결혼하라는 주위의 권고도 있고 또 아직 삼십대의 젊은 과수가 혼자 사니 주위의 눈총이 시리기도 해서, 그러나 무엇보다 두 번째 남편마저 비명에 보낸 뒤 결코 다시는 재혼을 하지 않으리라고 다짐을 했던 그녀가 다시 재혼을 생각했던 것은 그녀를 보는 순간 단박 눈에 박혀 버린 십장의 너무도 간곡한 청혼을 거절할 수가 없어 그녀는 그 해를 넘기지 않고 십장인 그와 결혼하게 되었다.

새 남편에 대한 치성만이 전 남편들에 대한 죄스러움에서 벗어나는 길이라고 여긴 그녀는 남편 섬기기를 하늘과 같이 했다.

굴러 온 돌이 박힌 돌 뺀다고 여겼음일까. 행복해 가는 것만큼 이웃 사람들은 그녀에 대해서 얼굴이 반반한 만큼 술집 작부였다느니 화냥기가 있다느니 그녀의 행복에 시샘을 했지만 그녀는 오로지 자신이 죄 많은 여자라는 생각에서 일편단심으로 남편 섬기기를 하늘과 같이 했다. 그녀는 그녀의 소원대로 이듬해 봄, 예쁘고 귀엽게 생긴 딸인 나를 낳았다.

그러나 이태를 넘기지 못하고 이런 입방아 찧던 시샘은 겨울을 피하지 못한 철새처럼 기진맥진해지고 말았는데 어느 날 출어를 나갔던 배가 다시는 싸움배처럼 회귀할 수 없었을 때, 그녀의 모든 것은 일시에 와르르 무너지고 말았다.

그녀는 날마다 솟구치는 지랄 같은 생각들로 몸이 후들후들 떨리며 누렇게 얼굴이 뜨면서 속이 메스껍고 혼수상태에 자주 빠지는 경험을 했다. 엄마는 자기의 운명에 대한 자포자기 식으로 발광을 했다. 따지고 보면 무당이 된 것도 자신의 어쩔 수 없

는 운명에 대한 체념인 것이었다. 엄마가 늘 말하던 이 세상의 삼라만상에는 모두 신이 있어서 이 신을 잘못 대접했을 때 진노하여 재앙이 내린다는 소박한 신앙심, 엄마는 점점 미쳐 갔고 그 때 이미 점점 무당의 끼를 내보이고 있었다.

엄마가 내 자취방에서 돌아간 후로 나는 더욱 자주 불안으로 내 거처를 옮겼다. 나를 알고 있는 모든 사람들로부터 철저하게 나를 간수시켰다. 누군가 내 거처를, 내 뿌리를 알고 있다는 사실은 불안만큼이나 두려움을 주었다. 적어도 거처를 옮긴 몇 달 동안은 내 신분을 불안하게나마 지킬 수가 있었다. 나를 이토록 끈질기게 옭아매고 있는 엄마가 어서 죽어야만 내가 만신의 딸이라는 신분으로부터 완전 해방될 수가 있을 것 같았다.

아닌게아니라 언젠가는 나의 이런 간절한 소망답게 엄마가 불 속에서 훨훨 타 죽는 꿈을 꾸고는 몸서리치며 놀라 깨 식은땀을 죽죽 흘린 때가 있었다. 그것은 시간이 지남에 따라 점점 내 몸에서 열이 난다는 착각과 함께 밤이 되면 오히려 내 자신이 불 속에서 훨훨 타 죽는 꿈을 꾸고는 화들짝 놀라고는 했다. 불꽃에 휩싸여 있는 엄마를 쳐다보면 어느새 엄다가 아니라 내가 불 속에서 훨훨 타고 있는 것이었다.

그러나 보다 더 만신의 피를 속일 수 없다는 근본적인 사실을 내가 깨달았을 때, 내 이런 철저히 나를 감추려는 잔혹스런 작업에도 불구하고 내가 나를 감추려는 일이 얼마나 허망한 일인가를 깨달아야 했다. 나는 차라리 내게 내린 몫을 저주했다. 엄마가 찾아온다는 나를 알고 있는 사람이 있다는 불안 따위는 한갓

기우였을 뿐이었다.

어느 날 동네의 어느 모퉁이를 지나다가 들리던 징소리, 순간 나는 갑자기 피가 역류하고 온 몸이 후들후들 떨리면서 참을 수 없다는 생각과 함께 쾌자를 입고 한 손에 시퍼런 칼을 치켜들고 망나니처럼 길길이 날뛰던 엄마의 환상이 내 앞을 진득하게 잔뜩 가로막았다. 순간 정식으로 학습하지도 않은 무가가 나도 모르게 수울술 흘러 나왔다.

온 몸을 뒤틀며 길길이 날뛰고 싶은 충동을 느꼈다.

사람들이 힐끗힐끗 나를 쳐다본다. 누군가가 내게 징자락을 요란하게 흔들어 주고 있다. 그것은 엄마가 밝은 얼굴이 되어 이 세상 만물의 신을 잘못 다스릴 때 재앙이 내린다는 단순한 생각이 그녀의 치성으로 말미암아 무산되는 신탁(神託)의 소리이다. 계백 장군 한 칼에 스러져라. 계백 장군 한칼에 스러져라.

어떻게 어떻게 집까지 왔는지도 몰랐다. 몽롱한 의식 속에서 나는 술 취한 사람처럼 휘청대며 내 음울한 사택으로 더듬어 와서는 닥치는 대로 문을 열어 젖혔다. 정신없이 내 온 몸을 내던지며 꽁하고 나동그라졌다.

하찮은 징소리에도 불끈불끈 솟구쳐 오르는 만신의 치성이 무섭도록 두려웠다. 짜증스럽기조차 했다. 피는 속일 수 없는 것일까 하찮은 일에도 불끈불끈 솟구쳐 오르는 피할 수 없는 운명의 수레바퀴에 깔려 있는 내 자신이 무섭도록 저주스러웠다.

결국 나는 또 옮겨야만 했다. 주민들이 어떻게 알았던지 무당류 따위에게 자식을 맡길 수 없다는 압력이 알게 모르게 교장

선생님에게 전해지고 있다는 사실을 눈치챘을 때 나는 내가 어떻게 해야 하는 것인지를 가장 완벽하게 알고 있었다.

사실 교직이란 내 신분을 감추기 위한 애시당초의 뚜렷한 목적이 있었기 때문에 내가 생각해 볼 때에도 이 웃기고 자빠진 학교 생활이 식상이 아닐 수가 없었다. 동학년간의 성적 경쟁에서 내 반은 늘 고전을 면치 못했고 교직에 식상해져 버린 나는 수치스럽다는 생각과 지기 싫다는 고집으로 여선생답지 않게 점점 폭군으로 변해 갔다. 아이들은 나를 싫어하였다. 그리고 그것은 어느 비오는 날 교실 전체가 망막을 친 것처럼 우중충하게 어둠이 내려 전기 시설이 되어 있지 않은 낡은 목조 건물에 촛불을 켜야만 했을 때 한꺼번에 쏟아지던 비명 소리, 흔들리는 촛불과 함께 귀기 띤 내 얼굴을 보는 순간 아이들은 발작하듯 비명을 지르며 옆 교실로 도망쳤다.

나는 이번에는 두서너 개의 군(郡)을 건너 뛰어 인근 대도시에 가까운 제법 근사한 학교를 만나게 되었다. 아마 나를 속이기 위해 내가 무당의 딸이라는 사실을 감추기 위해 결벽적으로 학교를 옮겨 다니는 동안 마냥 소녀로만 있을 것 같던 나는 갑자기 지쳐 있는 나를 발견하였고 나를 속이기 위해 내 운명과 부질없는 싸움을 해 온 내 자신의 비참하고 작위적인 모습을 언뜻 보아 버렸다. 나는 내 오로지 도피하는 일에 지쳐 버리다 못해 점점 더 시들어 가는 내 자신을 느꼈다.

그래도 나는 피할 수만 있다면 피할 수 있는 데까지 피하리라고 여겼다. 징소리만 놀아도, 비바람에 대나무 잎사귀가 서걱여

도 나는 자다가도 벌떡 일어나 식은땀을 죽죽 흘렸다. 엄마가 입
가에 허옇게 거품을 물고 눈알을 뒤집으며 마른 장작개비처럼
전신을 뒤틀면서 칼을 흔들며 길길이 날뛰고 있었다.

그런 사갈스럽고 절망스럽고 사는 것이 사는 것 같지 않게 불
안에 쫓겨 허드적대던 어느 날 나는 읍내에 출장 다녀오는 길에
그를 알게 되었다.

학교에 가 버리는 일상의 반복밖에 없었던 일은 잠을 자버림
으로써 내게 당면한 불안과 공포로부터 벗어나는 일이었다. 무슨
여자가 그렇게 징그럽게시리 잠만 자빠져 자고 있을 정도로 게
으르냐고 할 지 모르겠지만 그러나 오로지 도피한다는 강박 관
념에 사로 잡혀 있었던 나는 내가 한가할 수 있는 시간이면 찾
아오는 불안감과 공포감으로 내 의식이 살아 있기를 거부했다.

오로지 숨기는 일에 매달리며 사람을 만나는 일을 의식적으로
기피하다 보니 나는 오직 내 자신의 울타리에 갇혀 살게 되었다.
그래서 나는 학교에 거의 다가갈 때까지도 내 곁에 누가 내리고
앉았는지도 도를 정도로 창밖에 펼쳐진 풍경에서 시선을 떼지
않고 있었다.

"선생님, 내릴 차례입니다."

나를 잘 알고 있는 듯한 내 옆에 앉은 사내는 제법 걸쭉하게
내게 충고를 해주었고 나는 그 소리에 바짝 놀라 고개를 휙 돌
려 그를 바라보았다. 그의 얼굴은 좀 못나 보였음에도 화안함과
당당함 때문어 신선감마저 풍겨 주었다. 그러나 의외에도 내 속
은 표독스러워지고 있었다. 그것은 오랫동안 내가 나를 지키려는

습성에서 나온 자기 방어적인 본능 같은 것이었다.

"알고 있어요."

나는 미소 띤 얼굴로 내려다보고 있는 그를 향해 무안해지도록 차갑게 쏘아 부쳤다. 그러나 나는 이 처음 보는 사내가 나 같은 여자에게도 호감을 갖고 말을 걸어 주었다는 것만으로도 조금은 열에 떠 가슴을 설레고 있었다.

내가 말이 없었는데도 그는 계속 건강한 음성으로 내게 말을 걸어왔고 그런 그의 태도는 너무도 자연스럽고 당당하여 어쩌면 숨기고 있었을 뿐이지 내 속 깊은 곳에서 활활 타고 있었던 사랑에의 목마름이 펌프로 끌어올려지길 갈망하고 있었던 내 마음을 마구 두들기고 있었다.

그러나 굳게 닫혀진 내 가슴은 의심의 여지를 남겨 놓고 있었고 고독해 뵈는 남자에게 푹 빠져버리는 노처녀들처럼 쉽게 빠지지 않았다. 내가 두 번째 돌아다보았을 때 처음과는 달리 그는 좀 우울한 표정을 짓고 있었고 나는 그것이 간혹 여자들을 사로잡는 남자들의 매력이라는 것을 생각해 내고는 '그러면 그렇지, 이 늑대, 당신이라구 별 수 있을라구' 하고 속으로 그를 완전 뒤죽박죽 구겨 놓고 있었다. 그러나 악마 쪽으로 매도해 버린 그는 내가 그렇게 죽을 만들어 놓았는데도 얼굴 가득 함뿍 신선함과 수줍음이 꽃잎 이슬 머금듯 담겨 있어 그가 싫지 않았다. 그의 소탈하고 그 말만 쏟아 놓고 나면 속에 아무 것도 남아 있을 것 같지 않은 그의 정직한 말에 힘입어 나는 이 근래에 처음이라고도 할만큼 많은 말을 그에게 쏟아 놓았다. 나는 내 뿌리도 없이

흔들리는 교직 생활을 내 신분을 감추기라도 하듯 교직이 얼마나 밖에서 보는 것과는 달리 유치스럽고 장난 같은 것이라는 것을 차가 정류소에 대일 때까지 거듭거듭 허겁차서 쫑알대었다. 그는 말없이 내 말을 듣고 있었고 내가 동의를 구할 때마다 그저 예의 그 소년 같은 미소만 짓고 있을 뿐 긍정도 부정도 하지 않았다.

그 후 가을이 붉어 가는 것과 함께 불안에 찌들리며 학교를 옮겨야 할 것인가 아닌가로 깊은 회의에 빠져 있던 나는 그래도 이번만은 가장 오랫동안 내 신분을 피할 수가 있었고 환장할 정도로 어김없는 엄마의 방문도 없어서 조금은 안도와 조마조마한 가슴을 놓을 수가 있었다. 그런 어느 토요일 오후, 나는 또다시 그를 만나게 되었다. 학교를 파하자마자 갑자기 내 앞으로 쏟아지는 눈부신 하늘과 눈물이 나게 싱그러운 대지를 보자 나는 짜릿함에 취해 마냥 인근의 언덕으로 무턱대고 달려갔다. 나는 펼쳐진 들과 미구의 낭만으로 환희에 가득 차 가슴을 열고 벌컥벌컥 대자연의 정기를 마음껏 호흡하였다. 아아, 이 대자연의 냄새. 그것은 자폐증에 갇혀 소심하리 만치 주눅든 내 노처녀의 가슴에 처음 느껴 보는 애닯은 감정이었고 차마 이런 것도 알지 못할 정도로 내 울타리에서만 갇혀 살던 내게 커다란 자성과 환희로움을 함께 주고 있었다.

나는 펼쳐진 숲 속의 물감들을 주르르 짜 버리고 싶은 충동을 느끼며 내 온 몸을 협곡의 쩡한 정적 속에 내동댕이 쳐버렸다. 그러나 다음 순간 나는 몇 발자국 더 나아가지 못해서 굴뚝처럼

우뚝 버티고 선 사내를 만남으로써 내 이런 낭만주의는 깨지고 말았다. 놀랍게도 내 앞에는 아마 나 만큼이나 식상하고 권태스러워 못 견디어 나처럼 핑계대고 나왔을 법한 사내가 내 앞을 터억 막아서며 나를 노려보고 있었다. 좀 쏙맥같으면서도 그런 대로 썩 괜찮은 사내는 나를 아까부터 내 낭만주의에 들뜬 모습을 다 보고 있었으므로 나는 언뜻 쭈뼛거리는 낯가림과 무안감에 몸둘 바를 몰랐다.

"또 만났군요."

그는 예의 그 미소를 띠면서 아주 당연하게시리 내 곁에 와 섰다. 그의 태도는 너무도 당당해서 나는 한참 당황하지 않으면 안되었고 속으로 환희감에 와스스 떨었다.

우리는 서로가 또다시 만났다는 것만으로 함께 쩡한 정적 속의 오솔길을 나란히 걸었다. 그는 내 어깨에다 한 손을 올려놓았고 나 보다 한층 큰 그의 키는 지극히 그런 동작에 자연스러웠다.

"선생님, 고개를 이쪽으로 좀 돌려보시죠. 고개가 아플 텐데……."

내가 무안감과 당혹감으로 쭈뼛거리며 머쓱한 감정으로 그를 차마 똑바로 보지 못하고 외면하며 걷자 그는 내 등을 툭 치며 그렇게 말했다.

"고개 아프지 않아요. 전 이게 좋은 걸요. 혼자 보고 혼자 생각하고 혼자 느끼고……."

"고독을 좋아하는가 보죠. 무척 외로와 보입니다. 제게도 한 때는 그런 적이 있었는데. 모든 것을 크신 그분께 맡기고부터는

······."

그는 말을 하다 말고 내 얼굴을 쳐다보았다. 이런 얘기를 함으로써 내가 식상해 하고 있지는 않나 하고. 그런 마음 씀씀이 때문에 나는 그의 속에는 그의 얘기만큼이나 행복과 평화가 꽉 들어차 모든 것을 크신 그분께 맡긴 것만큼 그가 여학교 시절 남모르게 애태워 왔던 국어 선생님처럼 우러러 보였다. 그러나 나는 또 빨리 내 속에다 찬물을 끼얹어 버렸다. 만신의 딸 주제에, 만신의 딸 주제에······.

어디선가 혹독한 징소리가 내 목자락을 휘덮고 있었다. 그 징소리에 맞춰 칼을 흔들며 길길이 날뛰던 엄마의 광기 서린 얼굴과 엄마의 세 남편들의 연속적인 죽음, 내가 무가의 딸이라는 사실을 알고 절교를 선언하며 돌아서던 대학생의 교통사고, 살이 낀 여자, 만신의 딸······.

안돼, 안돼. 나는 설픈 의식으로 잔인하게 도리질을 했다. 또다시 이 선량한 하느님의 아들을 희생시킬 수는 없다고 여겼다.

"무당의 딸은 여염집 사람과 혼인해 봐야 행복해질 수 없지. 무당이 무당을 낳고······."

여학교 시절 엄마를 따라 신어미에게 갔다가 나의 반반한 얼굴을 보자 히죽 웃어 보이며 신어미가 나를 향해 하던 말이었다.

그는 이제 두 번 만나는 내게 이런 얘기는 아직 누구에게도 한 적이 없는데 어떻게 된 셈인지 내게 처음 하게 된다면서 자신이 어떻게 해서 크신 그 분을 만나게 되었고 전도사가 되기로 한 까닭 등을 소년처럼 수줍게 내게 들려주었다. 그래서 나는 그

의 신분이 무엇이라는 것을 알았고 그래서 내 두 가슴은 터질듯이 부풀어올라 방망이로 마냥 두들겨 맞고 있었던 것인지도 몰랐다.

나는 그와의 그런 조우가 한 많은 노처녀인 내게 내리는 은총인 양 들떠 있었고 그리고 주제 파악도 못하고 흠뻑 그에게 빠져 버리고 말았다. 어떻게 할 도리도 없었다. 내 신분에 주제넘었다거나 무가 출신이 어떻게 전도사와 결혼할 수 있느냐는 따위는 생각조차 해보기 전에 그를 한꺼번에 사랑해 버리고 말았던 것이었다. 무슨 여자가 그렇게 철딱서니 없게 속수무책으로 늪 속으로 빠지듯이 수울술 쉽게 빠져 들어가느냐고 하겠지만 그가 가진 건전한 신분에 폭 묻혀 어쩌면 천한 내 신분을 감출 수 있을지도 모른다는 알량한 이기주의가 숨어 있었기 때문인지도 몰랐다.

그렇게 달뜬 관계가 지속되는 동안 우리는 말은 없었지만 서로가 존경하는 감정으로 묵시의 약속처럼 결혼을 생각하게 되었고 서로가 봉사한다는 마음으로 깊고 달콤한 인격적인 만남을 계속해 갔다.

그와 만나는 일이 많아질수록 달뜨고 몽롱한 상태에서 나는 점점 그를 사실주의로 바라보게 되었고 그렇게 사실의 눈으로 그를 들여다보게 되자 나는 처음 그를 보았을 때 느꼈던 매력만큼 매력을 갖고 있지 못하며 의외에도 그가 우울한 구석을 적잖게 가지고 있다는 사실에 대하여 실망하고 있었다. 나는 그가 신학 대학을 중퇴하였고 그가 말은 하지 않고 있었지만 오직 그는 부모가 누구라는 것도 모른 채 이 세상에 내던져진 천애 고아라

는 사실도 알게 되었다. 그러기에 나는 그가 더욱 사랑스러웠고 내 전부를 바쳐 매달려 보고 싶었던 것이었는지도 몰랐다. 아, 아 그와의 만남은 얼마나 달뜨게 하였는지…….

그 날 이후, 나는 학교를 마치면 내 자신에 대한 허우대를 감추기라도 하듯 부리나케 그를 만났다. 그의 구김살 없는 미소와 소년 같은 표정을 볼 때마다 나는 최소한의 업이 씌워져 있는 만신의 딸인 내가 결혼을 할 수도 있다는 희열감에 와스스 떨었다. 간간 언뜻언뜻 내비치는 남편을 셋씩이나 비명에 보내야만 했던 기구한 팔자의 엄마의 살이 낀 얼굴과 그래서 살을 풀기 위해 신어미에게 살풀이 갔을 때 온 몸을 길길이 뱀 틀듯이 꼬며 기괴한 비명을 질러대던 엄마의 또 다른 모습과 절교를 선언하며 돌아가던 대학생이 교통 사고로 비명에 가버린 일들이 언뜻언뜻 내비치며 내 기를 팍삭 꺾어 놓았다.

그렇지만 나는 그와 더불어 있다는 것만으로 즐거웠고 엄마의 출현 따위로 불안해하던 내 감정은 그를 매일같이 만난다는 설렘으로 대신하게 되었다. 아아, 이 열망, 이 기쁨. 나는 거듭거듭 내게 내려 있는 이 햇살 같은 기쁨으로 와스스 전율을 느꼈다 (아 아, 남사스러버라)

그러나 오해도 없지 않았다. 때때로 알 수 없는 것은 그에게서 느껴지는 기이한 느낌이었다. 그는 좀 이질적이어 보였고 그의 신분과는 어울리지 않게 때때로 우수로 얼굴을 가득 메워 버려 내 속을 태웠다. 그런 오해는 내 자격지심과 더불어 혹 그가 내 신분을 눈치채고 있을지도 모른다는 비약된 생각이 솟구쳐 올

랐다.

나는 점점 불안해졌고 그런 목졸림은 여러 날을 두고 내 작은 가슴을 마냥 쓸어 내렸다.

결국은 내 생각의 목졸림으로 몇 번이고 망설이다가 학교 뜨락의 코스모스가 완전히 조락해 버려 문득 가을인가 하고 느껴지던 어느 날, 나는 느닷없이 내 황망한 마음을 거두며 목사관으로 향했다.

가서 말해 주리라. 내가 무당의 딸이라는 것과 벗어 버릴 수 없는 운명의 굴레를 타고 난 팔자 드센 여자라는 것을 낱낱이 그에게 고백하리라.

나는 목사관까지 걸어가면서 주욱 그가 내 정체를 앎으로 해서 그가 나를 어떻게 생각할까 하는 생각으로 꽉 차 버렸다. 크신 그 분에의 가장 강력한 측근인 그가 우상의 딸인 내 신분을 앎으로 해서 쏟아질 뭇조소, 뭇실망감…….

그러나 이런 내가 물고 늘어졌던 자괴감이 받친 시답잖은 생각들은 내가 교회 뜨락으로 들어서자마자 다 무산되고 나는 그저 무지개를 잡는 소녀가 되어 버리고 말았다.

외딴 교회의 뜨락에서는 대리석처럼 청랑한 이마를 가진 키 큰 소년이 수숫대처럼 서 있었고 그는 나를 보자 씩 웃으며 달려와 나를 번쩍 안아 머리가 하늘까지 닿을 정도로 빙그르르 돌렸다. 나는 이 세상의 모든 빛과 소금이 다 내게로 쏟아지는 것 같았다.

"귀여운 선생님, 올 줄 알았지. 아침에 감나무에 까치가 와서

울었어. 오늘이 토요일이라는 것도 알았지.”

그는 그 시원한 눈살을 내게 쏟으며 내 자괴감이 받친 생각들을 싸악 걷어다가 쓰레기통 속에 집어넣었다. 그 바람에 나는 활활 봄 신명처럼 타올랐던 그에 대한 의심의 빛깔이 안개 사라지듯 녹아 없어지는 것을 보았다.

그는 나를 데리고 불안의 우물에서 나를 끄집어내려고도 하는 양, 이제껏 내 자신의 우리에 갇혀 내 우리 속을 왔다갔다하는 소아병적인 나를 껍질을 야금야금 벗기기라도 하듯 인근 야산의 상수리 숲이 어우러진 산 속으로 손을 붙잡고 끌며 사랑은 안개 같은 것이라고 했던가 하는 저 독일의 시인을 흉내내고 있었다. 아 아, 이 환희, 이 열락.

그는 내 자괴감이 받친 생각으로 히죽하게 늘어져 있는 내 어깨를 잡아 끌어올리며 억지로 웃게 만들었다. 그런 그의 마음 씀씀이에서 나는 이제껏 내 옹졸한 자아의 껍질을 벗겨 내며 저런 사람이라면, 저런 마음 씀씀이라면 나는 내게 내려 있는 모든 것을 다 주어도 좋다고 거듭거듭 확인했다. 어디선가 솔방울이 떨어지는 소리가 들려 왔다. 하늘에는 매가 한 마리 빙글 선회하고 있었다. 어느 순간 나는 또 다시 빨릴 듯이 속수무책 그의 품안으로 끌려 들어갔다. 그는 사랑이란 것이 어떤 것이라는 것을 내 방어 벽으로 단단히 무장한 가슴에다 알게 해주기라도 하는 듯 나를 꼭 껴안았다. 비누 냄새가 나는 얼굴로 내 입술을 더듬었다. 나는 그저 그가 하는 대로 내 온 전신을 맡긴 채 하늘에는 구름과 별과 달이 낮에도 있는지 열심히 살피고 있었다. 아 아, 이

사내는 정말 내가 무당의 딸이라는 사실을 모르고 있구나.

이런 생각들은 솔개가 병아리를 나꾸어 채 듯 그가 더욱 욱죄어 오는 바람에 산개되고 곧 나는 빠개질 듯 으스러져 해체되는 것을 느꼈다. 천둥 번개가 우르릉 쾅쾅 내리꽂히고 있었다.

눈 마저 그의 욱죄임으로 저려 오는 내 시야에는 앞에 펼쳐진 푸르름과 언덕과 국화빵 같은 구름이 두어 조각 들어올 뿐, 아무것도 볼 수가 없었다.

그 날 이후 나는 학교가 파하면 더욱 대담하게 우상이 감히 접근할 수 없는 곳으로 그를 찾아갔다. 목사관 뜨락에서는 노오란 은행잎들이 썰렁한 뜨락을 가득 채우고 있었고 나는 그것들을 차곡차곡 밟으며 소녀적 저 맑디맑은 순수 나부랭이를 휘갈기던 감상의 세계를 떠올리며 마냥 그에게 매달렸다. 때때로 그는 어디엔가 숨어 있다가 왕자님처럼 나타나서 내 눈을 꼬옥 감기기도 했고 내게 수줍음 많은 소년처럼 미소를 머금고 한참 나의 이런 낭만주의를 바라보며 서 있기도 했다. 그 때면 나는 너무 행복해서 촐랑거리며 달려가 그의 목을 끌어안기도 했고 그를 졸라 온 산자락을 헤집으며 그와 나의 둘만의 무대로 만들어 버리고는 했다.

일요일에는 엄마의 철저한 방해 공작도 있었지만 보다 더 어떻게 만신의 딸이 교회에 나갈 수 있을까 싶은 나의 자격지심 때문에 외면했던 신의 전당을 나는 나도 모르게 열성적으로 참여하게 되었다. 그가 설교하는 모습을 기쁨으로 바라보았다. 그가 설교 준비를 위해 고심할 때면 그의 곁에서 말없이 지켜보며

커피를 끓이기도 했다.

토요일에는 일부러 차를 타고 읍내에 나가 산성엘 올랐다. 11월이 되면 옛 도시인 읍내 산성에서는 여기저기서 쿵쿵 가을이 깊어 가는 소리가 들렸다. 상수리를 줍는 아이들이었다. 아이들은 여기저기서 상수리나무를 돌멩이로 쿵쿵 울리고 우수수 떨어지는 상수리를 주웠다. 상수리를 줍는 손은 빨갛게 시리다. 그래도 상수리를 줍는 마음은 기쁘다. 묵으로 만들어 팔면 얼만큼의 돈이 생긴단다.

그 상수리를 줍는 아이들과 만난 것은 거의 동시의 일이었다. 나는 고삐 풀린 망아지처럼 몹시 출랑거렸다. 사람들은 모두들 우리를 쳐다보았다. 우리는 모른 척 걸었다. 그가 너무 소년처럼 수줍어한다고 나는 놀렸다. 그는 나를 이 나이가 되도록 그 달콤하고 오묘한 생명의 말씀을 모르고 있는 철부지 아가씨라고 놀렸다. 그러면 나는 그의 손바닥을 달래서 공산성을 쿵쿵 울리던 상수리를 그려 놓고 그곳에다 커다랗게 귀를 그려 놓았다. 웬 귀냐고 그가 물었다. 상수리 귀라고 그랬다. 세상에 상수리에 귀가 있는 것은 처음 본다고 그는 호탕하게 웃었다. 나는 이 상수리가 귀가 있다면 그가 말하는 것을 잘 듣고 있다가 후에 상수리가 나무가 되어 하늘의 말을 들을 수가 있게 된다면 하느님께 이런 자기가 사랑하는 사람을 놀리는 못된 엉터리 전도사는 혼내 주라고 얘기할 것이라고 그래서 귀를 그렸다고 말했다. 그는 엉터리라고 놀렸다. 나는 또 손을 달래서 더욱 크게 귀를 그려 놓았다. 상수리 귀는 못된 말을 들으면 더욱 귀가 커져서 작은 소리

까지 다 들을 수 있다고 그랬다. 그는 더욱 엉터리라고 놀렸다. 인간은 원래 고독한 존재라고 말한 철인의 말이 우리에게만은 거짓말이라고 여겨졌다. 너무나 행복했기 때문에 나는 언뜻언뜻 엄마의 비명에 가 버린 세 남편과 교통사고로 죽어 버린 남학생의 일이 떠올라 내 앞을 막았지만 그런 것은 어디까지나 행복을 전제로 한 불안이었지 결코 내가 무당의 딸이기 때문에 불행하다는 생각은 들지 않았다. 나는 어떻게 하면 그를 출세시킬 수 있을까 하는 생각으로 즐거운 비명을 지르고 있었다. 그를 신학 대학을 마저 졸업시키고 신학 대학원도 보내어서 장차 한국 장로계의 유능한 지도자로 만들어야지. 내가 받는 월급은 오로지 그의 출세를 위해서 쓰리라. 나는 거듭거듭 내게 쏟아지는 이 햇살 같은 행복감으로 와스스 떨었다.

우리의 결혼 준비는 그의 계획대로 사각대는 행군 소리처럼 이루어져 가고 있었다. 내가 할 수 있는 일은 그가 시키는 대로 따라가면 되는 것이었다. 이 나이가 되도록 내 나이다운 행동은 커녕 내 자신의 자폐에 빠져 나이값도 못하고 있던 나는 선배 언니들을 찾아다니며 결혼과 신혼에 대한 도움을 청했다.

그는 내 허락도 없이 일방적으로 결혼 날짜를 정해 버렸고 읍내 교회 목사님에게 주례를 부탁해 놓았다. 빨리 결혼해야만이 보고 싶은 고통을 덜 수가 있지 이렇게 매일같이 그리움에만 사무치는 고통을 견디어 낼 수가 없다고 그랬다. 나는 그와의 신혼에 필요한 것들을 하나, 둘 사 모으기 시작했다. 무엇보다도 내가 그 날 그를 위해 입을 드레스를 맞추기 위해 나는 온 시내

를 헤매며 고심 고심 마음을 쏟았다. 우리의 일은 이제 결혼하는 일만 남았다. 오로지 딸자식만의 행복을 바라고 있었던 엄마는 그 많은 한을 용케도 감추고 내게 피해 되지 않도록 노력했고 그가 고아로 전도사가 된 만큼 노력하였다는 것이 썩 마음에 들었던 모양이었다.

그러나 이 모든 것은 결혼식을 가장 성대하고 축복 받게 하기 위해 성탄절 이브로 정하고 그 이브가 손가락을 꼽을 정도로 다가왔던 어느 날, 나는 내 모든 예감과 내게 내려 있는 운명을 거듭 확인하는 꼴이 되고 말았다.

그 날 나는 매일의 일상처럼 여덟 시에 학교에 나갔고 늘 사랑스러운 것만도 아닌, 그래서 그 날 따라 시끄럽기만 한 아이들이 어서 집에 돌아가기만을 기다리며 지루해 하다가 퇴근하던 나는 면사무소 쪽에서 사람들이 몰려들며 기괴한 표정으로 놀라는 모습을 바라보자 나도 모르게 그 쪽으로 발길이 끌려 들어갔다. 사람들이 빙 둘러 선 한 쪽에는 마치 빙산의 일각처럼 포장 안된 국도와 함께 읍내로 연결되어지는 버스가 한껏 사람들의 기세에 눌리어 주눅 든 채로 정지해 있었고 그 옆을 바라보던 나는 한 순간 내 앞에 벌어져 있는 광경에 질겁을 하며 소스라치고 말았다. 사람들이 교통사고라고 외치면서 저마다 벌어진 사태에 손도 대지 못하고 있는 즈음, 그 사건의 피해자를 바라보던 나는 소스라치고 말았다. 아니 이럴 수가 어제까지만 해도 건강한 미소와 함께 소년처럼 화안하게 웃으며 내게 달려왔던 젊은 그가 이럴 수가 있다는 말인가. 나는 이제껏 지탱해 왔던 내 몸

을 떠받치고 있던 마지막 축대가 무너지며 그대로 내 온 전신이 녹아지는 것을 느꼈다.

이윽고 누군가에 의해서 이미 회생할 가망이 없는 시체에서 내뿜어지는 꿈틀거림을 바라보자 나는 숫제 이 세상의 온갖 절망감이 내게로 내리는 느낌을 받았다. 세상에, 세상에…….

순간 걸쭉스럽게도 내 앞을 백내장처럼 가로막는 것이 있었다. 언뜻언뜻 내비치는 길길이 칼을 휘둘러 괘며 신수를 놀던 엄마의 파란 인광 서린 눈빛, 엄마의 세 남편의 죽음, 절교를 선언하며 돌아서던 남학생이 교통 사고를 당하고 그 마지막 안스런 눈빛이 나를 향해 파르르 떨던 모습이 놀라우라만치 선명하게 내 앞을 가로막고 있었다.

나는 나를 숨막히게 욱죄어 오는 예감들로 후들후들 떨었다. 엄마는 손을 내저으며 훠어이, 훠어이 괭이 갈매기를 좇아 바다로 가고 있었다. 오색 장옷에 섭수 무복에 춤을 추면서 엄마는 이윽고 길길이 발악하고 있었다. 계백 장군 한 칼에 스러져라.

아 아, 나는 내 주위에 언뜻언뜻 떠도는 지랄 같은 예감들로 진저리를 쳤다.

성 묘

．

“무사해야 될텐데…….”

　용인을 지나면서부터 차가 좀 뜸해지자 그제서야 분만실에 두고 온 아내에 대한 일말의 불안감과 죄책감이 배시시 고개를 내밀었다. 이 며칠간 아내는 산통으로 몹시 괴로워했다. 그러나 어디 나 같은 사람이 한 두 사람이랴. 남들 다하는 것 아내라고 못할 리가 없었다. 나는 불안한 마음에 다소 오기를 부렸다. 나는 이번 아내를 선택할 때 다복한 집안인가 아닌가를 제일 염두에 두었다. 건강한 사람인가 아닌가를 또한 염두에 두었다. 나의 아내에 대한 선택 조건은 그녀가 내 자식을 순순히 낳아 내 대를 이어줄 것인가에 있었다. 그것은 아버지의 뜻이기도 했다. 첫 아

내는 결혼 생활 5년이 지나도록 수태를 못했다. 나에겐 너무나 좋은 아내였지만 나는 어쩔 수 없이 이혼을 하지 않으면 안되었다. 그것은 아버지의 뜻이기도 했다. 두 번째 아내는 많은 면에서 첫 아내보다는 좀 못한 편이었지만 건강했으므로 나는 무조건 동의를 했다. 간밤 아내는 진통을 시작했다. 예상은 했던 일이었지만 그 시기가 너무 일찍 와서 나는 당황해 하지 않으면 안되었다.

그러나 아내가 장모와 함께 분만실로 들어가는 것을 보자 나는 아내에 대한 생각을 단절시켜 버렸다. 내일은 한식날이다. 지금은 아버지에 대한 생각만을 할 때이다. 그것은 아버지가 돌아가시고부터 내가 나에 대해 약속해 온 일이었다. 한식날 나는 일체 아버지 이외에는 생각하지 않기로 작정해 오고 있었다.

간밤에 아내에게 오늘 아버지 묘소에 내려갔다 와야겠다고 말했을 때 아내는 핏기 잃은 얼굴로

"꼭 내려가 보셔야 되나요?"

하고 울먹이는 소리로 말했다. 아내의 그 말은 아버지의 성묘가 우리 아기보다도 더 중요하느냐는 뜻으로만 들려 나는 한참 동안 곤혹스러워 해야 했다.

"꼭 내려가야 해."

그것은 무엇과도 바꿀 수 없는, 내 2세와도 바꿀 수 없는 명확한 대답이었다. 그것은 또한 아버지와의 약속이기도 했고 아내에게는 미안한 일이지만 내 자신의 의지이기도 했다. 그만큼 아버지의 성묘는 중요했다.

꼭 이 맘 무렵이었으리라. 하루는 아버지가 군대에서 휴가를 나온 나를 이끌고 여행을 떠나셨다. 단순히 당신의 손에 이끌려 목적도 모르고 고속버스를 타고 강릉까지 온 것은 알겠는데 그 다음부터는 낯설었다. 버스를 갈아타고 간간 바다가 보이는 길을 따라 시간 여를 달렸다. 골짝을 타고 손바닥만한 들이 펼쳐진 산자락을 물고 형성된 마을은 산의 크기만큼 늘어져 있었다. 아버지는 인근에 있는 산을 따라 오르기 시작했다. 산은 아래서 보기와는 달리 꽤 험했고 깊었다. 계곡 양옆으로 늘어선 바위들은 바깥 세계를 차단하고 있는 것 같았고 우락부락한 봉우리들이 드러났다가 가려졌다가는 했다. 이 산골에서도 소출이 되는지 좀 펑퍼짐한 곳은 어김없이 화전밭이 듬성듬성 널려 있었다. 산등성이까지 오르자 한 순간 양지바른 곳에 비석과 돌사자가 나타나며 잘 가꾸어 놓은 무덤이 보였다. 아버지는 그 무덤 앞에 와 서며 문득 나를 돌아다보고 말했다.

"네 할아버지 산소란다."

무덤 앞에서 아버지는 사 가지고 온 술과, 사과, 마른 오징어를 진설하였다. 그리고 정성을 다한 모습으로 크게 절을 올렸다.

"아버님, 오늘 아버님의 장손 명수를 데리고 왔습니다. 아버님 생전에 명수를 데리고 오지 못하고 아버님 사후에나 명수를 데리고 나타난 이 불효 막심한 자식을 용서해 주옵소서."

아버지는 한참 동안 그 자리에 엎드린 채 일어서지 못하고 울고 있었다. 나에게 할아버지가 있었다는 새로운 사실을 발견한 것만큼 나는 그 날 아버지에 대한 과거 중 풀 수 없었던 고리

하나를 조금은 풀 수가 있었다.

“야, 뭐하고 섰니. 너도 서 있지만 말고 와서 인사하려무나. 내 아버지, 네겐 할아버지 무덤이야.”

아버지의 말을 좇아서 나는 넋을 잃고 있다가 황망히 두 번 연거푸 큰절을 올렸다. 그러나 내게 할아버지가 있었다는 말을 나는 그 때까지 들어본 적이 없었다. 아버지가 어디 자신의 과거에 대해서 들려준 적이 있었던가.

“와서 음복하거라.”

나는 또 아버지의 말을 황황히 좇아서 술잔을 비웠다.

그 날 거나히 취해 술김에 쏟아 놓는 아버지에게서 나는 아버지 또한 나와 같은 고아라는 사실을 알았다.

“바다는 내게서 모든 것을 한꺼번에 앗아갔다. 아버지와 어머니는 나를 남겨 두고 바다로 가서는 다시 돌아오지 않았다. 바다를 향해 울고 있는 내 앞에 지금의 아버지가 나타났다. 나이는 꽤 들어 보인 것 같더라만 이상하게 전혀 나이가 느껴지지 않는 사람이었다.”

딱히 아버지가 자신에 대해서 말한 적은 없었지만 차츰 자라면서 나는 내 주위의 형편을 깨닫기 시작하였다. 그가 옛날 왕조 말기의 높은 벼슬을 한 사람이라는 것도, 그에게는 임금으로부터 하사 받은 적잖은 전답과 가산이 있다는 것도, 아버지는 그 재산을 나를 양자로 입적시켜 물려줄 생각이었다는 것도.

“자식이 없었던 아버지는 나를 통해 그의 대를 잇게 할 생각이었던 것이었다. 그러나 나는 아버지 생전에 그 일을 이루어 드

릴 수가 없었다.”

나는 연거푸 아버지의 잔에다 술을 따라 드렸다. 아버지가 갑자기 비감해 했기 때문이었다. 문득 내려다보니 산에서는 신기하게도 바다가 보였고 가까이서 그물을 치는 배의 모습도 보였다. 그것은 내게 착각 같은 이상한 느낌을 주었다. ‘이런 곳에 묻히면 죽어서두 바다를 내려다 볼 수가 있겠군’ 아버지는 나직하게 혼자 중얼거렸다.

그 날 아버지는 더 이상의 말은 하지 않았다. 그러나 그 날 그렇게 말하는 아버지에게서 나는 아버지가 남모를 깊은 회한을 가지고 있음을 눈치를 챘다.

아니나 다를까, 아버지와 두 번째 이 곳을 찾던 날, 아버지는 더 이상 올라갈 곳이 없는 곳까지 오르자 갑자기 감정의 봇물을 풀며 격한 소리로 자신의 심경을 쏟아 놓기 시작했다. 아버지와 두 번째 이 곳을 찾던 날은 내가 군대를 마치고 마악 복학해 대학을 다니던 때였다. 아버지는 잘 관리된 실로 정성이 어느 한 군데도 소홀함이 없이 잘 가꾸어진 모습이었다. 무덤가에 앉아서 나를 문득 불렀다. 아버지가 그 회한을 얘기했다면 바로 그 다음이라고 할 수 있을 것이었다.

“명수야, 이 무덤 언젠가 말했지만 내게는 아버지, 네겐 할아버지 무덤이야. 이 달 초닷새 바로 한식인 오늘이 네 할아버지 제삿날이다. 이 아버지가 없더라도 그 날이 오면 꼭 제사를 챙기도록 하거라. 그리고 나도 죽으면 저기 저 빈 터, 아버지 곁에 묻혔으면 하는구나.”

성 묘

　나는 아버지에게 술을 가득 따라 부어 드렸다. 아버지는 급히 마셨다가 다시 빈 술잔을 내놓으며 다시 내가 따르기를 기다렸다. 내가 다시 따르자 아버지는 습관처럼 거푸 급하게 비워 버렸다.

　"그리고 생각이 있으면 내 제사도 잊지 않고 지내 주었으면 하는구나. 그러나 먼 이 곳까지 내려올 필요는 없다. 제사는 집에서 지내고 이 곳은 한식날 한차례 내려와서 무덤에 난 풀이나 베어 주었으면 하는구나. 죽은 자는 외로운 법이야. 아들아, 무슨 말인지 알겠니?"

　그건 아버지의 유언이나 다름없었다. 아버지는 또다시 잔을 남김없이 비웠고 또 다시 내가 술을 따르기를 기다렸다. 아버지는 할아버지가 그랬던 것처럼 나에게 그가 가진 재산을 물려주려고 그랬고 나를 통해 그의 뿌리를 이어 보려고 했다.

　땀을 흘리며 고통스러워하던 아내의 얼굴이 다시 떠올랐다. 아내의 얼굴이 고통으로 시시각각 변해 가고 있었다.

　"아무런 탈이 없어야 될텐데……."

　버스는 한동안 굴곡이 심한 고갯길을 이리저리 비틀어 가며 올랐다. 기사가 방송으로 안전벨트를 조여 줄 것을 부탁했다.

　매년 한번씩 찾는 길이건만 찾을 때마다 길은 낯설었고 눈에 익지 않았다. 내 불효의 단적인 표현이리라.

　"젊은인 강릉엔 어인 일로 가오?"

　그때서야 나는 내 곁에 누군가가 앉아 있다는 것을 알아차렸다. 그러고 보니 그는 내가 깜박 잠든 새에 앞쪽의 경치를 보기 위해 이쪽으로 옮겨 앉았던 모양이었다.

“내일이 한식 아닙니까?”

“오호, 성묘 가시는 길이시군. 이즈음 보기 드문 일이오.”

그러나 그는 나를 보지 않고 엉뚱하게 반대쪽 계곡을 내려다보고 있었다.

“저 계곡과 물살, 저 잘 생긴 바위들 여기가 바로 대관령의 진입로, 지금 그 고갯길을 오르고 있습니다.”

누가 모를까. 그는 이 길이 한두 번이 아닌 듯, 굽이를 돌아들 때마다 그냥 지나칠 수 없다는 듯 감격해서 외쳤다.

버스는 구불구불 비좁은 산길을 한참 동안 숨가쁘게 감돌아 올라갔다. 산모퉁이를 왼쪽으로 돌 때는 산그늘이 져서 침침하고 어두웠다.

“노인장께선 어인 일로 강릉에 가시는 가요?”

“그 유명한 동해안 한식 풍어제도 몰라요?”

“아, 풍어제.”

그러고 보니 기억이 났다. 우리 나라 동해안, 그것도 특히 강릉 지방에서 풍어제가 옛 모습 그대로 재현되고 있다는 것을 아침 신문에서 읽은 것이었다.

“그 풍어제는 뭐라 할까. 이를테면 바닷가 사람들만이 지고 있는 어떤 삶의 숙명, 또는 애환 같은 것을 나타낸다고 할 수가 있다오. 그 많은 고깃배와 어부들을 삼켜 버렸음에도 불구하고 바다를 미워할 수 없는……”

내가 풍어제에 관심을 보이자 노인이 갑자기 흥분해서 말했다. 노인의 그 말은 아버지가 한 말과 다르지 않았다. 아버지는 바다

가 내려다보이는 무덤 곁에 앉아서 마치 넋두리처럼 말했다.

"바다, 그것은 뭐라고 말할 수 없는 깊은 신비를 가지고 있음에 틀림없다. 그렇지 않고서야 내 부모를 모두 앗아간 바다를 저주 못할 이유가 어디 있겠니. 그렇지만 아들아, 나는 바다를 미워할 수가 없구나."

"그래서 전 그것이 오히려 두려운데……."

"그러나 너도 곧 바다를 좋아하게 될 꺼다."

무슨 이유에선지 아버지는 확신에 차서 얘기하셨다. 아니 바다에 관한 이야기만 나오면 아버지는 늘 생기에 차서 생동적인 감동을 불어넣으려고 했다. 그런 것을 보면 아버지는 바다에 대한 어떤 깊은 향수 같은 것을 지니고 있음을 알 수가 있었다. 그러나 그것은 언제나 내 느낌이었을 뿐 그것이 어디에서 연유한 것이지는 알 수가 없었을 뿐만 아니라 아버지는 한번도 자신의 그런 것에 대해 진지하게 얘기한 적도 없었다.

"한 때는 바다가 싫어서 뛰쳐나간 적도 있었지. 뭐가 답답해서 푹푹 찌는 이 갯내를 맡고 죽치고 앉았겠니. 그러나 나는 곧 알 수가 있었단다. 바다, 그것은 인간의 영원한 향수인 어머니의 모태 같은 곳이라는 것을 말이야."

"혹 어르신께선 고향이……?"

나는 불현듯 노인에게서 또 다른 아버지의 체취를 느끼며 노인을 돌아다보았다.

"맞소. 심포리가 내 고향인데 아랫듬에는 남정 없이 과부들만 살았어요. 무슨 뜻인지 알겠지요. 내 말?"

하늘은 푸르렀다. 가장 높은 곳까지 올랐던 버스는 더 이상 올라갈 데가 없는지 갑자기 앞이 툭 트이면서 높고 낮은 봉우리들이 한꺼번에 쏟아져 내렸다. 대관령 휴게소에서 잠시 쉬었다가 버스는 다시 내리막길을 내뺐다. 햇빛에 반사되어 번들거리는 신록의 나뭇잎들이 화사하게 빛났다. 이 높은 곳에서도 화전으로 일군 밭은 있었고 거기엔 어김없이 푸릇푸릇한 싹이 돋아 봄빛이 머물고 있음을 알게 했다. 노인은 경관에 취한 듯 앞만 똑바로 쳐다본 채 말이 없었다. 나는 다시 눈을 감았다. 대를 잇는다는 것은 무엇일까. 내 2세가 생김으로 인해 생기는 이 뿌듯함은 어디에서 연유한 것일까. 아버지는 말년에 거의 낙심천만이셨다. 내가 결혼해서 5년이 지나도록 애를 갖지 못하자 그 자신의 대가 끊어진다는 절박한 위기감이라도 느꼈음인지 다소 노망의 증세마저 보였다.

"아무 탈이 없어야 될텐데……."

나는 아버지를 생각하고 아내를 떠올렸다. 대학을 다닐 무렵 아버지는 이따금 하숙을 하고 있는 나를 찾아와서 공부를 하고 있는 나에게 말했다.

"명수야, 공부만 하지 말고 여자들도 가끔 사귀고 그래. 사내녀석이 너무 공부만 해서는 못쓴다."

그 말은 내가 사귀고 있는 여자가 있기를 은근히 바라는 것이었고 그리고 한번 그녀를 보았으면 좋겠다는 은연중의 표시였다. 아닌게아니라 그 때 나는 한 여학생과 열렬한 연애에 빠져 있었다. 그 사실을 알자 아버지는 내가 졸업하자마자 결혼을 서둘렀

다. 아버지의 성화에 못 이겨 그녀와 나는 대학을 졸업하자마자 결혼식을 올렸다. 아버지가 대주는 돈으로 서울에다 아파트를 구입하고 살림을 차렸다. 아내는 몇 년이 지나도록 수태를 못했다. 남들은 잘도 낳고 살건만 우리는 아쉬운 그 하나도 5년이 지나도록 이루지 못하고 있었다.

아내가 수태를 못하자 나보다도 아버지의 실망은 이만저만이 아니었다. 아버지는 마치 대를 잇기 위해 이 세상에 태어난 사람 같았다. 어버지는 그 섭섭함을 차마 아내에겐 내색하지 못하고 나를 향해 자주 당신답지 않은 신체적인 고통을 호소했다. 그것은 당신의 죽을 날이 멀지 않았다는 뜻이기도 했고 그러기에 그 전에 당신의 손을 보겠다는 뜻이기도 했다. 나는 그런 아버지가 좀은 섭섭했지만 아버지의 경우를 두고는 백 번 그것이 당연한 것이라고 생각했다. 대를 잇지 못한다는 나의 죄책감도 생각 아니드는 것이 아니었다. 나는 잔인하게 아내에게 아이를 갖지 못한다는 핑계로 이혼을 요구했다. 그리고 아내의 너무도 순순히 응해 주는 합의에 또 몇 날 밤을 연민의 정으로 소화불량과 불면으로 시달려야 했다. 혹 조금 더 기다려야 했었던 것이 아닐까 하는 자책감으로 밤마다 아내의 성깃한 는동자가 떠올라 괴로와 해야 했다.

"여기서부터는 강릉 땅이라오. 옛날 관동 팔경중 강릉 경포대를 으뜸으로 쳤지유."

노인이 갑자기 말하는 바람에 나는 다시 눈을 떴다.

"벌써 강릉인가요?"

　　그러나 차는 여전히 산 속을 달리고 있었고 이따금 빨갛고 푸른 스레트를 인 집들이 하나, 둘 나타났다가 사라졌을 뿐이었다. 강릉엔 5시에 도착했다. 고향은 나의 경우 매년 한차례 성묘를 하기 위해 찾는 땅이란 의미 이외에는 아무런 의미를 부여할 수가 없었다. 고향은 나고 자란 정에 있지 않고 매년 한 번씩 아버지의 무덤을 찾는 데에 있었다.

　　나는 터미널 밖으로 나와 노선 버스를 타고 읍내까지 가서 다시 표고장까지 걸었다. 간밤을 태어날 자식을 위해 하얗게 밝힌 나는 별 수 없기 지치고 무거운 몸을 들고 표고장까지 걸어야 했다. 산이 점점 깊어지고 있었다. 이런 골짜기에 무덤을 쓰기까지 아버지가 얼마나 많은 생각을 했을까 하는 생각이 아니 드는 것은 아니었지만 남의 눈에 뜨이지 않는 이런 곳에 무덤을 쓴 까닭을 알 수 없었다. 바람의 맛도 달라지는 것 같았다. 이 바다가 멀지 않은 척박한 땅에도 어김없이 벼를 심을 수 있는 곳이라면 땅을 파서 모래톱 같은 계단식 논을 쌓아 놓았다.

　　좀더 오르자 바람 소리와 내 발자국 소리뿐이었다. 독가촌이 나타날 때까지 쉬지 않고 걸었다. 오히려 산그늘이 져 저릿할 정도로 으슥했는데도 땀으로 등물을 쳤다. 표고장 최씨 독가촌에 다다랐을 때는 어둑어둑해질 무렵이었다.

　　"밖에 누구요?"

　　내가 독가촌의 한 집 최씨 집 앞에서 발소리를 내며 헛기침을 내자 안에서 오십이 넘었을 사내가 둔한 몸짓으로 문을 열고 내다보았다.

“안녕하셨어요?”

“잊지 않고 오셨군요. 그러잖아도 오늘 내일 올 것이라고 생각은 했었는데…….”

최씨가 나를 알아보고 성급하게 나왔다.

“이거 시계예요. 아들이 중학교에 들어갔다고 했지요.”

“아이구, 오실 때마다 번번히 폐를 끼쳐서, 오실 줄 알고 미리 방을 치워놓았으니 들어 오십시요.”

최씨가 가다리고 있다는 듯 받았다. 나는 최씨를 따라 구석진 방으로 들어갔다. 문을 열자 얼컥 치받히는 더운 기운으로 나는 숨이 막혔다. 문을 닫자 갑자기 골바람이 마악 깨어나 문을 두드리며 지나갔다. 개가 바람 소리에 놀라 낑낑하고 울었다. 오랫동안 비워 두었는지 앉아 있을 수록 방은 곰팡이 냄새와 메주 뜨는 것 같은 냄새가 1년 내 괴어 있는 물 같았다. 최씨의 아내가 무우김치와 시레기를 썰어 넣은 된장국을 담은 조촐한 저녁상을 들고 왔다. 심한 노동과 거칠었을 삶이 십 년 이쪽저쪽을 실팍하게 접어 두게 보였다. 나를 연신 훔쳐보며 찬이 변변찮음을 부끄러워하는 것 같았다. 널어놓은 빨래처럼 순박하고 구김살 없는 아낙이었다. 식사를 막 끝내는데 학교에 다녀왔는지 최씨의 아들이 와서 인사를 꾸벅하고 나갔다. 그런 아이를 붙들고 나는 내가 그만했을 때와 태어날 내 아이가 생각나서 다소곳해 있는 아이에게

“공부 열심히 해. 그래 대학도 다녀야지.”

하는 말을 삼키지 못하고 그예 내뱉고 말았다. 아이의 자존심은

생각도 못하고. 나는 아이가 산골에 살기 싫어 가출한 적이 있었다는 소리를 들은 적이 있었다. 준비해 온 돈이 든 봉투를 학비에 보태 쓰라며 건네주었다. 아이는 매우 송구스러워 하면서도 사양치 않았다. 상이 내가고 다시 최씨가 들어왔다.

"벌초는 대강 해 두었습니다만, 혹 정성이 부족하면 언제나 언질을 주십시요. 참 아이놈에게 돈을 주셔서 뭐라고 감사해야 좋을지……."

최씨는 면서기에게서 수해 구호품을 받고 앞니 빠진 얼굴로 웃고 있는 관공서라면 어디서나 흔하게 붙어 있는 화보 속의 얼굴처럼 감격한 듯한 얼굴로 말했다.

"네, 제가 없더라도 신경을 써서 돌봐주십시요. 워낙 제가 바빠 놔서, 내일은 같이 올라갈 수가 있겠지요."

"네, 아침에 올라갈 수 있도록 준비 해 놓겠습니다."

이상스레 그런 최씨의 모습이 가슴에 와 닿았다. 알 수 있을 것 같았다. 이 벽지에서 그는 사람이 그립고 그들에게는 사람 만나는 것이 꿈과 원망이 함께 서려 있다는 것을. 내가 방안을 둘러보자 최씨가 부끄럽다는 듯 고개를 숙였다. 내년에 올 때는 텔레비전을 가져와야겠다고 생각했다. 생각할수록 이 표고장을 떠나지 않고 아버지의 무덤까지 보아주고 있는 최씨가 여간 고맙지가 않았다. 밤이 깊어지자 신기하게도 드라마 속에서 듣는 산짐승 소리를 이 산골 독가촌에서 실제와 똑같게 들었다.

최씨의 내자가 술상을 보아 왔다.

"작년에 담은 머루술이 아직 남은 게 있어서, 술을 하실 줄 아

시지요?"

"잘은 못합니다만 어쨌든 들여왔으니까 그냥 내갈 수는 없는 일 아니겠어요."

나는 엉거주춤한 채로 내 눈치를 살피기에 급급한 최씨에게 먼저 잔을 권했다.

생전에 아버지는 할아버지의 묘를 관리할 사람을 찾기 위해 마을 사람들 중에서 화전밭 경작권을 넘겨주고 대신 무덤 관리를 해 줄 사람을 찾았다. 아버지가 표고장 최씨에게 같지도 않은 몇 뙈기의 밭을 주고 아버지의 무덤을 돌봐 달라고 했던 것은 순전 아버지가 최씨에게 강요하다시피 떠맡긴 부탁이었다. 아버지는 이유인즉 최씨에게서 산을 떠날 수 없는, 산을 지키는 어떤 느낌 같은 것을 받았기 때문이었다고 그랬다.

"이런 말씀을 드려서 어떨는지요, 저 재작년에 함께 오셨던 사모님이 이 앞전에 다녀가셨는대요."

순간 나는 화들짝 놀랐다. 아내라면 그것은 자식을 낳지 못한다는 이유로 내가 잔인하게 이혼할 것을 주장했던 바로 그녀를 말하는 것이었다.

"언제 다녀갔지요?"

"이틀 전이었습니다."

나는 그녀를 생각하고 마음이 아팠다. 아내가 아무 조건을 달지 않고 순순히 내 곁을 떠났을 때 아버지는 마음이 아팠는지 며칠 동안을 당신의 방에 들어가서 나오지 않았다. 아버지는 그녀가 싫지 않았던 것이었다. 단지 대를 이어야 한다는 그 모진

절박감에 죄책감으로 아버지는 괴로워했던 것이었다.

두 번째 아내를 얻었을 때도 아버지는 전의 아내만큼 기뻐하는 기색은 아니었다. 그녀가 단지 애를 낳지 못한다는 것을 빼놓고는 너무 총명하였고 아버지의 마음을 편히 해주었으므로 아버지의 마음은 늘 그녀에 대한 생각이 떠나지 않았을 것이었다. 나는 내 몸에 익지 않은 술 서너 잔을 그 향기와 달콤함으로 연거푸 신경질적으로 비웠다.

"그 동안 집이나 가족 중엔 별일은 없었나요?"

"별일은요, 산골에 무슨 별일이 있겠습니까. 그저 해뜨면 일 나가고 해지면 집으로 돌아오는, 세월을 잊는 똑같은 날의 반복일 뿐이지요."

내가 다리를 펴며 피곤한 기색을 나타내자 김씨가 갑자기 벌떡 일어섰다. 그 바람에 그의 덩치 큰 그림자가 놀라 흔들거렸다.

"이젠 그만 주무십시요."

그가 나가자 나는 이불을 펴고 아무렇게나 누웠다. 신문으로 얼기설기 발라 놓은 천정은 그나마 다 채우지 못하고 한 쪽은 흙벽인 채로 그대로 내버려두고 있었다.

꿈속에서 얼굴을 본 적도, 기억에도 없는 할아버지를 만났다. 할아버지는 뼈마디가 가느다란 연약한 모습이었으나 그렇지만 두루마기를 입고 지팡이를 짚어서 키가 훨씬 커 보였고 바다를 바라보며 서 있었다. 주변으로는 갈매기들이 어지럽게 날고 있었다. 그 모습을 보고 있던 나는 가슴이 막막해짐을 느꼈다. 그것은 슬프도록 처절했던 할아버지의 한같은 것을 보는 것 같았기

때문이었다. 척박한 땅에서 들꽃 한 송이가 자신의 뿌리를 내리기 위해 비바람과 싸우는 처절함을 보는 것 같았다. 나는 그의 곁으로 좀더 다가서며 그의 얼굴을 자세히 보았다. 나는 곧 아버지가 그렇게 서 있는 것 같아서 소리 없이 불러 보았다.

"아버지, 아버지……."

잠이 깼다. 벌써 밖은 산을 오르기에는 시간이 지나 있을 정도로 밝아 있었다. 문을 열고 나오니 산허리를 두르고 있던 우윳빛 안개가 날아오르는 태양에 엷어지고 있었다. 최씨 가족들의 수런거리는 소리가 들려 오고 있었다.

"아침 식사하시고 오르시렵니까?"

최씨가 내가 깨어난 것을 알고 밖에서 물었다.

"아닙니다. 그냥 오를랍니다."

그나마 남아 있던 먼 쪽의 안개도 사라지고 새의 지저귐도 한층 상쾌해졌다. 나는 최씨와 함께 아버지 산소를 오르기 시작하였다. 왜 이렇게 깊은 골짜기에 할아버지의 묘를 썼던가는 아버지만이 아는 일이었다. 그렇다고 이런 곳어 묘를 써야 할만큼 이 산이 특별한 의미나 특징을 가지고 있는 것도 아니었다. 오히려 풍수지리를 따르자면 좌청룡이니 우백호니 하는 말과는 거리가 먼 돌이 많고 잔 잡목이 많아 악산이라 부르기에 알맞은 곳이었다. 묘를 산꼭대기에 쓴 것도 이상했지만 아무도 모르는 곳에 묘가 숨겨져 있는 것도 이상했다. 그러나 자랑할 만한 곳이 있다면 이 위에서 보면 멀리 동해 바다가 한 눈에 보인다는 것이었다. 숲 사이를 비집고 쏟아지는 아침 햇살이 벌써부터 땀을 쏟게 하

고 있었다.

"이제 아내는 몸을 풀었겠지 무사해야 할텐데……."

내 2세가 아들인지 딸인지도 궁금했다. 아버지가 좀 더 살지 못하고 가신 것이 생각할수록 애통했다.

아버지를 만났던 것은 읍내의 통천 집에서였다. 전쟁은 나를 사고무친의 고아로 만들었다. 기억 속을 더듬으면 분명 엄마, 아버지가 살아 있었는데 그러나 나는 혼자였고 아침부터 저녁까지 구걸하며 살았다.

당시 읍내는 어린 내 눈에도 전쟁이 할키고 간 상처가 원색적으로 엉겨 붙어 있어 곳곳의 거리는 황폐하고 지저분했고 다리 밑에는 위에서 내려온 피난민들이 자리잡아 작은 거리는 일시에 사람들이 몰려들어 바글바글거렸다. 게다가 먹고살기 위해 할 수 없이 배를 타려는 사람들마저 몰려들어 그래서 선창가에는 함흥 집이니 통천 집이니 하는 주로 이북 지방 이름을 딴 술집들이 철마다 철새처럼 늘어났다가 줄어들었다가 했다. 그들을 상대로 몸을 파는 아가씨들도 있었다. 통천 집에는 아가씨들이 많이 있었다. 그녀들은 내가 귀여워서 그런 것인지 또는 가여워서 그런 것인지 동생을 삼자고 하기도 했고 어떤 때는 나를 그들이 자는 방에 데려다가 꼬옥 껴안고 자기도 했다. 그 때 그녀들의 얼굴을 슬멋 훔쳐보면 눈물을 흘리고 있는 때가 많았다. 또 어떤 때는 장난처럼 술을 먹여 놓고 비틀거리는 내 모습을 보고 깔깔거리며 웃기도 했다.

아버지를 만났던 것은 순전 그녀들의 배려에서였다. 통천 집으

로 찾아 온 아버지 앞에서 나는 그녀들이 시키는 대로 구걸을
했다.

"난 학교를 가야 해요. 난 8살이거든요 선생님이 아버지를 데
리고 오라고 그랬어요."

구걸을 하느라 칭얼대는 내 얼굴을 그는 한동안 뚜렷이 쳐다
보더니 그 옆에 앉히며 밥과 생선 몇 토막을 더 굽도록 해 밥을
먹여 주었다. 다음날은 새벽 무렵 부두에서 생선을 상자 떼기로
사는 그를 보았다. 그는 나를 보자 한번 싱긋 웃었고 나도 그를
보자 그의 웃음의 그림자처럼 그를 따라 웃었다. 나흘째 되던 날
은 다시 원산옥에서 그를 만났다. 그 날 그는 내게 밥을 사주었
고 내 몸에서 냄새가 난다며 목욕탕으로 데리고 가 목욕을 시켰
다. 옷을 사 입혔다. 곧바로 그는 아버지가 되었고 나는 자연스
럽게 아들이 되었다. 그대로 아버지와 아들의 관계가 되어 버린
것뿐 어떤 핏줄이나 의무감으로 맺어진 것이 아니었다. 그를 데
리고 이듬해 3월 학교로 가 입학식에 참석했다.

좀 오르자 지워진 길의 풀들이 발부리를 채었다. 숨어 핀 작고
노란 꽃들이 하나 둘 고개를 내밀었다. 새들이 이 가지 저 가지
사이를 날며 푸릉거렸다. 얼마 가지 못해 나는 땀으로 옷을 적시
고 말았다.

"좀 쉬었다 오를까요?"

최씨의 크고 막힘이 없는 목소리가 아무 말 없이 걷는 그와
나 사이의 적막과 산의 고요를 한꺼번에 깨뜨렸다. 나는 그 말을
기다렸다는 듯 어떤 의식을 진행중인 것 같은 굳은 표정을 한꺼

번에 풀며 바위 위에 배낭을 놓고 몸을 던졌다. 실타래를 풀어놓
은 것 같은 산길이 뱀같이 기어가고 있었다. 나는 담배를 권하며
불을 당겨 주었다.

"뭘 느끼시는 것이 없으세요. 도련님?"

최씨가 산을 휘이 둘러보며 코를 벌름거리다가 빠른 목소리로
다짜고짜 물었다.

"뭘 느끼다니 무슨 말씀이세요?"

"산에 오니까 말입니다. 산을 보면 말입니다."

"글쎄요. 오늘 같은 날은 괜히 산이 원망스럽기만 하군요. 하
필 산이 높아 이 고생이 아닙니까?"

나는 그의 목소리만큼 빠른 목소리로 웃으면서 말했다.

"산에서 30여 년을 살아왔지만 불편하게 느끼면서두 벗어날
수 없다는, 아니 버릴 수 없다는 느낌을 늘 받고는 해요. 뭐랄까
인간이 돌아갈 고향같달까. 나이가 드니 더욱 그런 마음이 더해
지는 것 같군요."

언젠가 아버지도 바다에 대해서 그런 이야기를 한 것 같았다.
그래서 아버지는 바다를 저주하면서도 끝내 바다를 벗어날 수
없었던 것일까.

"산세를 보니 과거에 공비 준동이 심했을 것 같은데……."

감상에 젖는 김씨를 일부러 감상 밖으로 끌어내려고 나는 큰
소리로 내뱉었다. 산세는 결코 산맥의 줄기가 아니었고 험하고
깊은 본류였다.

"그렇지 않아요. 보기는 깊어 보여도 웬걸요. 올라가서 보면

이 봉우리 하나만이 외따로 독립이 되어 있어 공비들의 은신처
가 되지 못해요."

세 번째 이 산으로 나를 데리고 오던 날, 아버지는 이 산을 선
산으로 삼으라는 말을 했다.

"나이 들어 등 따시겠다. 배부르면 저다다 사람들은 자기가 돌
아갈 자리를 찾기 마련이야. 그래 생각한 것이 선산을 만드는 일
이었다."

이 산을 매입하고 나서 아버지는 유달리 이런 데에 애착이 강
했다. 더러는 피난민들이 실향민이란 의식이 강해 그런 것에 대
한 관심과 집착도 별난 데가 있는 것을 들어 알고 있었지만 아
버지는 내가 알기로는 피난민도 전통적인 유교 관습에 매인 사
람도 아니었다. 그러나 나는 그때까지만 해도 아버지의 이해할
수 없었던 면을 점점 이해할 수가 있게 되었다.

"인근으로는 공비 준동이 심했어도 이상하게 이 산만큼은 비
껴 가더군요. 전쟁 중에도 마찬가지였어요. 폭격이 용케 비켜가
더라니깐요. 산세가 좋기 때문이라고 말하더라만."

우리 위로 꿩이 옛 시조새의 울음소리가 저랬을 싶은 다급한
소리를 내며 날아갔다. 뒤이어 솔개 두 마리가 뒤쫓아와 꿩을 쫓
기 시작했다. 이상스레 가슴에 와 닿는 끝경이었다.

우리는 다시 걷기 시작했다. 태양은 시뻘겋게 날아오르고 있었
고 우리는 아까보다 더 고통을 느꼈다.

이십 여분을 더 올라서 나는 산꼭대기 해가 잘 드는 볕 바른
곳에 있는 아버지의 무덤에 닿았다. 무덤 더미가 다른 무덤보다

좀 큰 두 개의 무덤이 널찍한 터에 차라리 서 있었다. 떼가 햇빛을 받아 빛나는 모습이 아기가 화안하게 터뜨리는 웃음소리같이 구김살이 없었다. 돌비석과 돌사자가 옛날 석기 시대를 그리워하는 듯 먼 데 하늘을 보고 있었다. 무덤 주위로 몇 그루의 짙은 녹색의 향나무가 무덤을 다른 곳과 구별짓게 하였다.

최씨가 배낭에서 제수를 꺼내어 진설했다. 나는 최씨의 도움을 받아 엎드려 절했다. 나도 모르게 내 입술을 배트는 울음이 새어나왔다.

"아버님, 한식날에나 한번씩 찾아보는 이 불효 자식을 용서해 주옵소서. 당신의 귀여운 장손이 막 태어나려 하고 있습니다. 아버님의 자식답게 훌륭한 아이로 자라도록 보살피겠습니다. 당신의 핏줄로 대대손손이 이어가도록 노력하겠습니다."

두 번을 거푸 절하다가 나는 두 번째 절을 올리고는 일어서질 못했다. 속으로 깊이 단장의 비애를 느꼈다. 아버지는 말년에 정신적인 황폐성으로 노망기를 보였다. 정신이 좀 돌아오면 자신의 정신의 황폐성으로 노망을 부렸던 일을 뉘우쳤다. 물론 그것이 나의 대가 없음을 안타까워하면서 나를 봄이 당신의 재판을 보는 것 같아서 그 한스러움에 대한 절망감에서 온 것이었음은 두 말할 필요가 없는 것이었다. 최씨가 따라 주는 술을 음복했다.

"아버님, 고이 잠드소서. 당신의 뜻대로 이제 저는 저의 대를 이루었습니다. 이제 곧 당신은 당신의 아이들이 언덕을 넘어 수풀을 헤치고 마악 이 곳으로 달려오는 것을 보실 것입니다. 비록 당신은 가셨지만 당신의 자식은 해처럼 환하고 강렬하게 당신의

뒤를 영원히 이어 나갈 것입니다. 아버님 고이 잠드소서. 봉분을 쳐다보고 그리워하는 마음 이기지 못하겠습니다."

아버지의 부음을 들었던 것은 뜻밖에도 대목을 앞두고 물건 수급 처리를 하느라 눈 코 뜰 새 없이 바쁘던 때였다. 전화가 요란하게 울리면서 뜻밖에도 아버지가 교통사고를 당했다는 다급한 아내의 목소리를 들은 것이었다. 아버지는 당신의 아버지 곧 내겐 얼굴을 기억할 수도 보지도 못했던 할아버지의 산소에 다녀오는 길이었고 아버지를 태운 버스가 운전 부주의로 그 강원도 골짜기 아래로 굴러 떨어져 전원 사망이라는 유례없는 교통사고를 기록한 것이었다. 어떻게 손을 쓸 도리도 없었다. 내가 병원으로 달려갔을 때는 이미 합동 장례 절차만이 남아 있을 뿐이었다. 노년의 대를 잇지 못한다는 죄책감으로 괴로워했던 아버지는 자신의 운명도 멀지 않았다는 것을 예감했음일까. 한 달이 멀다 하고 당신의 아버지 산소를 들락거렸다.

"그렇지만 그것은 아버지의 실수였다. 아버지가 나를 데려다가 양자로 삼았던 것은 전적으로 아버지의 실수였다. 난, 난 말이야. 난 의사의 얘기가 내 고환은 건전한 정자를 생산할 수가 없다는 거였어. 원천적으로 정자 형성의 장애자라더군. 내 정자 속엔 정상인의 정자 삼분의 일 밖에는 형성이 안되고 있대."

내가 제주도로 신혼여행을 다녀와서 아내와 함께 인사를 드리러 갔을 때 아버지는 나를 조용히 따로 불러 최초로 자신이 정상적이지 못함을 고백했다.

"울기도 많이 했다. 시간이 나면 생각나는 것이 나의 자존심에

관한 것이었고 내 뿌리가 이것으로 끝나야 하는가 싶은 몰려드
는 회한으로 괴로워해야 했다. 더욱이 아버지에 대한 도리를 다
하지 못한다는 죄책감으로 견딜 수 없었다. 이 절망감을 이겨야
겠다는 생각으로 시작한 것이 어물을 내다가 새벽 수산 시장에
파는 일이었다. 아들아, 내 말 무슨 뜻인지 알겠지. 아들아, 나는
네가 말할 수 없이 좋구나."

아버지는 내 얼굴을 가져다가 그의 뺨을 부벼대었다. 그 날 아
버지는 술을 좀 얹었던지 그렇게 뺨을 부비는 그에게서 술내가
풍겨져 나왔다. 그러나 나는 싫지 않았다. 아버지의 거친 사업판
속에서 굵은 그토록 활달한 성격에도 불구하고 의외의 허약한
구석이 있음을 보았던 것이었다. 한편으로 아버지의 그 고백은
나에게 대를 이어야 한다는 어떤 사명감으로 받아졌고 나는 내
인생만큼은 실패해서는 안된다는 책임감 같은 것이 떠올랐다. 생
면부지인 할아버지의 어떤 얼굴이 떠올랐다. 얼마나 할아버지가
대를 이어야겠다는 애착이 강했으면 아버지가 죄책감까지 느껴
야 했을까 싶을 정도로 아버지에 대한 동정이 마음 가득 번져
왔다. 나는 할아버지의 묘소 앞에서도 아버지의 묘소 앞에서와
같은 의식을 그대로 행했다.

내려오는 길에 최씨가 앞장을 서며 길을 열어 갔고 숨어 핀 들
꽃들이 하나, 둘 살아나고 있었다. 숲 구석구석까지 스며든 햇살이
조잘대며 흐르는 냇물 소리같은 소리를 내고 있는 것을 보았다.

이명이었을까. 순간 나는 갑자기 아기 우는 소리를 들었다.

"아들일까. 딸일까. 지금쯤 아내는 몸을 풀었겠지."

성 묘

아내의 크고 성긴 얼굴과 눈동자가 떠오르자 갑자기 마음이 조급해지고 걸음이 빨라졌다. 어서 올라가 봐야지. 가서 수고했다고 아내를 위로해 주어야지.

도토리나무와 침엽수가 어우러져 있는 숲을 지날 무렵이었다. 갑자기 최씨가 걸음을 늦추며 뒤를 돌아다보았다.

"저, 이런 얘기 거짓인줄 압니다만, 하도 해괴망칙한 소문이 돌아다녀서……."

최씨가 잔뜩 웅크리고 저어하는 목소리로 말했다. 그가 너무도 저어하였으므로 나는 갑자기 최씨가 낯선 사람으로 느껴졌다.

"무슨 말인데 그러세요. 말씀해 보세요."

"저 일전에 읍내 장엘 나갔더니 아는 친구 하나가 저 무덤 중 하나가 내시 무덤이라는 귀뜸을 해 주길래 근거가 없는 말이라서 그냥 한쪽 귀로 흘려 버리긴 했습니다만, 그 후로는 아무래도 그런 생각이 지워지지 않아서 혹 그게 사실인지……."

나는 고개가 휙 소리가 나게 돌려 그를 빤히 숫제 노려보았다. 순박한 그는 내 의외의 반응에 놀라 움츠린 목을 더욱 웅크렸다.

나는 한동안 그 자리에 멈추어 서서 주눅든 그를 노려보다가

"대관절 누가 그 따위 소리를 지껄이고 다닙니까?"

하고 내가 생각해도 너무 신경질적인 소리를 냈다고 여겨질 만큼 소리를 질렀다.

"시내에 살고 있는 친구를 우연히 연화 장거리에서 만나 이야기를 나누었습니다."

"몹쓸 사람 같으니라구. 세상에 험담할 일이 따로 있지 남의

집 무덤 험담을 하고 다녀. 그런 일 없으니 최씨는 앞으로는 더욱 무덤을 잘 관리해 그런 말이 나오지 않도록 해요."

나는 최씨가 다시는 그런 말을 입밖에 내지 못하도록 내 위치와 체신을 다해 면박을 주었다.

"저야 그렇게 믿을 리가 있겠습니까만 하도 마을 친구가 자신 있게 입을 놀려 혹시나 긴가민가해서요."

최씨의 목소리가 오포소리처럼 잦아들었다. 그러나 나는 그 순간 진저리를 쳤다. 하마터면 그 자리에 털썩 주저앉을 뻔했다.

"네 할아버진 왕 곁에서 벼슬을 하던 어른이셨어. 나라가 망했을 땐 녹으로 받은 땅이 몇 백 섬을 하고도 남았지. 내가 조금만 그 재산에 신경을 썼어도 이렇게 반으로 줄어들진 않았을 게다. 젊어서는 생명의 은인인 아버지의 가슴에 못을 박고 아버지 생전에 대조차 이어주지 못했으니 이런 어이없는 불효가……."

어떻게 걸었는지도 모를 정도로 정신없이 허둥지둥 내려왔다. 자꾸 비틀거리는 나를 최씨는 내가 서울 사람이라 산길이 서툴러서 그런 줄 알고 조심하라고 거푸 입을 놀렸다. 그러나 속은 쌓아도 쌓아도 모래성처럼 자꾸만 허물어져 내리고만 있었다.

표고장 독가촌까지 내려오자 냉수로 목이나 축이라고 떠 주는 최씨의 말에도 아랑곳 않고 나는 간단한 인사와 무덤을 잘 돌보아 달라는 말을 더 남기고 급히 내려왔다. 내 앞으로는 벌떼가 잉잉거리며 지나가고 있었다. 머리는 납덩어리처럼 무거웠다. 잠을 못잔 사람처럼 다리는 힘이 없었다. 눈앞이 뱅뱅 돌았다. 나는 얼마 내려가지 못해 풀썩 그 자리에 주저앉아 버렸다.

성 묘

"아버지를 바다가 보이는 이 산꼭대기에다 묻고 이 곳을 떴을 때 나는 정말 슬펐단다. 그렇지만 나는 뭇사람들의 손가락질을 견딜 수 없었다. 아버진 말이야. 아버진……."

아버지가 술이 거나하게 들어가면 실성한 사람처럼 말하던 이해할 수 없었던 절규들이 하나, 둘 파도처럼 밀려와 벼랑을 때리고 있었다. 아버지와 할아버지만이 알고 묵계해 온 그 속에서 비로소 나도 함께 그 속에 끼여 공범자가 도어 버린 느낌이었다.

산 아래로 내려오자 나는 지나가는 택시를 불러 세웠다.

"어디까지 모실까요?"

"연화리요."

나는 내 생각에만 골똘해 아무렇게나 퉁명스럽게 말했다. 속은 여전히 심란한 채였고 머리는 미구에 밝혀질 지도 모르는 사실로 두려움이 가득 차 있었다. 기사는 내 차림이 수상쩍다 싶은지 접적지구에 사는 사람답게 앞의 거울로 기분 나쁠 정도로 나를 흘끔흘끔 훔쳐보았다. 운전기사는 심심한지 아니면 시간깨나 걸리겠다고 여겼음인지 나에게 자꾸 말을 걸어왔다. 그가 만일 나를 간첩으로 확인했다면 아마 이것은 나를 경찰서로 데려가려고 안심시키려는 고등 전략이리라. 그렇지만 나는 그가 어떻게 생각하든간에 내 생각에만 젖어 아무 대꾸 없이 차창 밖만 주시하였다.

반시간 남짓 털털거리며 포장 안된 길을 달려와 연화리에 닿았을 때 낮은 산이 병풍처럼 둘려져 있고 그 앞으로 냇물이 흐르는 산자락에 오십여 호의 마을이 옹기종기 모여 한 마을을 이루고 있었다.

"마을을 한 바퀴 천천히 돌아 주셔요."

집집마다 듬성듬성 감나무가 빌딩처럼 솟구쳐 있었다. 기와는 낡고 퇴락해 보였지만 뜨락이 넓고 정갈해 여느 시골이 아니었다. 나다니는 사람조차 없을 정도로 마을은 고요하기만 했다.

마을을 천천히 다 빠져나와 모퉁이를 돌았을 때 산등성이 구릉에 보이는 집채만한 예사롭지 않은 묏등들이 내 시야를 이상스레 자극했다.

"저게 다 내시 무덤들이라구요."

내가 가볍게 신음을 내뱉자 기사는 내가 학술 조사차 나온 사람으로 알았는지 거들었다.

"돌아갑시다. 전속력으로."

그들을 보다 말고 나는 신경질적으로 기사에게 버럭 소리를 내질렀다. 이런 일을 하고 있는 내 행위가 못마땅스럽기도 했고 이제 와서 이런 것이 무슨 소용이 있을까 싶은 생각이 든 것이었다. 할아버지는 돌아가셨지만 대신 아버지가 남았고 또 아버지는 돌아가셨지만 나는 남은 것이었다. 할아버지와 아버지는 돌아가셨지만 그들은 나를 통해 살아 계신 것이었다. 또 내 뒤엔 내 2세가 남을 것이다.

시내로 나오자 나는 서울에다 전화를 넣었다.

"경사났네, 경사났어. 아들일쎄, 아들이야."

장모는 기쁜 탓인지 목청마저 젖어 있었다. 한동안 나는 수화기를 든 채 그 자리에 못박힌 듯 꼼짝없이 서 있었다. 가로수의 잎들이 4월의 태양을 받아 화사하게 빛나고 있었다.

성 묘

지 리 산

그 무렵, 아버지를 따라 외조부 댁으로 온 지 얼마 되지 않아 나는 매미잡이를 하는 마을 아이들과 쉽게 친할 수가 있었다.

아직 방학이 되려면 며칠을 더 기다려야 했지만 전쟁과 함께 지리산골 외조부 댁으로 팽개쳐진 나는 조부님 댁의 곰팡내 나는 방구석과 식구들이 메스꺼워 아침을 먹고, 점심, 저녁을 먹는 일 말고는 방구석에 틀어박혀 있지 않았다. 온 천지를 둘러보아도 울울창창한 산과 바위 뿐, 마을 주변 몇 평 안되는 곳을 제외하고는 숲과 가시덤불의 연속이었다.

마을 아이들은 아침을 먹으면 약속이라도 한 듯 한 곳에 모여, 서로들 조잘거리며 이런 수풀과 가시덤불을 헤치고 곧잘 걸어갔

다. 그들은 가다가 조금이라도 이상한 것이 있으면 줍고, 따고, 갈고, 먹고 하였다. 나는 그런 아이들의 뒤꽁무니에 소리 없이 붙으며 아이들이 하는 대로 이상한 것이 있으면 같이 줍고, 따고, 먹고 하였다. 아이들은 이러한 일에 익숙하였다. 키가 큰 아이보다 작고 맵게 생긴 아이가 산도 더 잘 탔고 가시덤불을 앞장서 헤쳐 갔다. 그들은 용을 쓰지 않고 걷는 길이었지만 나는 땀을 흘리며 걷지 않으면 안되었다. 아이들은 아침에 밥을 먹고 나가면 해가 머리에 떴을 때 점심을 먹기 위해 마을로 돌아왔다. 그리고 점심을 먹으면 또다시 약속이라도 한 듯 모여 똑같은 행렬대로 수풀과 가시덤불을 헤치고 걸어갔다. 갈 때는 언제나 용바위가 있는 곳에서 출발하였지만 올 때는 언제나 일정치가 않았다.

나는 정말 심심하였다. 조부님 댁에는 내 또래 아이가 없었다. 외조부님 댁에는 모두 나이가 많으신 어른들만이 살고 있었고 나와 같이 조부님 댁으로 온 서울 고모가 나이가 어린 편이었다. 그나마 고모는 할아버지 시중에 묶여 내가 어리광을 부릴 만한 여유를 갖지 않았다. 아버지는 띄엄띄엄 한 번씩 조부님 댁에 왔다 갔다. 그 때마다 내가 엄마가 보고 싶다고 말했을 때 아버지는 곧 엄마를 데려온다고 누차 말했을 뿐, 엄마는 쉽게 오지 않았다.

내가 매미잡이를 하러 가는 아이들을 본격적으로 따라나선 것은 이 무렵이었다. 서울에서 누릴 수 있던 온갖 달콤하고 맛있는 다과들을 철저히 차단당한 지리산골 생활은 나에게 무료함과 심

심함을 극도로 주었다. 이 변화 없고 고요한 산골 생활을 마을 아이들은 어떻게 지내는 걸까. 호기심에서 따라나선 하루를 나는 매미잡이를 하는 마을 아이들과 심심하지 않게 보낼 수가 있었다. 아이들의 이런 생활은 처음부터 마음에 맞지 않았지만 나는 무료와 심심함을 잊기 위해 아무런 준비도 없이 슬며시 꽁무니에 붙었던 것이었다. 아이들은 나를 서울 아이라고 불렀다. 그리고 내가 그들을 따라갔을 때 그들은 나에 대하여 아무런 말도 하지 않았다.

도토리나무나 갈참나무 등에, 그밖에 이름을 알 수 없는 나무 등에, 흰빛 반점이 보이는 거무틱틱한 조그만 조개같은 것이 붙어 있는 것을 볼 때마다 아이들은 두꺼운 종이로 네모나게 접어 그 위에다 덮어 씌웠다. 아이들은 이런 것들을 보는 족족 두꺼운 종이로 그 위를 덮었다. 이것이 크면 매미가 된다는 것이었다.

모양이 거무틱틱하여 나무색과 비슷해 좀처럼 알아볼 수 없었는데도 아이들은 토끼굴을 찾듯 척척 찾아내었다. 그들 중에 '저기'하고 누군가가 소리치면 얼마 안 있어 '저기, 저기'하고 아이들은 경쟁이라도 하듯 소리를 질렀다. 그러면 그 곳에는 어김없이 거무틱틱한 매미의 애벌레가 탈을 벗고 있는 것이었다. 아이들은 정말 익숙하였다. 그들 속에 나도 '저기'하고 소리를 치고 싶었지만 좀처럼 내 눈에는 그것이 보이질 않았다.

산 속은 생각 외로 가시덤불과 나무가 많았다. 더구나 길이 있는 것도 아니었다. 만들어 가는 길이었다. 살갗이 몹시 따끔거리고 가려웠다. 아팠다. 가시에 찔려 눈물이 찔끔 나올 때도 있었

다. 이튿날도 그 다음날도 아이들은 도토리나무와 갈참나무, 이
름을 알 수 없는 나무들에 붙어 있는 매미의 애벌레에 종이를
씌워 두었다. 얼마 안되어 나의 눈에도 하나 둘씩 거무틱틱하고
흰 반점이 있는 매미의 애벌레가 들어오기 시작하였다. 내가 '저
기' 하고 소리를 칠 때면 아이들은 행렬을 멈추고 두꺼운 종이를
내게 건네주었다. 종이의 네 귀를 안쪽으로 접어 이빨로 재근재
근 깨물면 훌륭한 매미 덮개가 되는 것이었다.

발이 부르트고 온 몸이 눅신해지도록 온 종일을 헤매어도 매
미의 수효는 좀처럼 줄어들 줄 몰랐다. 나무 수효만큼이나 많은
듯했다. 아이들은 이뿐만이 아니었다. 아이들은 딸기, 으름, 다래
가 있을 법한 곳을 어찌나 잘 알던지 앞장 서 가던 아이가 숲
덤불을 헤치고 손을 쑥 디밀면 거짓말처럼 한 움큼의 산딸기가
들려 있었다. 머루, 딸기 그밖에 이름을 알 수 없는 풋열매들을
아이들은 곧잘 찾아내었다. 이렇게 산이 풍요한 지는 나는 이때
껏 몰랐다. 배암을 잡은 적도 있었다. 토끼를 본 적도 있었다. 말
로만 듣던 노루를 본 적도 있었다. 아이들은 그런 것에 또한 익
숙하였는지 재빨리 몸을 사릴 줄도 알게 되고 토끼를 잡아 구워
먹기도 하였다.

토끼의 똥구멍에다 대를 꽂고 토끼의 두 귀를 잡고 뚝심 좋은
아이가 계속 숨을 몰아댔다. 그러면 토끼는 얼마되지 않아 눈을
감았다. 아이들 중에 마른풀을 재빨리 꺼내면 또 누군가가 차돌
로 딱딱 불꽃이 반짝거릴 때까지 계속 때렸다. 그 사이 아이들은
나무와 나뭇잎을 긁어모았다. 한 아이는 능숙하게 돌 두 개를 놓

고 받침대를 만들어 아궁이를 만들었다. 젓가락도 만들었다. 동화 속에서나 있을 듯한 일이 벌어지고 있었다.

나는 그들 일에 조금도 보탬이 되지 않았지만, 항시 아이들은 의례 내게 더 많은 양을 먹으라고 주었다. 심심치 않은 여름이었다.

내가 곰을 만난 것은 그 무렵이었다. 온 산을 둘러보아도 울울창창한 삼림뿐 학교를 다니지 않는 아이들이 하는 일은 그 광활한 지리산을 오르는 일 뿐이었다. 지리산 속에서 전쟁의 의미를 잊고 있었다.

나는 서울에서 누릴 수 있는 나의 천국을 이제는 누릴 수 없다는 화풀이라도 하듯 더 오기지게 산 속을 헤집고 다녔다. 이런 생활은 나와는 걸맞지 않았지만, 나는 발악적으로 산 속을 헤매었다. 산 속의 평화는 동물들의 평화였고 또한 나의 평화이기도 했다. 이런 나의 자유 속에 곰의 출현은 얼마나 충격적이었고 파괴였던가.

그 날따라 아이들의 행렬은 날씨만큼이나 기진 맥진했다. 시끌대던 풀매미 소리도 뜸하고 산 속의 모든 살아 있는 것들이 멀게만 느껴졌다. 아닌게아니라 산 속에서는 모든 게 조금은 가깝게 보이는 법인데 그 날은 전쟁만큼이나 지루하기만 했다.

내 위치는 으레 꽁무니였고, 나는 그들 누구보다도 볼 게 많았다. 나는 가장 고개 운동을 많이 하는 사람일 수가 있었다. 산 속은 신기하게도 또 보고 또 보아도 싫증이 나지 않았다. 지리산의 그 무궁한 숲은 꿈의 세계였고, 볼수록 사나왔다. 이를테면 내가 가는 곳곳마다 나는 사열 대장이었고, 산 속은 나의 부하였

다. 아, 아, 나의 조그만 배짱 속에서도 그들 앞에서 사열을 받는다는 것은 얼마나 기분이 좋고 상쾌한 일인가? 이제 아이들이 어디로 갔는지는 상관할 바가 아니었다.

상수리 숲에서는 상수리 냄새가 나고, 또 도토리나무가 어우러진 산 중턱쯤엔 도토리 냄새가 코를 찔렀다. 서울 어디에서도 맡아볼 수 없는 산만이 가지고 있는 냄새였다. 나는 이 도토리 숲이 어우러진 골짝 어딘가에서 노루라도 나올 듯싶다고 문득 여겼다.

그 때였다. 갑자기 나는 소스라치고 말았다.

아닌게아니라 내가 어디선가 기척을 느꼈다고 여겼는데 갑자기 가슴이 콩콩 울리기 시작한 것이었다. 지리산골을 따라 흐르는 개울에서 물장난을 치고 있는 것은 틀림없는 곰이었다. 그게 그림과 너무 닮아 있었다. 도망치기에는 너무나 깊은 산 속이었다. 발이 말뚝 박은 듯 떨어지지 않았다. 몸이 와스스 저려 왔다. 혼비백산해졌다. 도망치고 자시고 할 경황은 이미 내게 없었다. 얼떨떨하였다. 나는 한참 동안 경황없이 혼비백산한 채 서 있었다. 지리산 생활 특유의 여유였다.

곰은 내가 보고 있는 것을 아는지 모르는지 물장난에 여념이 없었다. 발가락 사이로 물을 흘려 보내기도 하고 사타구니를 앞발로 문지르며 웃음인지 울음인지 구별 못하게 슬그머니 자기의 목을 조르기도 하였다. 곰도 자기 놀음에 빠져 있었다.

나는 한참만에 혼비백산해진 가슴을 진정시키며, 나보다도 훨씬 작다는 사실에 안심을 했다. 절박한 현실감이 물러갔다. 곰은

새끼임에 틀림없었다. 그러자 일순 귀엽다는 생각마저 들었다. 호기심이 부쩍 솟았다.

나는 가까이 가서 곰을 구경하고 싶었다. 칡넝쿨에 얽혀 넘어지지 않으려고 바둥대며 도토리나무가 그늘 지워준 물가까지 내려갔을 때, 나는 또다시 소스라치고 말았다.

기척에 놀란 곰에게 나는 완전 노출되어지고 말았기 때문이었다. 그러나 조바심치던 나는 오히려 곰에게 당당할 수가 있었다. 곰에 비해 결코 작지 않은 내 몸은 곰을 완전 압도하였기 때문이었다.

곰도 예상외의 나의 출현에 아마 나만큼은 놀랐던 것 같았다. 곰의 얼굴에 저미는 긴장이 그것을 말해 주고 있었다. 나는 의기양양해서 곰에게 한 발 한 발 다가섰고, 이런 나를 그는 겁먹은 시선으로 바라만 보고 있었다. 아마 너도 어쩌면 나처럼 엄마와 집으로부터 멀리 떨어져 나와 있는지 모르겠군. 그러니까 괜히 도망치거나 쓸 데 없는 행동을 부리면 용서 못할 테다.

나는 의기양양해서 더욱 한 발 한 발 다가섰다. 나는 장군이었고 곰은 내 부하였다. 내가 거의 곰에게 다가갔을 때까지도 곰은 깜짝 놀란 표정으로 눈을 동그랗게 뜬 채, 멍청하게 앉아 있었다. 자기가 어떻게 해야 한다는 것을 잊기라도 한 것처럼.

곰은 생각 외로 코가 예뻤다. 언젠가 내 코도 잘생겼다는 소리를 고모로부터 들은 적이 있었다. 흑고양이 눈처럼 빛났다. 장롱 속에 감춰 둔 진주처럼 반짝반짝 윤이 났다.

나는 문득 하늘을 바라보았다. 도토리나무 숲을 비집고 싱그러

운 애머랄드가 무수하게 떠 있었다. 반짝반짝 빛나는 곰의 눈과 코가 내 정신을 일깨워 주었다.

다음 내 눈은 곰의 눈으로 다가갔다. 겁먹은 듯한 곰의 시선은 아마 나만큼이나 늘란 시선이었다. 순한, 부드러운, 티없이 맑은 곰의 눈빛에서 순간 나는 소리가 나는 것을 보았다. 그것은 곰도 나와 눈이 닮았다는 데서 오는 소리였다.

서울에서도 도토리나무와 상수리나무는 있었다. 관악산 숲에는 늦가을 저녁이 되던 여기 저기서 쿵쿵 상수리 따는 소리가 들리고는 했다. 상수리를 따려는 아이들이 커다란 돌멩이로 상수리나무를 울리는 것이었다. 그러면 나무에서 상수리가 우르르 떨어졌다. 상수리 묵을 해다 팔면 얼만큼의 돈이 생긴다. 그 돈으로 하루치의 양식을 장만하는 것이었다.

한편으로는 그 상수리를 쿵쿵 울리던 소리가 곰의 눈빛에서도 나는 것 같았다. 나와 곰은 서로 내기라도 하듯 눈빛을 주고받았다. 내가 크게 하면 그도 크게 하는 것 같았고 내가 성난 얼굴을 하면 곰도 코를 벌름거렸다.

나는 내가 너무 깊은 산 속으로 들어왔다는 것도 잊어버리고 곰과 함께 내 두 발을 산골짝 물에다 담갔다. 머리를 감을 때 갑자기 찬물을 끼얹었을 때처럼 오금이 저려 왔다. 아하, 지리산골 물은 이렇게도 차갑구나. 그래서 곰은 이렇게 피서를 나왔구나.

곰과 나는 어느새 우리가 되어 있었다. 그와 나는 친구였다. 어느새 무서움은 아침처럼 가 버렸다.

야, 너 이름이 뭐니. 아직 어려서 이름이 없다고. 그럼 엄마가

어디 있니. 엄마가 죽었니. 길을 잃었다고. 쯧쯧 안됐구나. 가능하다면 내가 너를 도와줄게. 그런데 어떻게 하면 되겠니. 아 네 곁에 있어 주면 된다고. 그래 네 곁에 있어 줄게. 간밤에는 어디서 지냈니. 아, 무서워서 혼났다구. 여우란 놈이 네 앞에 나타나서 몸을 숨기느라 혼났다구. 그래 그렇지만 이제 나는 네 곁에 있어 줄 테니 결코 무서워하지 마.

나는 곰과 한 쪽 뿐인 대화를 하였다. 해거름이 길어져 가고 있다는 사실을 나는 몰랐다. 이튿날도 그 이튿날도 나는 곰과 함께 놀았다.

산사람들의 출현은 또 곰만큼이나 나를 놀라게 했다. 곰의 그 검은 코만큼이나 탐스러워 보이던 산열매를 따 깨물었다가 입안이 눈물이 날 정도로 얼얼한 맛을 느낀 것만큼이나 곰과 나는 철없이 산 속을 헤집고 다녔다. 대개는 곰이 앞장서서 마을로 데려다 주는 바람에 나는 하루가 또 갔다는 것을 느낄 수가 있었다. 도대체 전쟁이란 무엇일까? 전쟁이 이 지리산의 곰만큼이나 중요한 일일까.

곰과의 생활은 그는 장군이었고, 나는 어린 왕자였다. 지리산은 그와 내가 다스리는 왕국이었다. 그 웅장한 왕국은 곰과 내가 다스리기에 너무 넓고 무궁했다. 뒹굴고, 따고, 갈고, 줍고 하기에 내 몸은 너무 작고 힘이 없었다. 곰은 그런 것들이 있을 법한 곳을 어찌나 잘 알고 있던지, 곰이 가르키는 곳을 더듬어 가면 거짓말같이 다래가 산더미처럼 있었다. 높은 곳에 달려 있는 것도 그는 곧잘 따내었다. 날렵한 그의 몸은 확실히 산에 익숙한

산짐승임을 말해 주는 것 같았다. 때때로 겁나는 여우나 승냥이 같은 것도 만날 법도 하건만, 우리는 그들을 만나지 않았다. 확실히 지리산 왕국은 평화의 왕국이었다.

그 날도 나는 어린 왕자였고, 곰은 장군이었다. 곰은 장군이 되어 나의 시중을 들어주었다. 장군은 내 마음속을 판화뜨듯 나를 기쁘게 했다. 그가 가리키는 대로 따라가 보면 이상하게도 한 움큼씩 디밀어도 모자랄 만큼 많은 산열매가 손에 잡혔다. 덜 익은 열매를 씹는다는 것은 꼭 토마토를 소금 찍어 먹는 것과 비슷했다. 아는 것이 다래일 뿐 뒤에 알게 된 머루, 으름도 꽤나 먹어댄 것 같았다.

서울 아이 답지 않게 진탕 먹어대고 퉁퉁 불은 배를 곰의 그것처럼 불쑥 까 집고 통통 두들기던 재미란 서울에서는 느낄 수 없는 것이었다. 나는 갑자기 식곤증에 눈앞이 울창한 숲을 비집고 들어온 무수한 하늘 조각으로 메워져 버렸다.

나는 피곤했다. 그것만큼 오늘은 꽤나 깊은 곳까지 들어왔다. 눈앞은 더욱 가물가물하였다. 나는 뒤로 벌렁 나자빠져 버렸다.

그러나 다음 순간 갑자기 산골짜기를 쫙 가르는 금속성에 나는 오뚝이처럼 벌떡 일어나고 말았다. 그러다가 또다시 그 자리에 풀썩 주저앉고 말았다. 내 스스로 한 행동은 아니었다.

눈앞에 벌어진 광경은 영화에서 본 장면과 흡사했다. 두 사람이 총을 맞고 나동그라져 있었다. 그들은 배우였다. 그래서 우리들과는 좀 달리 턱부리가 유난히 검붉다고 생각했다.

"개노므 자식, 하마터면 큰일날 뻔했잖아."

모두 다섯 사람이었다. 말로만 듣던 산사람이었다. 어른들이 말하던 바로 그런 행색이었다. 나는 그들의 잔인함에 깜짝 놀라 정신을 잃고 말았다.

눈을 떴다. 하늘이 감감 감겨져 있었다. 곰이 내 눈앞에 있었다. 나는 갑자기 일어나서 왝왝 토해 내었다. 산딸기며 산 과일의 풋내가 울컥 받혀졌다.

내가 기진하여 마을로 내려왔을 때 마을은 붉게 변해져 있었다. 턱부리가 붉으니 마을도 붉었다. 마을 동구밖엔 붉은기도 내걸려져 있었다.

나는 갑갑했다. 방안은 너무나 좁았다. 집안 어른들은 산을 오르지 말라고 매일같이 성화였지만, 나는 좁은 방안이 너무 무대가 작다고 여겨졌다. 곰이 궁금했다. 아이들은 그들끼리 비밀 통로를 만들어 심심찮게 나를 끼위 주었다. 그러나 나는 곰과 광활한 산 속을 헤집고 다니는 일만이 눈앞에 아른거릴 뿐 심심함은 마찬가지였다.

덫 생각이 났다. 혹시 곰이 마을 사람들이 노루를 잡기 위해 쳐 놓은 덫에 걸리지는 않았을까. 산사람들에게 발견돼 비참하게 살해되지는 않았을까.

궁금했다. 갑갑했다. 산사람들에게 나의 왕국을 빼앗기고 싶지 않았다. 그들은 나의 왕국에 침입한 무뢰한이었다. 침입자였다. 그들에게 나의 왕국을 빼앗기고 싶지 않았다.

내가 곰을 다시 만날 수 있었던 것은 그로부터 한 달이 지난 어느 날이었다. 지리산엔 가을이 일찍 온다. 마을 앞 몇뙈기 안

되는 논에는 밀짚벙거지를 눌러 쓴 허수아비가 외로웠다. 하늘엔 털비로 쓴 것 같은 구름이 솔솔 강물졌다.

어느 날 나는 산사람들이 마을을 떠나는 것을 확인하고서 몰래 산 속으로 올랐다. 지리산 내 왕국은 실로 변해 있었다. 돌멩이까지도 조금씩은 변해 있었다. 아무 것이나 한데 모아 쥐어짜면 조금은 주황색 물이 나올 것 같았다. 마치 잔치라도 벌이는 듯 산 속 나라는 장관을 이루고 있었다. 차돌, 버섯, 들국화, 도토리, 딸기, 머루, 다래 어느 것 하나 지나쳐 가기가 아쉬웠다. 그러나 나는 어느 것 하나 아쉽지 않았다.

나는 조급했다. 나는 곰을 만나야 했다. 곰을 만나 그가 살아 있다는 것을 확인해야 했다. 곰이 죽었을지도 모른다는 불안이 엄습했다. 나는 그와 처음 만났던 도토리 숲 개울로 곧장 올라갔다. 어디선가 곰이 내 앞에 나타나 불쑥 놀릴 것만 같았다.

그러나 도토리나무가 그늘지어 준 냇가에 곰은 없었다. 나는 갑자기 덜컥 겁이 났다. 나는 겁에 질려 비잉 산을 둘러보았다. 높은 나무들은 내게 더욱 겁을 주었다. 곰만 있어 주면 안심이 되련만…….

곰이 나타나 준 것은 뜻밖에도 마을 근처에서였다. 곰은 그 동안 마을 근처에서 내가 주욱 나타나 주기를 기다렸는지 내가 기진맥진해 마을로 돌아가고 있을 때 풀숲에서 불쑥 나타났다.

나는 너무도 반가와서 울먹이며 마구 곰의 얼굴에다 내 얼굴을 문질렀다. 곰도 역시 눈물어린 눈이었다. 그 새 곰은 털이 약간 자라 있었다. 그가 살아 있다는 사실이 실로 나를 감격케 했다.

곰과 나는 그 길로 다시 산으로 올라갔다. 나는 힘이 솟구쳤다. 곰과 함께 산 속에서 뒹굴고, 달리고, 줍고, 먹는 기억은 나를 힘솟게 했다. 나는 곰과 함께 상수리 숲으로 올라갔다. 상수리 숲에는 다람쥐가 많았다. 곰이 손으로 가리키는 곳을 보면 어김없이 다람쥐가 놀란 눈으로 서 있고는 했다. 곰은 재빨리 다람쥐 뒤로 돌아갔고, 곰이 다람쥐가 도망칠 만한 길목을 차단했다 싶으면 나는 재빨리 다람쥐 앞으로 다가갔다. 다람쥐는 뒤로 도망을 쳤다. 그러나 곰 때문에 또다시 앞으로 도망을 쳤다. 그러나 나 때문에 또다시 뒤로 도망을 쳤다. 그러다가 대개 곰에 의해서 잡혔다.

다람쥐의 고운 털을 만지노라면 엄마의 젖가슴을 어루만지는 감촉을 연상케 했다. 깨물고 싶을 정도로 앙증맞은 다람쥐는 그러나 곧 놓아주지 않으면 자기 성질을 못이겨 죽고 말고는 했다. 그래서 나는 잡으면 곧 놓아주어야 했다. 곰의 우악스런 손은 가히 공포적이었다. 그 손에 한번 잡힌 다람쥐는 또한 살아 있는 것도 기적이었다. 곰과 나는 다람쥐 잡이로 시간가는 줄 몰랐다.

이튿날에도 곰은 마을 근처에서 나를 기다렸다. 곰과 나는 아이들처럼 비밀 통로를 만들어 매일같이 만났다. 나는 온종일을 헤매어도 지루하지 않았다. 지리산은 내 꿈의 훈련장이었다. 그만큼 광활했다. 깊었다. 때때로 내 왕국을 진동하는 B29가 있었기 때문에 지리산은 더욱 내 꿈의 훈련장이었다. 나는 장차 비행사가 되고 싶었기 때문이었다. 그런데 나의 왕국엔 또다시 검은 구름이 덮이기 시작했다.

산사람들의 수효가 점점 불어나고 있었다. 그들은 마을 사람들에게 또다시 공포를 뒤집어씌우고 있었다.

그러나 나는 상관이 없었다. 곰과 함께 지리산을 헤매노라면 그 이상 기쁨이 없었다. 아이들은 그들끼리 놀이에 나를 초대했지만, 나는 늘 곰과 함께 있었다. 아무튼 나는 곰과 함께 온 지리산을 누비며 전쟁의 의미를 잊고 있었다. 꽤나 성숙해진 나를 나는 느낄 수가 있었다. 그와 함께 곰도 놀랄 만큼 숙성해 가고 있었다. 털도 굵어지고 성격도 전에 없이 포악해졌다. 그에게 적이라고 여겨지는 것은 사정없이 그 억센 손아귀로 움켜쥐면 여지없었다. 그러나 그것이 오히려 내게는 불안이었다. 산사람마저 그가 무서워하지 않는 것은 무모한 용기였기 때문이었다. 곰이 숙성해질수록 나는 무서워할 줄 모르는 그가 더없이 불안했다.

그는 곧잘 나를 놀라게 했다. 큰 바위를 번쩍 들어 멀리까지 던지는가 하면 재빨리 몸을 사려 승냥이를 잡아 내게 끌고 오는 바람에 나는 실로 망연자실할 지경이 한두 번이 아니었다. 그러나 곰은 내 말을 잘 들었다. 내가 물이 먹고 싶다 하면 내게 물을 갖다 주었고 배가 고프다고 흉내를 내면, 나를 산열매가 있는 곳으로 데리고 갔다. 때가 때인 만큼 머루, 다래는 무진장 달콤하게 익어 있었다.

그러나 아무래도 그가 포악해질수록 나는 무서워할 줄 모르는 그가 더없이 불안했다. 산사람들을 그는 두려워하지 않고 있었다. 그는 정말 병신처럼 무지막지하게 행동했다. 이런 그가 산사람들에게 발견 안될 리가 없었다. 산사람들에게 끌려온 마을 사

람들이 지리산의 겨울을 대비하기 위하여 엉성하게 집을 짓고 있는 것을 곰과 함께 발견한 것은 시월의 어느 날이었다. 산사람들은 나무를 패어다가 기둥을 잇고, 남은 나무로는 장작을 만들었는데 곰과 나는 이것을 발견한 것이었다. 곰은 산사람들을 보자 마치 그의 적이라도 되는 양 눈에 불을 켰다. 산사람을 본 순간 나는 재빨리 몸을 사렸다. 그러나 곰은 벌떡 일어서서 오히려 그들을 노려보았다. 그의 눈은 분노에 이글이글 타고 있었다. 그는 어떤 기회라도 노리고 있는 것 같았다. 산사람들은 그들 일에 정신이 팔려 곰과 나를 전혀 의식치 못하고 있었다. 한 순간 곰은 그런 산사람들을 뚫어지게 바라보더니 갑자기 쏜살같이 우회해 달려갔다. 내가 곰의 뒤를 따라 곰에게 다다랐을 때에는 이미 엄청난 광경이 벌어진 뒤였다.

곰이 물을 먹고 있던 산사람 하나를 그의 억센 손아귀로 후려치고 있었다. 산사람은 소리 한번 지르지 못하고 쓰러져 버렸다. 피가 뭉클 솟구치고 있었다. 입에서 코에서 분수처럼 피가 솟구쳤다. 나는 어안이 벙벙해질 뿐이었다. 그리고도 곰은 모자랐는지 쓰러진 그를 그의 억센 발로 짓밟고 있었다. 그러나 나는 그 전처럼 역겨움도 실신하지도 않았다. 곰은 산사람을 거의 죽었다고 인정하였을 때야 그의 억센 발을 툭툭 털었다. 그리고 또다시 쏜살같이 내달았다. 나는 일순 엉겁결에 곰의 뒤를 쫓아갔다. 겁이 덜컥 났다. 몸이 와스스 저려 왔다. 곰은 역시 도토리 숲이 우거진 개울가에 있었다. 아까 산사람들이 일하던 곳에서 족히 한 마장쯤은 떨어진 곳이었다. 곰은 그 곳에서 태연하게 앉아 있

었다. 오금이 저려올 정도로 찬 개울물에 그는 열기를 식히려는 듯 연신 얼굴을 담갔다가 꺼냈다가 하고 있었다.

나는 비로소 내가 혼자라는 것을 느꼈다. 곰은 곰대로 자기가 할 일이 있다는 것을 나는 깨달았다. 내가 어린 왕자라는 착각이, 그리고 곰이 장군이라는 착각이 실로 나를 부끄럽게 했다. 나는 물끄러미 곰이 하는 모양을 바라보다가 곰을 내버려둔 채 마을로 내려오고 말았다.

마을이 왁자지껄해진 것은 이튿날 아침이었다. 산사람들은 그들 동료가 죽어 간 것이 곰이 한 짓인 줄 모르고 있었다. 나는 다행이라고 여겼다.

산사람들은 마을 사람들을 콩밭에다 모았다. 그들은 분노가 역력했다. 사람들은 아무런 감동 없이 그들이 시키는 대로 따라 하고 있었다. 나도 그들 속에 끼여서 그들이 하는 대로 물끄러미 바라보았다. 그러나 내 머리 속은 곰의 생각으로 가득 찼다. 나는 곰이 궁금했다. 이제 곰의 발에 불똥이 떨어진 거나 다름이 없었다. 그들이 곰이 그랬다는 것을 알면 그들은 틀림없이 곰을 찾아 나설 것이 분명했다.

산사람들은 마을 사람들을 작업장으로 데리고 갔다. 거기에는 아직까지도 선명하게 죽은 산사람이 남아 있었다. 사람들은 너무나 비참하게 쓰러진 산사람을 바라보고 혀를 찼다. 그리고 모두들 산짐승에게 당한 것이라고 했다. 그렇지 않고서야 저렇게 잔인할 수가 없다는 것이었다.

나는 그들을 내버려두고 곰에게 달려갔다. 곰에게 어서 이 사

실을 알려야 한다고 생각하였다. 그러나 나는 그럴 필요가 없었다. 내가 마악 뒤돌아 서서 몇 발자국 옮기지 않았을 때, 불쑥 곰이 나타났기 때문이었다. 곰은 아까부터 이 광경을 보고 있었던 것이었다. 나는 불현듯 곰을 측은한 눈으로 바라보며 어서 이 자리를 피하여야 한다고 여겼다. 그러나 곰은 아까부터 움직일 생각은 커녕 오히려 그가 나를 대신 따라오라고 그의 몸으로 밀었다.

곰이 이끄는 대로 내가 따라 간 곳은 상수리 숲 바위 틈새까지였다. 거기서 그는 내게 무엇을 설명하려는 듯했고, 마침내 나는 커다란 해골을 보았다. 사람 것과 달리 몹시 컸고 그래서 단박 알아차릴 수가 있었다. 곰은 해골을 내 앞에다 갖다 놓으며 한참 동안 호소하는 듯했다. 나는 그 해골을 관통한 구멍을 보고서 비로소 알 수가 있었다. 어미 곰이 바로 산사람에게 당한 것을 알았던 것이다. 나는 순간 곰에게 동정을 금할 수가 없었다. 엄마 없는 슬픔이 어떠하다는 것을 나는 알고 있었기 때문이었다.

곰이 바로 산사람에게 당한 대가를 지금 산사람에게 앙갚음하고 있는 셈이었다. 곰은 전혀 그의 성깔을, 분노를 수그러뜨릴 기세가 아니었다.

그런 일은 또 있었다. 산사람들이 숯을 만들어 마을 사람들을 시켜 장에 내다 팔게 하던 날, 곰은 또다시 산사람 하나를 죽였다. 산에서 구운 숯이 엄청났기 때문에 산사람들은 마을 밖까지 마을 사람들에게 강제로 시켰던 것이다. 그 때 곰은 역시 엉성하게 기둥을 세우고 지붕을 올린 곳에서 남아 있던 산사람 하나를

역시 그의 무기로서 짓이긴 것이었다. 산사람은 역시 한 마디 비명도 못 지르고 죽어 갔다. 나는 역시 이 광경을 멀리서 지켜보고 있었는데, 곰의 너무도 날렵한 행동에 그저 두려운 눈으로 그를 바라보고만 있었을 뿐이다. 지난 번 산사람이 죽었을 때와는 달리 내 심장은 튼튼해져 있었다. 나도 모르는 일이었다. 곰은 또다시 태연한 척 나에게로 다가왔다. 나는 갑자기 곰이 무서워졌다. 이제 곧 그를 잡기 위한 대대적인 일이 일어날지 곰이 모르는 것이 두려워졌다. 피를 본 곰의 눈이 전과 같지 않았다. 그의 눈에 이글이글한 불이 흘렀다. 곰이 커 갈수록 나와는 차츰 거리가 멀어진다고 나는 생각했다. 이제 곰은 내 말을 들을 것 같지가 않았다. 그의 커 버린 몸체는 이제 나와는 비교가 안될 정도였다. 나는 한편 슬펐지만 얼른 그가 숨어야 한다고 생각했다. 부리나케 그의 굴로 달려갔다. 상수리 냄새가 코를 찔렀다. 나는 거의 강압적으로 그를 굴속으로 밀어 넣었다. 나오지 말라고 수십 번 타일렀다. 그리고 부리나케 마을로 내달았다. 나는 더 이상 곰을 만나지 않기로 작정했다.

인민군들을 본 것은 시월 말경이었다. 제법 빨갛게 익은 감나무에 까치가 와서 울고 아침 이슬이 촉촉이 발을 적셨다. 인민군들은 진주를 공격하기 위해서 지리산을 거점으로 점차 진주를 압박하기 시작하였다. 그런 인민군들이 이 작은 산골 마을에도 몰려왔던 것이었다.

인민군들이 마을로 오자 산사람들은 날개를 단 듯 설쳤다.

곰을 또다시 만난 것은 그들 인민군과 산사람들이 지리산을

관통해서 진주로 내려갈 준비를 하던 날이었다.

내 예상은 옳았다. 그러나 이번에는 곰이 아주 절박한 상황에 있음을 나는 알았다.

곰이 산사람들에게 쫓기고 있었다. 그리고 인민군들이 합세하는 바람에 곰은 독 안에 든 쥐나 다름이 없었다. 산사람들이 포위망을 좁혀 갈수록 그는 오히려 그들을 노려보고 있었고, 곰과 산사람들은 거의 서로를 노출시켜 놓고 있었다. 나는 문득 곰의 표정을 살펴보았다. 그의 눈에는 열기가 흐르고 있었고 그도 나를 보았는지 잠시 주춤하는 것 같았다.

그 때였다. 갑자기 산사람들에게서 일제히 총에서 불이 나기 시작하였고 그것은 단 몇 초간의 순간적인 일이었다.

곰이 갑자기 비명을 질렀다. 그리고 언젠가 보았던 산사람의 그것처럼 팔이 멋대로 다리가 멋대로인 표정을 지었다. 그러다가 몇 번 힘을 써 보는 것 같더니 더 이상 견디지 못하고 쓰러지고 말았다.

갑자기 내 눈에서 별똥이 왈칵 솟구쳤다. 나는 정신없이 달렸다. 무엇인가 발끝에 와 닿아서 여느때 같으면 아파서 울어 버린다고 여겼건만 나는 아픈 줄 몰랐다.

곰의 몸에서 피가 뭉클뭉클 솟구치고 있었다. 나는 곰의 마지막 눈을 보았다. 곰은 내게 말하고 있는 것 같았다. 꺼져가는 눈동자 속에서 안간힘을 쓰며 그는 눈을 뜨려고 하였다. 그러나 이미 그의 눈은 완전 감겨 눈꺼풀만 조금 움직거릴 뿐이었다. 나는 곰을 붙잡고 마구 흔들었다. 그가 아무 반응이 없는 만큼 나의

손놀림도 점차 줄어 들어갔고, 나도 내 의식이 가물거려 가는 것을 느꼈다.

내가 마을 사람들에 업혀서 마을로 돌아와 깨어났을 때는 저녁무렵이었다. 그 때 나는 갑자기 커다랗게 와 닿는 곰의 얼굴을 보았고 그의 마지막 눈동자가 덮쳐져 와 까무러칠 것만 같았다. 식은땀이 죽죽 흘렀다. 나는 갑자기 헛소리를 하기 시작하였다. 속에서 중얼중얼 거리라고 끝없이 소리가 솟아났다. 사람들은 나를 돌았다고 했다. 어린 나이에 안됐다고 혀를 찼다.

밤마다 곰의 커다란 눈이 덮쳐 왔다. 그리고는 나를 보자 눈을 뜨려고 안간힘을 다하던 그의 모습이 떠올랐다. 나는 갑자기 가슴이 시려 오고 누워 있을 수가 없는 지경이 되었다. 그런 상태는 그 해를 넘기고도 계속되었다. 나는 거의 쇠력한 소년이 되어 버렸다. 인민군과 산사람들도 곰처럼 내 곁에서 떠나가고 마을은 전형적인 산골이 되었다. 모든 것이 다 본래대로 되어 갔다.

이듬해 어느 날, 기운을 차린 나는 오랜만에 문득 지리산을 바라보았다. 놀라왔다. 갑자기 웅장해 버린 지리산이 내 앞을 터억 막아서고 있는 것이었다. 산 속에서 곰과 함께 뛰어 놀 때에는 내 왕국이라고 여겨졌던 산이 갑자기 웅장해져 내 앞에 서 있는 것이었다. 그와 함께 내 자신도 갑자기 웅장해 버린 것만 같았다. 어렴풋이 지금 내가 어른이 되어 간다고 여겨졌다. 책이 무지무지하게 읽고 싶어졌다. 때때로 아름다운 생각들이 떠오를 때마다 글로 써 보았다가 찢어 버렸다. 하루종일 책을 읽고 글을 쓰면 그 이상 즐거운 일이 없었다. 이상한 일이었다.

그러나 나는 곧 알 수가 있었다. 내 앞에도 내 뒤에도 나와 같은 수많은 소년들이 그런 고통을 겪으며 지리산의 웅자를 바라보았다는 것을, 바라볼 것이라는 것을. 내 자신의 그것 역시 어느 날 갑자기 웅장해져 있는 지리산의 그것과 일치하는 것이었다.

자화상

　그 때 나는 덕유산 한 구릉에 우뚝 세워진 6학급 짜리 학교에 근무하고 있었다. 내가 교육대학을 졸업하고 발령을 받지 못해 1년여를 애태우다가 발령을 받은 곳이어서 아직도 내 기억에 선명하게 남아 있는 곳이기도 하지만 내게는 꿈과 낭만으로 피어오르던 추억의 학교였다. 나는 그 곳에서 2년여를 보내었는데 아직도 잊혀지지 않는 것은 마을 앞을 흐르던 그 맑디맑은 물소리와 여름이면 타처에서 여름을 나기 위해 몰려들던 사람들이었다. 아직껏 내 기억이 정확하다면 그 월성리는 여름에도 결코 25도 이상을 넘어 본 적이 없고 그래서 여름 날씨가 평지에서 봄이나 가을 날씨이기도 했다. 그런가 하면 덕유산 계곡의 휘드러진 천

자만홍의 단풍과 물소리는 덕유계곡이라서 그런 소리가 나는 것인지 아니면 내 귀가 고급스러워서 그런 것인지 그 장려함은 선계였다는 표현이 숫제 옳았다. 여기서는 생각할 것도, 짚고 넘어가야 할 것도 없어서 나는 이 아이들을 데리고 여기서 그냥 푹 파묻혀 지내 버리고 싶은 생각에 정말 우습게도 눈물이 찔끔거려지는 것을 느꼈다. 언제 허약한 내 인생에 이런 행복한 시절이 있었던가?

그런데 더욱 잊을 수 없는 것은 내가 밥을 하숙하고 있는 여관집 할머니 댁에 여름을 피하기 위해 모여든 사람들을 만난 일이었다. 참으로 많은 사람들이 이 여관집을 거쳐갔다. 비단 여름뿐만이 아니라 갈, 봄, 겨울 없이 참으로 많은 사람들이 이 여관집을 거쳐 나갔다. 하루 벌이의 황아 봇짐장수에서 면서기, 뱀탕을 주문해 먹는 서울 사람들, 장학사들, 등산객들…… 나에게 자화상을 그려 주었던 그 고호를 닮은 여자도 나는 거기서 만났던 것이었다.

그 날은 토요일 오후였다. 교감, 교무 선생님이 토요일이라 전부 읍내 집으로 내려가시고 나 혼자 여관집에 남아 식사를 하고 있을 때였다. 갑자기 아이들이 이 여관집 마당으로 모여들며 왁자지껄하게 떠들어대고 있었다. 웬일인가 싶어 식사를 하다 말고 밖을 내다보았을 때 나는 하마터면 소리를, 가벼운 신음을 내지를 뻔하였다. 밖에는 이 월성리에서는 드물게 보는 미모의 아가씨가 따가운 봄볕에 눈이 시린 듯 실눈을 뜨고 서 있었기 때문이었다.

여자는 짐꾼 박씨와 함께 여관집 할머니를 찾고 있었다. 여관
집에는 남양 삼나무와 고무나무를 화분에다 심어 그것을 잘 키
워 놓았기 때문에 마루 양쪽에 놓아둔 것이 제법 찾아오는 사람
들의 눈길을 끌고 있었는데 여자는 대뜸 그 남양 삼나무와 고무
나무를 보자 매우 만족스럽다는 듯이 껑충 키 큰 사람처럼 다가
서며,

"남양 삼나무가 매우 아름답습니다."
하고 마치 이방인처럼 말하였다. 여자는 방이 하나 있으면 한 두
어 달 묵어 가고 싶다면서 할머니로서는 처음 보았을 싶은 시퍼
런 지폐를 할머니의 대답도 기다리지도 않고 선금을 선뜻 지불
해 둘러선 많은 사람들을 놀라게 하였다.

그것을 받아든 할머니는 눈을 동그랗게 뜨고 여자를 한동안
노려보았다. 할머니의 속마음은 여자가 날 놀리고 있는 것은 아
닌지 같은 여자로서 여자의 무례함 같은 것을 탓하지 않을 수
없는 것처럼 보였다. 그러나 여자의 어느 면이 호감이 갔던지 할
머니는 여관집의 사랑채와 함께 여나무되는 방중에서 볕이 잘
드는 딸 미선 (美善)이가 쓰던 방을 선뜻 내주며,

"시골이라 모든 것이 마땅치 않을텐데 곧 떠나도록 해요."
하고 공연히 죄스러워 했다. 여관집은 언덕 제각(祭閣)에 가려
우중충했지만 그래도 그 방은 손바닥만한 햇살이라도 쏟아지던
방이었다.

내가 별로 여자를 탐탁지 않게 여겼는데도 불구하고 할머니는
그녀의 어디가 좋았던지 그 날 당장 계약해 버렸던 것이었다.

여자는 박씨와 함께 짐을 내려놓고 또다시 박씨에 짐을 들려 왔는데 그것들이 아연스럽게도 이 산골에서는 볼 수 없는 진기한 것들이어서 모여선 사람들은 또다시 혀를 내두르고 말았다. 아이들은 그런 여자를 보고 '간첩 같다. 수빠이'하고 수군거렸지만 선생인 내가 아무 말이 없자 곧 주눅들어 버려 제풀에 시들고 말았다. 여자가 나중에 박씨에 들려 가져온 것은 트렁크 하나와 작은 검은 가방이었다. 그것을 지게에 싣고 온 박씨가 마루에 올려놓고 쏟아 놓자마자 밀가루처럼 주루루 쏟아졌다. 화구(畵具)들이었다. 이 산중에서는 아니 읍내에서도 그림을 하는 사람을 보기가 힘든데…… 그걸 보자 괜히 나는 내 행동이 조심스러워지고 여자 앞에서 주눅이 드는 것을 느꼈다. 그래도 이 산골짝에선 교육대학 출신인 나는 가장 학벌이 높고 교양 있는 지성인이 아닌가. 그 날부터 여자는 여관집 생활이 시작되었던 것이었다.

나는 아침, 점심, 저녁으로 교감 선생님과 함께 밥을 먹으러 오갈 때마다 그녀가 거처하는 방 옆을 지나치지 않으면 안되었다. 그녀의 방을 지나칠 때마다 나는 늘 두툼한 책을 책상 위에 올려놓고 읽고 있는 그녀와 만났다. 나는 그 때마다 그녀의 기이한 행색과 그녀의 얼굴에서 내뿜어지는 낮랭함 때문에 섬짓섬짓 놀라지 않을 수가 없었다.

자주 그녀와 만나는 생활이 계속되자 나는 점점 그녀의 높은 이지와 사려 깊음을 하나하나 인정하지 않으면 안되었다. 그녀는 마치 대나무가 명쾌하게 소리를 내며 쩍쩍 쪼개어지는 듯한 총

명함과 소양을 내뿜고 있었다. 그 바람에 나는 의식 못하고 있는 가운데 수울술 그녀에게 빠져들어 갔다. 그러나 내가 그녀에 대해 아는 것은 아무 것도 없었다. 아니 그만큼 그녀는 우리가 그녀에 관해 물어 볼 수 없을 만큼 위엄이 있었다고 해야 옳을 것이었다.

이따금 나는 여관집을 들락날락거리다가 그녀와 마주치는 때가 있었다. 그 때마다 우리는 서로가 먼저 지나가도록 옆으로 비켜서고는 해 우리는 서로에게 호감을 갖고 있음을 확인했다. 그것은 어느 날 내가 그녀의 방으로 들어갈 수 있었던 영광을 가지게 된 중요한 이유가 되었다.

그 날은 일요일이라 할머니와 미선이가 교회에 나가고 나만이 있을 때였다.

"음악을 좋아하세요? 음악을 들으러 오지 않겠어요?"

내가 하릴없이 텔레비전에 빠져 무료하게 일요일을 보내고 있자 여자가 나갔다 오며 그런 나를 보고 웃으며 말하였다. 그것은 실로 뜻밖의 행운이었다.

나는 그녀의 요청으로 그녀를 따라 빨갛고 알록달록한 물방울 무늬의 커튼 자락이 봄빛을 은은하게 내뿜고 있는 그녀의 방으로 그녀의 알 수 없는 힘에 이끌려 들어갔다. 그녀의 방에서 내뿜어지는 깊고 은은한 명쾌함을 나는 보았다.

"브라암스를 좋아하세요?"

그녀는 내가 묻지도 않았는데 브라암스의 교향곡을 불쑥 꺼내 전축에 올려놓고 바늘을 꽂았다. 그것은 이 월성리, 전원의 소리

를 가장 잘 나타내 주는 교향곡의 소리였다. 그러나 이런 생활은 나와는 차원을 달리하는 생활이었기 때문에 나는 쉽게 동화될 수가 없었다. 그러자 이번에는 그녀는 그녀가 가지고 있는 책을 한 권 불쑥 쳐들어 보이고 갑자기 그녀의 해박함을 드러내 보이기 시작하였다.

"고호를 좋아하세요? 고호를 좋아하신다면 당신을 멋지고 신비한 고호의 세계로 안내해 드리겠습니다."

그것도 그녀의 일방적인 행위였다. 그런데 그 순간 나는 갑자기 내가 그녀의 방에 익숙지 않아 더듬을 수밖에 없었던 여자의 방에서 어디서 나는 빛인지 원광처럼 둥글게 빛이 솟아나는 것을 느낄 수가 있었다. 고호의 원색 자화상이 여자가 앉은 뒤에서 서서히 살아 나오고 있었다. 내가 그 둥그렇게 살아 오르는 벽면을 보며 일순 여자를 아연해 바라보았을 때 나는 고호의 자화상에 여자의 얼굴이 겹쳐지는 것을 보았다. 여자가 고호의 얼굴 그대로 험상궂게 빛나고 있었다. 나는 또 엉겁결에 여자가 그리다 만 이젤에 겨우 붙어 있는 이차원 속의 얼굴을 바라보았다. 문외한인 내 눈에도 여자는 흔히 생각하고 있는 그림 잘 그리는 사람 정도가 아니라는 것쯤은 알 수가 있었다. 그녀는 한국 화단에서도 꽤 알려져 있는 여자임을 의심치 않게 했다.

고호 (1853-1890), 네덜란드의 화가, 후기 인상파의 한 사람으로 벨기에의 브뤼셀에서 화가로 등장했으며 초기에는 밀레의 영향을 받아 어두운 색조로 소박한 그림을 그렸으나 파리로 건너

가 시니악, 고갱 등의 영향을 받아 밝고 찬란한 색조를 즐겨 쓰
게 되었다. 그의 정열적인 색채와 원색 화법은 유명하여 근대 회
화의 개척자로 추앙 받았으나 정신착란으로 권총 자살을 하였다.
대표작으로는 감자를 먹는 사람들, 농부의 아낙네, 해변의 작은
배, 해바라기, 보베르 교외 등이 있고 서간집 3권이 있다.

나는 문득 그 그림을 보자 언젠가 고호에 대해서 백과사전에
서 뽑아 섬머리를 해 둔 것이 기억이 났다.

모든 것은 그녀의 일방통행이었다. 그녀는 브람스를 좋아하느
냐고 혼자 묻고 혼자 브람스의 교향곡을 전축에다 꽂았고 고호
화집을 들고 혼자 현학적인 해설을 늘어놓았다. 커피를 내온다.
얼음 사탕을 내온다. 그녀는 그 하는 일에 스스로 즐거워했다.
그녀는 나의 보잘 것 없는 얼굴에 호감을 가지고 있었던 것임에
틀림없는 것 같았다. 그녀는 그렇게 내가 생각한 것과는 예상외
로 감상적인 여자였다. 그녀는 나의 어디가 좋았던지 젊은 내가
귀여워 못 견디겠다는 듯이 깔깔대기도 하고 숫총각인 나를 농
락하려는 것처럼 아양을 떨기도 하였다. 그녀는 나를 위해 커피
와 빨간 홍차를 정성스럽게 끓였다. 그것은 내 생활 수준, 아니
이 달과 별로 밖에는 친구를 사귈 수 없었던 월성리의 생활과는
무척이나 이질적인 것이어서 나는 어색하게 그녀의 생활에 내
일부를 동화시키고 있었다. 커피를 마신 후에는 그녀는 교향곡의
판을 갈아 끼워 브람스의 여섯 개의 교향곡 중에서 제일 경쾌한
것으로 바꾸고 있었다. 나긋나긋 움직이던 그녀의 손에서 마치
유리창이 버쩍 깨지는 것 같은 섬짓함을 느꼈다. 그런 느낌은 너

무도 섬짓해서 마치 여자가 오래 살 수 없는 것처럼 느껴지게
할 정도였다.

　그러나 브라암스의 시간이 지나고 그녀가 이제는 가라앉은 모
습으로 나를 올려다보았을 때 나는 그녀의 얼굴에 천착해 있는
미세한 불안을 낡을 수가 있었다. 세상에 저렇게 고운 얼굴이 있
을 수가 있을까 싶었다. 그것은 그녀의 깔깔대며 감상적이고 낭
만적인 것과는 매우 다른 또 하나의 모습이었다.

　그녀는 내게 호소하는 듯한 얼굴로 한참 동안 내가 불편할 때
까지 응시했다. 그리고 곧 기다리고 있었다는 듯이 고호의 자화
상에 대해서 이야기하기 시작하였다. 나는 그녀를 따라서 저 남
불의 드맑은 하늘과 풍요로운 포도밭, 작렬하는 태양, 올리브의
이국적인 풍물들을 머릿속에 떠올리며 고호가 머물다 간 순간들
을 호흡하기 시작하였다. 그것은 참으로 재미있는 여행이었다.

　이튿날 새벽이 되어서야 고호는 카페 몽블랑에서 길게 내린
처마 때문에 겨우 손바닥만한 빛이 잠깐 방문했다가 가 버리는
그의 아틀리에로 돌아왔다. 어지럽게 널브러져 있는 화구들, 겨
우겨우 깨진 형상을 깁고 있는 거울, 넘어져 있는 이젤, 시커멓
게 널려 있는 거미줄, 그의 황색의 집이 무색하게 우중충한 빛깔
들이 그를 절망스럽게 맞이하고 있었다. 그가 이 남불로 와서 노
란 칠을 한 이후 한 번도 수리를 해본 죽이 없는 아틀리에였지
만 그래도 고호는 나름대로 이 화실에 애착을 가지고 있었다. 그
런데 오늘 이 모든 것은 얼마나 황량스럽고 보기 싫은지 그의

시각을 온통 절망시키고 있었다.

고호는 자신이 오늘 따라 못나 보이고 흉물스러워 보이는 까닭을 이해할 수 있을 것 같았다. 빛이었다. 이 우중충한 모든 것, 빛이 없는 죽음의 그을음이 자신을 슬프고 괴롭게 만드는 것이었다. 아직 날이 다 밝기 전이라 어둑스레한 빛이 손바닥만한 영창으로 희끄무레하게 새어들고 있을 뿐 침대가 놓여 있는 쪽은 아직 캄캄 밤중이었다.

고호는 방금 카페 몽블랑에서 일어난 상태라 아직 머리가 멍멍했다. 검게만 보이는 주변을 살펴보다가 한 순간 갑자기 놀라 후닥닥 물러섰다. 웬 사나이가 자신과 똑같은 모습으로 이쪽을 노려보며 앉아 있는 것이 아닌가. 겁이 많았던 고호는 그 검은 사내를 향해 외쳤다.

“누구요?”

그러나 그 검은 사내는 대답이 없었다. 아니 오히려 더욱 험상궂은 얼굴로 고호를 노려보며 되묻고 있었다.

“누구요?”

고호는 한번 더 외쳤다. 그러나 그 검은 사내는 아무 말이 없었다. 고호는 답답했다. 손때가 묻어 반들반들 닳아진 담배곽에서 궐련을 한 개피 뽑아 신경질적으로 뻑뻑 빨아 대었다. 그러자 검은 사내는 그를 조롱하기라도 하듯 역시 담배를 꺼내 물고 그보다 더 훌륭한 자세로 훅훅 그를 향해 불어 대었다. 고호는 자신을 비웃는 저 검은 사내를 보자 피가 끓어올랐다. 눈앞이 핑핑 돌고 자신이 허공에 매달린 채 허공을 걷는 것 같았다. 발작 증

세가 또다시 일어나 이제는 아무나 죽이지 않고는 발작이 그칠 것 같지가 않았다.

그 때 니나의 환상이 아니었더라면 고호는 정말 피가 끓어올라 권총 자살이라도 하지 않으면 안되었을 것이었다. 니나는 큰 우울을 얼굴에 가득 담아 가지고 고호 앞에 나타났다. 고호는 깊은 절망감을 순간 또 다시 느꼈다. 니나, 그녀는 그가 자주 찾아가는 선술집 몽블랑의 아가씨였다. 아름다울 것은 없지만 늘 우수에 젖어 있는 그 얼굴은 보는 이로 하여금 비애를 느끼게 했다. 고호 역시 그 우수의 여자를 볼 때마다 늘 비애를 느끼지 않을 수가 없었다. 그녀의 꿈은 화가였다. 그녀가 가난하고 볼품없는 농촌에서 파리장들이 활보하는 예술의 도시 파리로 왔을 때 그녀의 겁먹은 시선에는 순간 모든 꿈이 물거품이 되어 버리는 것 같은 예감이 들었다고 했다. 아닌게 아니라 그런 그녀의 예감은 한치도 어긋남이 없이 맞아 떨어졌다.

"니나가 웬 일이야, 여길?"

고호는 반쯤 부릅뜬 눈으로 니나를 보며 둗었다. 그녀는 모든 게 어색하고 서툴러 보였다. 얼굴의 매무새도 옷차림도 그 나이의 환하고 밝고 명랑한 것이 아닌 쓸쓸하고 서글픈 것들이었다. 그러나 그것이 그녀의 매력이었다. 고호는 저 니나의 전부를 원색적인 빛깔로 갈아 입히고 싶은 충동이 그녀를 볼 때마다 우직우직 솟구쳤다. 어둠은 싫다. 자신의 붉은 어둠이 싫고 가난한 어둠이 싫었다. 그는 자연 그대로에서 옷색을 뽑아 내는 탁월한 성공적인 점묘 기법을 알고 있었다. 그러나 한 때 고호는 그 신

비스런 색깔들에 대하여 혐오감을 느껴 빛에 대하여 자신과는 상관없는 듯이 행동을 한 적도 있었다. 그러나 이제는 그 빛과 자신은 틀니보다 더하면 더했지 못하지 않는 애착이 갔다. 고호는 우울한 니나에게 점묘 기법으로 무수한 원색의 빛이 흐르게 하고 싶었다.

그러나 니나는 역시 아무런 말도 하지 않았다. 여태껏 머리 속에서만 뱅뱅 돌 뿐 몇 달이 지나도록 진전이 없는 그의 그림, 마음에 들지 않는 가슴 한 구석을 뻥 뚫게 하는 그림, 니나는 그런 그를 충분히 이해하고 있으니 너무 조급하게 굴지 말라는 것처럼도 보였다.

고호가 손을 들어 니나를 껴안으려는 순간 갑자기 검은 사내가 그를 가로막으며 그를 저지하려 하고 있었다. 그것은 한결같이 그를 조소하는 기색이었고 고호는 니나 때문에 가라앉았던 내부가 또다시 머리끝까지 핏발이 서며 발작할 것만 같은 심정이 되어 버렸다. 고호는 자신의 팔이 부들부들 떨리는 것을 느꼈다. '저 놈 잡아라' 하는 소리가 순간 그의 입 속에서 자신도 모르게 튀어 나갔는지도 몰랐다. 고호는 순간 굉장히 큰 반향을 들었다. '저 놈 잡아라'

어둠이 조금씩 가셔지면서 점차 검은 사내의 윤곽이 좀더 확실하게 드러나기 시작했다. 고호는 불현듯 자신의 한 쪽 귀가 가렵다는 생각을 하였다. 어젯밤 고맙게도 그의 그림을 사려는 화상이 다녀간 다음부터 그의 비난을 간신히 참아 낸 그는 갑자기 엉뚱하게도 이 시간 귀가 아파 오는 것을 느꼈다. 그는 빳빳하게

굳어 있는 화필 끝으로 귓구멍을 쑤셨다. 불안하고 초조할 때마다 그는 버릇처럼 붓끝으로 귀를 쑤셨다. 그런데 어쩌다 한번은 잘못 쑤셔서 붓끝이 상당히 깊숙이 들어가 고막 가까이부터 곪기 시작하였다. 그 때가 아마 해바라기를 완성시킬 무렵이 아니었던가 싶었다. 그 이후로 그의 왼쪽 귀는 감각을 잃었다.

고호는 뻔뻔스럽게 서 있는 검은 사내를 바라보자 또다시 부글부글 끓어오르는 화 때문에 자신을 지탱하기가 어려웠다. 그러나 날이 밝아 가면서 검은 사내는 점점 빛을 잃어 가며 대신 고호의 얼굴에 포개어져 험상궂게 일그러진 적나라한 실상으로 나타났다. 자신과 닮은, 좀은 빈 것 같고 뚫기 만한 인상의 사내가 거기에 외롭게 서 있었다. 비로소 고호는 저기 서 있는 이차원 속의 사내가 자신이었음을 알자 절망한 기분이 들어 일어났다. 옷을 주섬주섬 주워 입고 기신 기신 밖으로 나왔다. 해가 저만치에 떠 있었다. 밖에는 고갱이 벌써 이른 아침부터 그의 아틀리에에 와서 막 산마루로 일어서려는 정열적인 태양의 빛을 줍고 있었다. 벌거벗은 타이티 섬의 아낙, 남불의 오렌지 빛깔이 타는 하늘과 여름, 풍만한 여인의 갈색 젖가슴이 요염한 자세로 그의 화폭에 옮겨져 와 있었다. 고갱은 힐끗 고호를 보자 자신만만해서 외쳤다.

"이봐 빈센트, 자네도 알겠지만 순간즈인 인상(印象)을 위해서는 색의 분해여야지 색의 혼합이어서는 안되네. 사물에서 느껴지는 빛깔들은 마치 여러 개의 색들이 모여 조화를 이룬 것 같지만 실상은 낱낱의 빛들이 전부 제각각 한 가지의 색깔들일 뿐이

라네. 색을 혼합시키지 말고 색조(色調)를 명확하게 분할하고 원색 그대로 화면에 나타내야 한다네. 그러기 위해선 색을 찾아 고뇌하고 절망하고 그리고 색을 찾아 방황해야 한다네. 색이란 모름지기 인간 고뇌의 바탕 위에서 생성되는 것이기 때문이라네."

고갱은 마치 고호를 비웃기나 하는 것처럼 쳐다보며 넉살좋게 말했다. 고호는 현란한 빛으로 짙게 내뿜고 있는 고갱의 그림을 절망하듯 바라보며 자신은 도저히 저런 빛을 낼 수 없다고 여겼다. 점묘 기법에 탁월한 재주를 가진 자신이었지만 고갱과 같은 저런 빛은 낼 수가 없다고 여겼다. 고갱은 고호가 그의 기세에 주눅이 드는 것을 느끼자 더욱 의기양양하여 외쳤다.

"아름다운 타이티 여인들의 풍만한 볼륨은 관학파의 양심적인 작가들도 그 아름다움을 인정하고 있는 바이라네. 그들은 요염한 젖가슴과 섹스에 천재적인 소질을 타고난 이들에 무관심한 척하지만 실상은 그들이 더 적나라하게 묘사하고 있다네. 감출 필요가 없어. 인간의 모습은 신의 축소판, 신의 모습 그대로이니깐 말일세."

고갱은 말을 마치자 힐끗 고호를 쳐다보았다. 침울한 모습으로 그림자처럼 서 있는 고호의 모습은 그 어느 때보다 삭막해 보였고 눈곱 낀 얼굴은 나이 많은 사람처럼 보이게도 했다. 고갱은 더욱 의기양양했다. 저 청승맞고 불안해하는 모습을 그대로 고호에게 보여주고 싶었다.

"자 보게나. 자네 모습이 이렇다네. 혼자 고독하고 혼자 고고한 척하지만 그건 감상일 뿐이야. 그림은 감상이 아닌 상업주의

와도 적당히 타협을 할 수도 있어야 해. 자네 이 노란 집 방세를 벌써 몇 달째 밀리지 않았나."

고갱은 고호의 처참하고 고뇌와 비원이 서린 얼굴을 보자 더욱 비아냥거리고 싶어졌다.

"난 갈 꺼라네. 남불의 낭만과 정열적인 색깔을 좇아서 빛의 나라로 갈 꺼라네. 난 도무지 이해할 수가 없네. 자네가 말한 빛이 흐른다는 말도 그렇고 선명치 못한 화면도, 약간은 자네가 인상파라고 자처하는 것도 우습단 말일세. 빛이 죽어서는 안되는데 자네 그림에선 때때로 빛이 죽어 있다네 그려."

고호는 고갱의 이죽거림을 가까스로 진정해 내며 고갱의 지방으로 번들거리는 얼굴을 노려보았다. 언젠가 본 것 같다. 저 번들거리며 이죽거리는 모습, 고호 그도 한 때 고갱을 보고 너는 왼손잡이, 너는 사생아 하고 고래고래 소리지르며 펌시하던 때가 있지 않았던가 고호는 자신이 지금 그 벌을 받고 있다고 여겼다. 자신이 한없이 축소되어 마침내는 벌레보다 못한 미물이 되어 간다고 여겼다.

평소 같으면 불길같이 솟구치던 고갱에 대한 적개심도 그는 오늘 수포처럼 무너지는 것을 느꼈다.

고갱이 돌아간 뒤 고호는 그 더없이 깊고 아득하기만한 이젤을 바라보며 자신은 고갱과 같은 그림을 그릴 수 없다는 절망감에 빠져 버렸다. 저 무한히 깊기 만한 공간 속을 들여다보노라면 그는 죽음보다 더 깊은 절망감에 빠져 버리고는 했다.

그는 문득 비참하기 만한 자신의 기억을 멀쑥하게 들여다보았

다. 깨어진 거울에 뒤죽박죽 엉성하게 깁고 서 있는 사내가 있다면 그가 문득 자기 자신일 것이라고 여겼다. 그는 문득 거울을 들여다보았다. 구레나룻이 시커먼 사내가 험상궂게 문득 그를 노려보고 있었다. 그는 그것이 자기 자신이라고 느끼면서도 왠지 자기가 아닌 것 같은 착각에 빠졌다. 터부룩한 수염, 밤까시처럼 숭숭 돋아난 머리, 모양 없는 이마 그는 겨우겨우 깁고 기워 이어온 과거의 기억 속으로 빠져들면서 걷잡을 수 없이 열등감과 자학에 허덕거리고 있는 자기 자신을 보았다. 그는 문득 과거의 거울에 비친 자기 자신의 모습에 연민을 느꼈다. 그러나 고호가 원했던 것은 그런 것이 아니었다. 그가 파리 생활을 청산하고 남불의 바로 이 아를르로 내려온 것은 좀 더 강렬하고 좀 더 화사한 색채를 따라온 것이었다. 남불은 태양의 고장이었다. 아를르의 밝은 태양 아래 빛나는 과수원과 밀밭, 공기, 원색적인 내부, 벌거벗은 이웃 사람들은 그의 광적이고 병적인 감성에 한 줄기 생명처럼 희망을 줄줄 뽑아 내게 해주었다. 파리에선 일찍이 맛볼 수 없었던 강렬한 생명력이 아를르에는 있었다. 파리는 그에게 로트렉, 드가, 피사로, 고갱과 같은 당대의 쟁쟁한 예술가를 만나게 해주었지만 언제나 정신적으로 피곤한 도시였다. 그가 고갱을 그의 빚을 갚아 주면서까지 이 아를르에 불러들였던 것은 예술을 사랑하는 그의 깊은 이해의 발산인 것이었다. 고호는 이 아름다운 고장 아를르를 도저히 혼자만 볼 수 없었다. 고호는 한때나마 이 아를르를 예술촌화할 것을 꿈꾸기조차 했던 것이었다.

그러나 고호는 이즈음 때때로 자신이 앉아 있는 것인지, 걸어

가고 있는 것인지 알 수가 없었다. 자신도 모르게 정신이 오락가
락할 때가 있는가 하면 때때로 두 눈에서 동그라미가 바람개비
처럼 돌면서 과거의 잊었던 불쾌한 기억들이 굴뚝연기처럼 솟아
났다. 그리고 입에서는 쉴 새없이 알 수 없는 말들이 내뱉아졌
다. 그럴 때마다 고호는 자신이 지금 미쳐 가고 있는 것이라고
여겨졌다. 그래 미쳐 가고 있는 거다. 나는 지금 미쳐 가고 있는
거다. 내 말은 뱀의 혓바닥처럼 갈라져서 이제 내 정신의 지배를
받지 않는다.

　고갱은 고호의 정신적인 지주였다. 고갱이 파리에서 고호를 따
라 내려왔을 땐 적어도 그들은 처음 얼마 동안은 유쾌하고 참다
운 동반자로 지낼 수가 있었다. 서로가 서로를 존경했고 작품에
대해 날카로운 비판과 조언을 아끼지 않았다. 그러나 이런 관계
는 한 달 남짓, 고호와 고갱 사이에 성격상의 불화가 서서히 나
타나면서 격렬한 투쟁이 시작되었다. 활화산 같은 성격의 정열적
인 고호, 그러나 그에 못지 않게 격정적인 고갱은 결코 처음부터
어울리는 사이가 아니었다. 점점 그들 사이에는 보이지 않는 갈
등이 빈번히 수면 위로 떠올라 왔고 고갱은 아예 무관심으로 일
관해 갔다. 고호는 그런 고갱이 지금 자기를 비웃는 것이라고 여
겼다. 그럴 때마다 그의 내부는 뜨겁게 뜨겁게 불이 붙었다. 자
신이 때때로 고갱을 죽일지도 모른다는 두려움으로 언듯 언듯
놀라고는 했다. 이즈음 그의 마음은 모래를 씹는 것같이 답답했
고 안정이 되지 않았다. 보이는 것마다 그를 비웃는 것만 같아
고호는 그의 정신을 알코올로 절여야만 그런 비웃음에서 해방될

수가 있었다. 방금 여명 속에 거울에 드러난 자신의 모습을 보고 화를 내는 것도 고호는 거울 속에 들어 있는 사내가 자신인 줄 모르고 착각을 한 것이었다. 그럴 정도로 고호는 이즈음 심한 우울증에 빠져 있었다. 고갱과의 인간적인 갈등도 그의 우울증을 발작시키는 한 계기가 되었다.

그는 밖으로 나왔다. 밖에는 어느 틈에 고갱이 다시 와 서 있었다. 그에게서 나는 심한 알코올 냄새를 맡자 고갱은 입을 비죽 내밀며 외면하려 했다. 그러나 그는 의기양양한 채 다시 고개를 그에게로 돌렸다.

"자 어때 내 얼굴 봐. 내 이 턱수염과 벗겨진 머리, 갈색 피부 자 봐. 보란 말이야."

고호는 외면하는 고갱의 얼굴에 바싹 자신의 얼굴을 들이대며 악에 받혀 반말로 고함을 질렀다. 언제나 자신만만하고 자신보다 귀신처럼 한 발 앞서가는 고갱이 그는 때때로 존경스러웠지만 죽이고 싶은 살의를 느낄 때도 있었다. 순간 고갱은 한 발짝 물러서면서 갑자기 고개를 숙였다. 술잔이 자기를 향해 날아오는 것 같은 착각을 느꼈기 때문이었다. 이즈음 갑자기 발작 증세가 심한 그가 술잔을 집어던지는 것은 예사였다. 심지어는 자신의 구두를 벗어 던지기도 했다. 남은 구두 하나로 카페 몽블랑에서 술을 청해 받아먹었다.

그의 동작을 보고 있던 고호는 고갱이 자신을 철저히 떠나 있다는 것을 알았다. 고갱은 언제나 지중해의 밝고 푸른빛을 찾아 타이티 섬으로 가야겠다고 늘상 입으로 말해 왔는데 고호는 정

말 고갱이 이 아를르를 떠나면 어떻게 하나 걱정이 되었다. 그는 이 아를르에서의 고독이 얼마나 무서운 것인지를 알고 있었다. 그 자신이 미술을 이해 못하는 사람들 가운데 홀로 있다는 것이 그는 죽음보다 더하면 더했지 못하지 않다는 것을 그는 잘 알고 있었다. 그는 곧 자신의 행동이 뉘우쳐졌다. 간밤에 마신 술로 냄새를 풍기고 있는 입을 얼른 들어가 양치질로 씻어 냈다. 왜 이렇게 나는 예의가 없는 것일까? 왜 감정적으로만 폭발하는 것일까?

"미안합니다. 선생님 제가 미친놈 올시다."

그는 때때로 이성에 호소하지 못하고 감정적으로 폭발해 버리는 모든 일을 단지 자기가 미쳤다는 이유로 변명했다. 아닌게아니라 고호는 자신이 이즈음 미쳐 가고 있는 것이 아닌가 하는 생각이 떠올랐다. 때때로 고호는 남들이 자기를 미친놈이라고 하는 수작들을 들었다.

"이봐, 고호 나는 모든 것을 다 이해할 수 있다네. 내가 자네에게 거만한 것인지, 자네의 눈이 편견을 가진 것인지 아무튼 좋다네. 그러나 자넨 벌써 세 번씩이나 나를 매번 이런 식으로 조롱을 했네. 다 참을 수 있네만 나를 무시하는 태도로 나오는 것은 정말 참기 어렵네. 정말 이런 식으로 나온다면 나는 떠나가고 말 꺼야."

고갱은 무안해질 정도로 고호에게 면박을 주어 놓고서 그 황색의 집을 신경질적으로 나와 버렸다.

고호는 또 감정이 폭발해져 버린 자신의 주체못할 성격이 죽

도록 미웠다. 나는 왜 이토록 예의와 앞뒤가 없는 것일까? 무조
건 눈앞의 일만 생각해 갖고는 불끈불끈 솟구치는 급한 성질을
참지 못하는 것이었다. 시뻘겋게 날아오르는 태양을 눈이 부시도
록 바라보다가 고호는 문을 닫고 안으로 들어왔다. 어디선가 빛
이 살아나고 있었다. 그는 비로소 그것이 거울에 반사되어 나온
빛의 입자라는 것을 알았다. 거울에는 아까 본 그 사내가 우뚝
서서 그를 비웃듯이 바라보고 있었다. 어느 순간 그 거울 속의
사내가 히죽 웃는다고 여겼다. 그 모습이 우스워 그는 조금 입을
헤벌쭉이 벌렸다. 그러자 그 사내도 입을 조금 벌려 그를 보고
웃었다.

"야, 임마. 왜 따라 하니?"

그러자 거울 속의 사내도 그를 따라 야, 임마. 왜 따라하니?
하고 말하고 있었다. 신경질적인 그는 순간 저 거울 속의 인물에
살의를 느꼈다. 발로 걷어찼다. 쨍그랑, 순간 대형 거울은 큰 조
각과 작은 조각이 우르르 바닥으로 떨어지고 있었다. 또 발작이
시작되는가 보다. 고호는 지금 자기가 발작되어 가고 있는 것이
라고 생각하였다. 그래 미쳐 가고 있는 거다. 미쳐 가고 있는 거
다. 발작증이 시작된 고호의 눈에 들어오는 것은 아무 것도 없었
다. 아무거나 집어 던져야 했다. 단지 거울 속에 자신을 비웃고
있는 사내의 얼굴만이 그의 뇌리 속에 가득 차 올라 바삭바삭
그의 신경을 돋구고 있었다. 그의 머리는 그 눈이 크고 얼굴이
넓은 사내의 비웃음이 가득 묻어 난 사내의 입으로 맹렬한 기세
를 퍼부으며 노려보고 있었다.

저놈의 비웃음이, 독사처럼 날름거리는 혓바닥이, 입술이 얇은 고갱의 입술처럼 보였다. 성질이 급한 고흐는 고갱에게 늘 충고만 받고 있는 것이었다. 고갱이 밉다. 잔인할 정도로 자신만만한 고갱이 밉다. 창녀 니나의 품속에서 빠져나 온 이튿날 아침 느끼는 토악질과 같은 냄새가 나는 녀석이다.

그는 문득 밑을 내려다보았다. 깨어진 거울 조각 하나 하나가 다 모두 그의 얼굴을 향해 형상을 깁고 노려보고 있었다. 그는 노란 태양 빛깔이 간사하게 마룻바닥에 떨어지는 것을 주웠다. 저놈의 벽, 저놈의 마루, 보이는 것이 없었다. 아무 것이나 집어 던졌다. 이젤, 붓, 캔버스를 아무렇게나 집어 던졌다. 그 때마다 자신이 완성했던 벽에 그린 그림들이 하나, 둘 떨어지기 시작하였다. 어지럽게 맴도는 선, 강렬한 남불의 빛깔, 굵게 굵게 놀렸던 붓, 대담한 돋음칠, 거세고 투박하게단 보이는 그림, 고흐는 도무지 마땅치가 않았다. 이런 그림을 그려서는 무얼해, 아무도 알아주지도, 사주지도 않는 이런 그림을 그려봐야 뭐하지? 그는 닥치는 대로 밟고 찢고 부수었다. 그는 갑자기 마지막 남은 캔버스를 내동댕이치려다가 허탈해져 그대로 주저앉아 버렸다. 갑자기 집이 그리워졌다. 동생 데오가 그리워졌다. 데오와 함께 아무런 생각 없이 뛰놀던 때가 그에게는 일생중 유일한 낭만적이고 생활다운 세월이었다. 넓은 풀밭과 밀밭이 노랗게 펼쳐진 고향 즌델트의 시원스럽고 해바라기가 많은 전원적인 마을이 떠올랐다. 바슴 지방으로 전도사로 갔을 때도 그렇고 파리에서 많은 친구들과 사귀면서도 그는 결코 자기의 마음을 온 데다 두지 못했

다. 언제나 그는 혼자였다. 밤마다 밀려오는 고독감을 견디지 못해 그는 술의 힘을 빌려야만 잠이 왔던 것이었다. 남불의 아를르로 와서도 그 고독감은 여전했다. 그 때마다 그는 니나를 샀다. 그러나 그뿐 고호는 남는 시간을 자신의 마음을 한군데에 붙잡아 두지 못해 용서를 받지 못한 소년처럼 안절부절못했다.

고호는 때려부수는 것마저 식상해 한참 동안 자신을 기우며 노려보고 있는 거울 조각들을 노려보았다. 순간적인 영감과 인상이 그의 앞을 천둥소리만큼이나 소리를 지르며 스쳐 갔다. 그림을 그려야겠다고 생각했다. 그림만이 그를 그 고독감으로부터 해방시켜 주었다. 붓을 끌어당겼다. 하나도 놓치지 말자. 노려보고 또 노려보았다. 고개조차 돌리지 않았다. 고호는 캔버스를 다 끊어 내지 않은 것이 참으로 천만다행이라고 여겼다. 흩어지고 부러진 화구들을 기신 기신 주워 담았다. 물그릇도 끄집어 올렸다. 거울을 하나 멋진 놈으로 갖다가 걸어 놓자. 그래서 내 멋진 자화상을 한번 걸어 보자.

"어째 자네는 모델만 찾고 있나. 자신의 내부로부터 올라오는 깊은 영감을 깡그리 잡아 그리란 말일세."

고갱이 하던 말이 떠올랐다. 때때로 고갱이 죽이고 싶도록 미웠지만 그것은 고갱이 워낙 직설적이고 바른 말만 하기 때문에 거기에 대한 반발일 뿐이란 것을 그는 잘 알고 있었다. 항상 자신보다 한 발 앞서 나가는 고갱에 대한 시기일 뿐이라는 것을 그는 잘 알고 있었다.

그는 금방 일어나 데모빌 상점에 가서 커다란 거울을 하나 사

왔다. 어제 그림을 그려 주고 부르통씨에게서 받은 사례비가 아직 남아 있는 것을 그는 알고 있었다. 그는 매사 이런 식이었다. 한 치 앞을 내다 볼 수가 없었다. 급하면 부수고 찢고, 찢고 부순 다음에는 뼈절인 후회가 왔다. 그는 곧 거울을 햇빛이 전보다 더 잘 드는 곳에다 걸었다. 햇빛에 반사된 거울 앞엔 역시 광대뼈가 나오고 눈이 깊고 수염이 원숭이 털처럼 새까맣게 기른 낯선 사내가 그를 노려보고 있었다.

고호는 불현듯 붓을 잡았다. 화실의 노란 벽에는 발자국과 유화가 묻어 있어 얼룩덜룩했지만 거울 속으로 들어오는 작은 빗줄기들은 하나하나 저마다 요란하게 아름다움을 드러내며 흐르고 있었다. 고호는 문득 거울을 보고 앉았다. 거울을 보고 자주 그림을 그렸지만 언제나 고호는 다 그린 다음에는 한 뼘 남짓한 빈 구석이 이상스레 남아 있었다. 그 한 뼘의 허전감 없이 완벽하게 그림을 그려내는 것이 그의 목표였다. 어떤 때는 한 뼘 남짓한 공간이 조그맣게 변했다가 다시 커졌다가 그 한 뼘 속에서 내내 왔다갔다했다. 그러나 결코 그 한 뼘이 없어지는 때는 없었다. 고호는 그 한 뼘의 공간을 없애는 일디 그의 일생 일대의 작업이라고 여겨 오는 터였다.

그는 거울 속에 들어 있는 자신을 뚜렷하게 응시하는 순간 웃음을 배시시 흘렸다. 면적이 넓은 얼굴과 높은 콧대, 좀 큰 듯한 귀는 안심할 정도로 만족했기 때문이었다. 까만 수염도 인상적이었다. 거울 속의 사내도 그를 따라 배시시 웃었다가 그쳤다가 다시 웃었다. 그는 그것이 우스워서 좀더 호탕하게 방만한 웃음을

터뜨렸다. 그러자 거울 속의 사내도 따라 한다. 그는 웃음을 그치고 거울 속의 사내를 뚜렷이 응시하였다. 거울 속의 사내도 그의 눈동자를 뚜렷이 노려보고 있었다. 마치 내가 그래 왔던 것처럼. 그의 머리 속에는 비로소 모든 잡념이 사라지고 마침내 자신의 분신으로 거울 속의 사내가 남는다고 여겨졌다. 그는 그렇게 날이 저무는 줄도 모르고 앉아 있었다. 또 하루를 또 식음을 잊은 채 앉아 있었다. 잠자지 않은 채 거울만 응시하였다. 그의 머리 속엔 오로지 거울 속의 사내만이 눈에 들어왔고 그 한 뼘의 공간을 없애야 한다는 중압감이 흐린 날씨처럼 무겁게 내려와 앉았다.

　다음날 오후에야 그는 허기를 느끼고 기실 기실 일어나 간단하게 속을 채웠다. 현기증이 콱 그의 머리를 땡기는 바람에 순간 휘청거렸으나 그렇지만 그의 가슴속엔 희열의 뿌리 같은 것이 조금씩 움트고 있는 것을 그는 꽉 붙잡고 있었다. 다시 거울을 오른쪽에다 비스듬하게 두고 그는 캔버스를 조그맣게 잘라 적당한 크기로 거울 속에 비친 자신을 그려 넣기 시작하였다. 허름한 작업복을 벗어버리고 망토로 땟국이 흐르는 속옷들을 감추었다. 더부룩한 수염이 나이에 비해 좀 겉늙어 보였지만 그는 그런 대로 괜찮다고 여겼다. 창문을 통해 들어온 태양 빛이 사방 벽면에 비치어 황색의 덩어리를 그의 머리에다 가득 쏟아 부어넣고 있었다. 그는 미친 듯이 손을 놀렸다. 손에 따라서 그의 얼굴은 점점 속속들이 캔버스로 옮겨가고 있었다. 그는 내내 그 그림에 침식도 잊은 채 몰두해 갔다. 그 다음날도 그는 식음을 전폐하고

흐르는 선과 태양과 같은 정열을 그 그림에다 쏟아 부어 넣었다. 그 다음날도, 또 그 다음날도 고호는 식음을 전폐하고 자신의 자화상을 그리는데 몰두했다.

며칠인지도 모르게 흘러간 어느 날 아침, 고호는 빛이 창문으로 화안히 들어오는 그 황색의 아틀리에에서 그는 거울과 그 그림을 번갈아 가며 쳐다보았다. 그가 거울인지 거울이 그인지 구분할 수가 없었다. 그는 자신의 얼굴을 캔버스에다 꼭 얹어 보았다. 틀림없이 꼭 같았다. 그는 한 뼘의 공간마저 지우기 위해 가만히 눈을 감고 속에서 들려 오는 소리를 들어보았다. 아무 소리도 들리지 않았다.

그는 오래간만에 기분이 유쾌해 밖으로 나왔다. 그의 마음은 흡족한 작품을 완성시켰다는 희열감으로 누구를 만나더라도 붙잡고 껴안고 싶은 심정이었다. 현기증으로 휘청거리는 다리를 이끌고 남불의 정열적인 태양이 내리꽂히는 뜨락으로 나서자 그는 막 이 황색의 집으로 들어오는 고갱과 마주쳤다. 고호는 다짜고짜 반가움에 그의 손을 덥쑥 잡았다.

"선생님, 반갑습니다. 그 동안 어디에서 지내다가 이제 오시는 겁니까. 무척 기다렸는데 자 들어오십시오. 내 그림을 좀 봐주십시오. 이제 막 완성을 끝낸 겁니다. 어떻습니까?"

빈센트는 떨리는 손으로 아직 마르지 않은 자화상을 보여주었다. 그러나 고갱의 입에서 걸작이나 칭찬의 말이 나올 것을 선뜻 생각했던 고호에게 고갱은 이상하다는 표정으로 고개를 갸웃거렸다.

“어딘가 좀 이상하군.”

‘뭐라구?’

순간 고호는 속에서 불기둥이 솟구치는 것을 느꼈다. 저 아무렇게나 내뱉는 고갱의 입을 찢어 놓고 싶었다. 그러나 고호는 간신히 참았다. 그는 애가 타서 마른 입술을 축이며 바싹 다그쳤다.

“어디가……”

“왼쪽 귀가……”

고갱의 말이 채 끝나기도 전에 그는

“귀가 이상하다구? 그림과 내 귀는 똑같단 말이야 내가 내 얼굴을 여기에 이렇게 맞추어 봤다구. 자 봐, 봐, 똑같은가, 안같은가……”

하고 고갱을 원망의 눈으로 바라보며 울듯이 말했다.

“그래, 그래 맞네. 자네 말대로 생각하게나.”

고갱은 언제나 그렇듯이 여유 만만한 채 웃으면서 그를 경멸하듯이 말했다. 그의 저 여유 만만한 웃음을 보게 되면 고호는 언제나 피가 풀풀 끓어올랐다. 치솟는 불기둥을 느꼈다.

“폴, 당신은 너무 건방져, 무엇이고 당신 마음대로 생각하고 당신이 최고라고 생각하지. 누가 뭐라고 해도 이건 분명히 바로 그려진 나의 귀야.”

그는 악을 쓰듯이 말했다. 그러나 이미 고갱은 멀리멀리 도망치고 난 다음이었다.

고호는 텅 빈 화실에서 그 자화상을 뚫어져라 응시한 채 서 있었다. 그림 속의 귀는 아무리 봐도 내 귀와 똑같았다. 그런데도

아무래도 고갱이 한 말이 한 뼘의 빈 공간을 차지하고 있었다. 그는 거울을 갖다 놓고 또다시 그림을 뚫어져라 응시하였다.

"분명히 똑같이 그렸어. 분명히 똑같다니깐."

그는 악에 받쳐 소리를 질렀다. 그런데도 그는 어떤 빈 공간이 자꾸만 쏟아져 오는 것을 느꼈다.

"저건 나란 말이야. 내 귀와 똑같단 말이야"

그래도 확인할 수 없잖아. 정말 내 귀가 조금 적은 걸까? 그는 다시 거울을 갖다 놓고 그림과 자기 얼굴을 비교해 보았다. 고갱의 말대로 왼쪽 귀가 조금 큰 것 같았다. 아니 어찌 보면 또 작게 보이는 것도 같았다. 순간 그는 부리나케 칼을 들어 번개같이 자기의 왼쪽 귀를 썩둑 잘라 버렸다. 어찌나 힘껏 내리그었던지 일말의 고통도 없이 귀가 달랑 떨어져 내렸다. 고호는 불현듯 귀를 잡고 그림에다 맞추어 보았다. 선지피가 뚝뚝 흐르고 있었다.

"봐라, 봐라 똑같잖아. 똑같잖아. 봐라 득같잖아."

"그것이 바로 그 유명한 예술가의 초상이죠. 고호는 거울에다 자기를 비춰 보고 자화상 그리기를 좋아하였는데 그 많은 자화상 중에 바로 그 예술가의 초상이 가장 널리 알려지고 있습니다만 그의 생전엔 잘 알려지지 않았었죠. 그의 생전엔 잘 알려지지 않은 그 그림이 지금은 세계에서 손꼽히는 그림으로 거의 모르는 사람이 없을 만큼 이름이 높습니다. 결국 그는 그 그림 자화상뿐만 아니라 그의 인생의 자화상도 멋지게 그려 놓았던 것이었습니다."

그로부터 5년이 지났다. 어느 날 학교에서 조간 신문을 보던

나는 소스라치지 않을 수가 없었다. 그녀의 그림이 '미스 양의 午後'라는 제목으로 대통령상을 받았다는 것을 보았기 때문이었다. 결국 그녀도 내게 고호의 자화상을 얘기해 준 것만큼이나 그녀 자신의 자화상을 멋지게 그려 놓은 것이었다.

　　그로부터 또 5년이 지났다. 나는 나이 삼십을 넘기고 또 한두 해를 덧없이 보내 버렸다. 올해도 또 문단 진출은 실패하고 말았다. 내 자화상은 언제나 그려질려는지…….

비창

이 지순과 경이의 페이소스를 글로 남겨야 겠다고 생각든 적이 한두 번이 아니었다. 저 터질 듯 긴장된 만추의 하늘과 바람, 그리고 조락해 가고 있는 코스모스를 보노라면 그녀와의 사랑의 이야기가 민들레 풀씨처럼 풀풀 날아오르는 것이었다. 나무나 돌에서 태어나고 싶어했던 그녀가 내게 남기고 간 파문은 이루 헤아릴 수 없이 큰 것이었다. 이 글을 쓰게 시간을 허락해 주신 주님께 감사드립니다.

내가 목사님의 청을 거절할 수 없었던 것은 나의 소심한 성격 때문이었다. 거절 못하는 성격 때문에 혼혈아의 교육에 일생을 바

치다시피 하고 있는 목사님이 와서 자기 일을 좀 도와 달라고 했을 때 나는 내키진 않았지만 선뜻 거절할 수가 없었던 것이었다.

그렇게 본의 아니게 시작된 내 생활은 어느덧 이태를 넘겨 버렸고 허전과 회한만이 덩그렇게 내 가슴에 쌓였다.

연전의 일이었다 비가 몹시 내리는 날이었다. 바다에 접해 있는 수용소는 언제나 파도 소리를 들을 수가 있었고 파도 소리만을 듣고서도 그날의 날씨를 대강 짚을 수가 있었다.

내가 하는 일은 나이가 든 혼혈아들의 대학 예비 과정을 가르치는 일로 네 시간만 끝나면 나는 오후에는 내 자유의 시간을 가질 수가 있었다. 그 날 따라 비가 몹시 왔다. 수업을 마치고 나오는데 갑자기 조오지가 헐레벌떡 달려와서 겁에 질린 목소리로 말하는 것이었다. 사람이 죽었다는 것이었다.

조오지를 따라 달려가 보니 모래벌이 끝난 오리나무 언덕바지 아래에 웬 시체가 파도에 떠밀려 와 있는 것이었다. 여자였다. 나는 말없이 시체를 내려다보다가 그냥 주변에 흔히 있는 혼혈아의 죽음이거니 싶어 경찰에다 연락을 해야지 하는 생각만으로 돌아 나오려는데 갑자기 이상한 소리가 들렸다. 불현듯 뒤를 돌아다보았다. 놀랍게도 신음 소리는 죽은 줄로만 알았던 여자가 내뱉는 소리였다.

나는 얼른 조오지의 도움을 받아 여자를 내 방에다 데려다 놓았다. 단지 살려야겠다는 생각만이 불현듯 들었을 뿐, 그 뒤는 어떻게 하겠다는 생각도 없었다. 나는 종종 이런 일 때문에 나와 아무런 관련이 없는 일에 나 자신의 시간을 앗기는 것이 참으로

싫었다. 그래서 그 순간까지도 나는 여자를 경찰에 신고 할 것인
가 아닌가 하는 일에 정신을 쏟고 있었다. 그러나 나는 이 여자
를 경찰에 신고하지 않기로 작정했다. 실은 신고함으로 인해서
일어나는 내 일상의 번거로움이 싫었기 때문이었다. 출타중인 목
사님이 돌아오면 목사님에게만 알리기로 작정하였다.

　여자가 깨어난 것은 이튿날 새벽녘이었다. 그 동안 나는 거의
밤을 새우다시피 하고 있었는데 내 방에는 조오지와 도로시 할
머니가 함께 교대로 밤을 새우고 있었다. 여자가 깨어나자 도로시
할머니가 재빨리 뛰어나가 귤차를 다려가지고 들어와 여자의 입술
에 조금 흘려주었다. 나와 조오지가 안쓰럽게 옆에서 지켜보는 데
에도 여자는 전혀 인지하지 못하는 것 같았다.

　이튿날 아침, 나는 여느 때처럼 아침 산책을 조오지와 함께 같
이 다녀왔다. 우리는 해변가까지 나아갔다 왔다. 여자가 파도에 떠
밀려 왔던 곳까지 가서는 주위를 두리번거렸다. 혹시 여자가 흘린
물건이라도 없을까 해서였다. 그러나 부서지고 또 밀려오는 파도만
귀에 익을 뿐 여자의 것이라고 생각되는 것은 아무 것도 없었다.

　돌아와서 나는 이번에는 여자의 얼굴을 찬찬히 뜯어보았다. 고
운 이마와 가쁜한 머리가 무척 아름다웠지만 그러나 결코 그 또
래에 있어야 할 밝은 얼굴이 아니었다. 도로시 할머니가 나갈 때
까지도 여자는 한참 동안 표정을 잃은 채 허공만을 바라보고 있
었다. 그러다가 한 순간 나를 의식하였는지 고개를 돌렸다. 그러
다가 이내 또다시 빈 허공으로 시선을 돌렸다.

　나는 웬일인지 쑥스러움이 앞섰다. 여자를 대하는 일이 거북스

러웠다. 여자가 몹시 피곤한 기색을 지었다. 여자가 의식적으로 나를 피하려는 것이라는 것을 알았기에 나는 아무 말 없이 내 방을 나오고 말았다.

그 날은 마침 토요일이었다. 그래서 나는 수업을 맡지 않아도 되었다. 그러나 사령부 안에서 회의가 있었기 때문에 나는 아침 식사를 마치자마자 목사님을 대신해 사령부 내의 회의실로 갔다. 도로시 할머니에게 여자를 간호해 달라는 부탁과 함께 여자가 있는 방안을 기웃거렸을 때 여자는 여전히 깨어나지 못하고 있었다. 늦가을의 아침 햇살이 깊숙이 그녀의 고운 이마를 덮어 내리고 있었다. 해쓱한 안색이 햇살로 인해 붉게 떠오르고 있었다.

사령부 내의 회의 안건은 수용소의 철폐 문제였다. 더 이상 떠맡지 않으려는 사령부가 수용소를 철폐하려는 움직임을 보이자 우리는 이제껏 맡아 왔던 수용소 아이들이 또다시 거리를 방황해야 하는 일을 생각하고 강력하게 반대를 해 왔던 것이었는데 목사님이 없는 틈을 타서 또다시 불거졌던 것이었다. 나는 강력하고도 결사적으로 저지했다. 결국 존폐 문제는 또다시 해결을 짓지 못하고 다음으로 넘기기로 했다.

내가 그 곳 참모들과 강력한 대립을 쌓고 돌아오자 도로시 할머니가 기다렸다는 듯 다급하게 말했다. 갑자기 여자가 고열과 혼수상태에서 빠져 심각한 상황이라는 것이었다. 나는 순간 속이 철렁 내려앉았다. 여자를 그냥 경찰에 신고하지 않은 것이 후회스러웠다. 나는 수용소 안에 비치되어 있는 해열제를 먹이고 추이를 기다려 본 다음에 여차하면 사령부차를 빌려 병원으로 옮

길 생각도 해보았다.

그 날 밤이 되자 여자는 열이 다소 내려앉았고 의식도 회복하는 것 같았다. 다소 안심이 되면서도 나는 이것을 경찰에 알려야 할 것인지 아닌지 또 고민 속에 빠지기 시작했다. 여태껏 내버려 두었다가 이제 경찰에 신고하는 것도 우습기도 했고 또 한편으로 그래도 경찰에 신고해야 한다는 생각이 또 고개를 들었다. 무엇보다도 나는 내가 무엇 때문에 이런 일에 나의 시간과 노력을 앗기느냐 하는 생각이 들어 나 자신에 대해 짜증이 났다. 나는 이런 일에 매사 사무적이어서 함부로 늪의 일이라든가 사무를 대신 맡는 일이 좀처럼 없었다 그것은 또한 이 곳 사람들의 문화이기도 했다. 그러다가 나는 경찰에도 신고하지 않기로 결국은 결정지었다. 그것은 이 여자 역시 이런 번거러움을 싫어하리라고 여겼기 때문이었다. 여자가 경찰에 의해 그 신분이 밝혀지고 또 한바탕 시끄러움이 계속되어진다면 여자는 또 이제는 더욱 철저하게 자신을 거부할지도 모른다는 생각이 들었기 때문이었다.

다행히 아직 이 일을 알고 있는 사람은 몇 되지 않았다. 나와 도로시 할멈, 조오지 등 뿐이었다. 적당한 기회가 되면 나는 여자를 나의 친구라고 그럴 듯한 구실을 부칠 생각이었다. 그리고 그녀가 완쾌되면 이 수용소에서의 일을 맡겨 그녀에게 의무를 지울 생각이었다. 여자가 그 이유가 여하튼간에 또다시 방황하게 된다면 이제 그것은 그녀보다도 내가 나를 용서할 수 없는 일이었기 때문이었다.

그러나 이런 나의 의도는 보기 좋게 허물어지고 말았다. 여자

가 전혀 차도가 보이지 않고 있었고 원래 또 내 방은 병원이 아니었기 때문에 제대로 치료를 못해 주고 있었기 때문이었다. 단순히 여자가 그녀의 신분이 알려지길 싫어할 것이라는 생각으로 그녀를 내 방에 두고 있는 것은 그녀의 병을 위해서는 아무런 도움도 못되었다. 또한 그 해따라 여태껏 아무런 일이 없던 수용소가 예산 부족으로 폐하느냐 존속하느냐는 문제가 대두되어 눈코 뜰 새 없이 바쁜 날을 보내게 되어 나는 그녀에 대해 관심을 쏟을 수 없었던 것이었다.

마침내는 목사님이 돌아와 이 사실을 알게 되었다.

"그게 사실이오?"

목사님은 내 방에 누워 있는 여자를 보고서도 믿기지 않는다는 듯 말하였다. 내가 사실이라고 말하고 어떻게 하면 좋겠냐고 묻자 목사님은 한참 동안 생각해 보더니 마땅한 대책을 찾지 못하고 낭패한 얼굴만 거듭 만들었다. 이 수용소가 철폐되느냐 마느냐 하는 일로 여간 주눅이 들어 있지 않은 판인데 이런 일로 사령부를 또 괴롭혀서는 하등의 좋은 일이 아니었기 때문이었다. 나는 공연히 내가 이런 일을 떠맡아 목사님마저 괴롭히는구나 싶어 몸둘 바를 몰랐다.

기지촌 일대에는 이런 일이 흔히 있었다. 혼혈아들이 사회의 냉대 때문에 자포자기해 아무렇게나 살아가거나 스스로 목숨을 거부하는 일이 있었다. 부모가 없는 아이들은 그들의 미래가 너무도 불 보듯 뻔했다. 그들은 기지촌 일대의 빠나 홀에서 그리고

여관에서 직업을 갖게 되었다. 그것은 거의 확실한 일이었다.

그 날도 해변을 거닐다가 돌아왔다. 내가 영내로 돌아오자 테니스 코트에서 도로시 할머니가 나를 기다리고 있다가 황급하게 말했다.

"지금 목사님이 찾으셔요. 웨컴 대령님도 와 계셔요."

결국은 이곳의 최고 책임자인 웨컴 대령도 알게 되고 만 것이었다. 웨컴 대령은 퍽 인자한 사람이었지만 그만큼 모든 것을 간섭하려 드는 사람이었다. 그는 이 곳에서 일어나는 일은 전입 전출생이 누구인가도 알고 있어야 한다고 생각하는 사람이었다. 웨컴 대령 앞에서 목사님은 열심히 변명하고 있었지만 웨컴 대령은 쉽게 물러설 눈치가 아니었다. 가뜩이나 존폐 관계로 시끄러운 때 이런 일까지 벌어졌으니 끝까지 수용소를 존속시키려는 목사님의 노력에 해가 되리라는 것은 너무도 자명한 노릇이었다. 웨컴 대령은 내가 아직 결혼을 하지 않고 있는 미혼자라는 사실과 또 상대가 여자라는 것까지 생각한 모양이었다. 웨컴 대령은 내 신분에 관계되는 모든 서류를 내일까지 보고하라고 목사님께 얘기하고는 가 버렸다. 이젠 이곳을 떠날 때가 되었구나 하고 생각하고 있는데 도로시 할멈이 부리나케 되어왔다. 여자가 또 혼수상태에 빠진 것이었다. 여자는 의식을 헤아리지 못하고 허공에다 연신 손을 허우적거리고 있었다. 간간 그녀의 입에서 고통스런 신음이 흘러나왔다. 내가 여자의 그 허공에다 휘젓는 손을 잡으니 여자는 곧 그 발광이 이내 스르르 눈 녹듯 멎었다. 여자의 조갯살 같은 여린 이맛살에 땀방울이 송글송글 얹혀 있었다. 곱

고 하얀 얼굴의 그녀는 여기 아이들과는 달랐다. 나는 못생긴 내 얼굴에 수치감을 느꼈다.

나는 한참 동안 여자의 침대 곁에서 그녀의 손을 잡은 채 그녀를 지켰다. 어찌 내가 이런 사랑의 봉사가 있었을까. 나는 정말 내일 말고는 결코 다른 일에 간섭을 하지 않는 인물이었다. 나는 곧 떠날 것을 작정하고 이것이 그녀에 대한 마지막 봉사일 것이라고 생각했다. 나는 그녀의 잡은 고운 손에 입술을 갖다 대었다. 주님, 이 어린양을 살려주옵소서.

그 날 저녁 목사님이 오셨다. 목사님은 내가 떠날 준비를 하고 있는 것을 보고 펄쩍 뛰는 것이었다. 웨컴 대령은 내가 신분이 확실한 사람인가 아닌가를 단지 살펴본 것일 뿐 나를 내보낼 사람은 결코 아니라는 것이었다. 목사님의 만류로 나는 또다시 내 이런 생활을 연장할 수 있었지만 그것은 나에게 그녀의 완쾌를 확신케 했다. 그리고 고맙게도 웨컴 대령의 배려로 그녀는 내 방에서 시설이 좋은 영내로 옮겨지게 되었다. 그녀는 좀더 나은 시설을 갖게 되었던 것이었다. 그와 함께 다행히 나는 그녀를 매일같이 간호할 수 있도록 영내 의무실을 자유롭게 출입할 수 있는 기회도 얻었다. 나는 매일 그녀가 완쾌되기를 빌었다.

그러나 실제로 내가 그녀를 간호하러 가는 날은 일주일 중 수요일과 토요일 이틀에 불과할 뿐이었다. 그 때마다 그녀는 몰라보게 빠른 차도를 보이고 있었고 볼 때마다 그녀의 얼굴은 이슬 먹은 수밀도처럼 익어 있었다. 그리고 어느 날 그녀가 나를 알아보았을 때 나는 이제껏 내 이기심으로 똘똘 뭉쳐졌던 내 좁은

마음에 수치심을 느꼈다.

 그 날은 마침 영내 닥터인 브라운도 함께 그 병원을 찾았다. 토요일 오후라 일직 사관을 제외해 놓고는 영내는 텅 비어 있었다. 웨컴 대령을 만나 감사의 말을 하고 싶었으나 그는 일찍 영내를 떠나고 없었다. 그녀는 오렌지 빛깔의 커튼이 나비 모양 접혀진 병실에서 누워 있었다. 그녀의 양 볼은 사과처럼 빛나고 있었고 커튼의 영향을 받아서인지 누워 있는 그녀는 황홀한 야수파의 그림 같았다. 순간 나와 브라운은 동시에 그녀의 기지개를 보았고 이미 그녀가 마치 긴 동면에서 깨어나는 것처럼 눈을 뜨는 것을 보았다. 순간 브라운과 나는 절로 마주 쳐다보았다. 그것은 실로 그 즈음 상심해 있는 내게 가장 감격스러운 순간이었다.

 그녀는 우리를 보자 초점이 잡히지 않는지 눈을 몇 번 꿈벅이며 내 형상을 잡으려 하였지만 잘 잡히지 않는지 다시 눈을 감아 버렸다. 브라운과 나는 오랫동안 기도를 올렸다. 주여 내 잔이 진실로 넘치나이다.

 브라운이 병실을 나간 후에도 나는 늦게까지 병실에 남아 있었다. 그녀가 또다시 눈을 뜨게 되었을 때 만일 그 옆에 사람이 없다면 그녀는 얼마나 쓸쓸해할까 하는 생각이 내 가슴을 떠나지 않았기 때문이었다. 혼자 있다는 외로움, 소외감, 고독. 이들 혼혈아들에게는 남달리 그런 감정이 고착해 있다는 것을 나는 체험으로 알고 있었다. 그리고 그들의 주위에 아무도 없다는 것을 알았을 때 더욱 깊은 절망감이 찾아온다는 것도 나는 알고 있었던 것이었다. 그녀의 머리맡에 의자를 하나 갖다 놓고 앉아

있으면서 나는 그녀의 고운 얼굴을 바라보며 그녀가 스스로 자신의 몸을 거부해 버릴 정도로 깊은 상처가 무엇인가 알고 싶었다. 신이 하는 일은 정말 알 수 없었다. 저 고운 얼굴이······.

이튿날에도 나는 그녀의 병실에 하루종일 와 있었다. 그녀의 팔뚝에는 링겔 주사가 꽂혀 있었고 그녀는 어제보다 훨씬 얼굴에 생기와 윤기가 돌았다. 오전 중에 간호 사관이 한 번 다녀갔다. 간호 사관은 역시 익숙하게 링겔을 뽑고 맥박과 체온을 재어 갔다 나도 저런 것에 익숙해 있었다. 나 역시 나 이외의 일에 신경을 쓰는 것을 무척 싫어하였다. 나의 이런 봉사가 어찌 생각이나 할 수가 있었던 것이었을까.

간호 사관이 나간 뒤 나는 다시 그녀의 숨결을 들을 수 있었다. 그녀는 깊은 화평 속으로 다시 빠져들어 가는 것이었을까. 그녀가 깨어나리라고 기대한 나는 일순 실망이 엄습했다. 정말 그녀는 영영 깨어날 수 없는 것일까. 이런 사태가 주욱 계속되는 것일까. 그렇다면 나의 이런 봉사는 그녀가 깨어난 전제하의 이 기적인 봉사는 아닐까.

그녀가 곧 퇴원하게 된다는 전갈을 도로시 할멈에게서 받았던 것은 11월 중순의 어느 날이었다. 내가 그 소식을 들었을 때 나는 너무도 기쁨에 무조건 주님 앞에 엎드려 기도를 드렸다. 이 엄청난 기적을, 이 엄청난 은혜를, 오 주님, 나는 오로지 당신의 뜻이었음을 아옵니다.

사실 나는 처음부터 곧 그녀가 깨어나리라는 것을 확신하고

있었다. 이런 확신이 없었다면 나는 과연 이런 희생을 감내 해 낼 수가 있었을까. 내가 의무실에서 그녀를 마지막 본 날 나는 그녀의 생기도는 얼굴을 바라보며 건강을 되찾게 해준 크신 그분과 모두께 축복을 드리자고 병원 사람들에게 말해 놓았다. 닥터 화이트 소령이 나에게 해준 말을 나는 잊을 수 없다. 그는 내가 그녀의 회복을 의심하며 내가 하는 봉사는 이기적인 것이라고 말했을 때 그는 당신이 하는 일은 결코 인류애 이상도 이하도 아닙니다. 당신이 하는 것은 오직 인류애일 뿐입니다 하고 말했다. 그리고 그녀는 반드시 당신의 인류애로 회생된다고 말했다. 정말 그녀는 화이트 소령의 말대로 회생이 되었던 것이었다.

사람이 그렇게 달라질 수가 있는 것일까. 나는 적어도 내가 그녀를 간호하기로 약속한 토요일마다 찾아갔을 때 그녀가 눈을 뜬 것을 전혀 볼 수가 없었다. 그리고 그런 그녀의 모습을 바라보며 전혀 치료의 불가능성을 의심치 않았지 않았던가. 그런데 그녀는 곧 내일이면 병원에서 퇴원을 하게 되는 것이었다.

그녀를 위한 기도회는 고맙게도 화이트 소령을 비롯해서 교회에 참석하지 않는 사람들까지도 참석해 주었다. 이제 이 기도회만 끝나면 그녀는 우리 학교로 옮겨지게 되는 것이었다. 나는 목사님과 의논해서 전처럼 당분간 그녀가 완쾌될 때까지 내 방에 거처케 하기로 굳혔다.

그녀가 내 방으로 퇴원케 한데는 화이트 소령의 주장에 의한 것이었음을 나는 후에 알았다. 그는 그녀가 실질적으로 완쾌를 위해서는 나와 같은 간호자가 같이 신념을 나누어 가져야 한다

고 하면서 그녀가 전처럼 내 방에서 있기를 원했던 것이었다. 그
녀가 내 간호를 받게 되었던 것을 주님께 감사드립니다.

　그녀는 이제 침대에서만 있지 않았다. 그녀가 원한다면 그녀는
헤이스 원장의 동상(그는 초대 소장이었다)이 있는 곳까지 산책
을 할 수 있었으며 그녀가 생각한 것을 표현하기를 원한다면 말
할 수도 있게 되었다. 그녀는 유창한 이색 발음으로 말하고 있었
다. 그리고 한국말도 곧잘 한다는 것을 알았다. 나는 그녀의 마
음에 희망을 불어 넣어 주는 사명을 목사님으로부터 부여받았다.
　그녀는 나의 희망을 불어넣는 프로그램에 마치 초등학교 아이
처럼 잘 따라 주었다. 그러나 어느 날 갑자기 나는 나의 이런 생
각이 잘못된 것이었다는 것을 알았다.
　그날도 나는 헤이스의 동상 앞에서 그녀와 함께 걷고 있었다.
내가 그녀에게 사랑하는 사람들의 결혼에 대한 아름다운 환상을
얘기해 주고 있을 때 그녀는 불쑥 나에게 도전할 듯이 물었다.
　"선생님, 혼혈아들에게도 결혼이 가능한가요?"
　내가 그녀에게서 그런 말을 듣는 순간 나는 충격에 빠지지 않
으면 안되었다. 내가 그녀에게 이제껏 말해 왔던 희망이니, 결혼
이니 하는 말들이 그녀에겐 얼마나 실없는 소리였는지 깨달아야
했다. 내가 이제껏 그녀 앞에서 희망을 넣어 주는 사람으로서 해
온 말들이 얼마나 그녀에게는 공허했을까.
　그녀의 도전적인 질문에 나는 아무 말도 할 수가 없었다.
　"선생님 혼혈아도 사랑을 할 수가 있나요? 그들도 사랑 받고

결혼할 수가 있나요? 사랑하여 결혼하면 튀기를 낳게 되겠죠. 그 자식이 튀기라면 튀기의 튀기가 되는 건가요?"

나는 그녀의 자조적인 말에 대답할 자신이 없었다. 나는 우리 사회에서 혼혈아의 결혼이 얼마나 공허한 것인지 수없이 보아 왔다. 그들은 미국에서도 수모를 받고 있었다. 한국에서도 미국 에서도 발붙이지 못하고 떠 있는 떠돌이였다. 그녀가 그렇게 묻 는 것도 무리는 아니었다.

그녀는 내 방으로 돌아와서 울었다. 혼혈아의 사랑이, 그들의 결혼이 그 결과가 어떤 것이지 너무나 잘 알고 있는 나이기에 나는 그녀에게 어떤 말도 해줄 수가 없었다. 어떤 말을 해준다 할 지라도 그것은 그녀에겐 얼마나 공허한 일인지를 나는 잘 알 고 있기 때문이었다. 그녀가 그녀 스스로 그 갈등을 풀어 갈 것 을 바라면서 실컷 울도록 내버려두는 일 말고 어떤 일도 할 수 없었다.

그녀가 수용소에서 맡은 일은 어린 고아 혼혈아의 교육을 담 당하는 일이었다. 그러니까 나는 상급반을 맡고 그녀는 하급반을 맡는 셈이 되었던 것이었다. 그녀와의 협조는 그녀의 헌신적인 노력으로 우리의 일은 아무런 사고 없이 이루어져 갔다. 그녀는 유창한 발음으로 어린 고아들을 쉽게 지도해 갔고 아이들은 그 녀를 잘 따랐다. 목사님의 배려로 그녀는 내 방을 그녀의 것으로 완전히 하고 나는 목사관의 다락방을 이용했다. 그녀는 새 삶을 찾은 것 같았다. 그녀는 새 삶을 찾은 사람답게 헌신적으로 일했 다. 그녀를 지켜보는 나는 그녀가 희망을 잃지 않고 저렇게 적극

적으로 살아 주는 것이 무척이나 고마워서 때때로 나 혼자 눈물
을 흘릴 때도 있었다.

　그녀의 자리가 어떤 것인지 그녀가 왜 그런 무서운 일을 저질
렀던 것인지 그런 것에 대해서는 이 수용소 안에서는 일체 금기
로 되어 있는 일이었다. 그러나 나는 어쩔 수 없이 그녀의 마음
을 실토 받지 않으면 안되었다. 나는 충분히 그녀의 실토를 막을
수도 있었다. 그리고 여기서는 자신의 과거 같은 것은 아무 소용
없다는 것을 나는 그녀에게 말할 수도 있었다. 그러나 나는 그렇
게 하지 못했다. 그녀의 고운 입은 계속해서 나를 곤경하게 만들
었다. 그녀는 마치 내가 꼭 들어야만 한다는 듯 서슴 없었다. 그
것은 결코 강요된 고백이 아니었다.
　"선생님 저는 오늘에사 깨달을 수가 있었어요. 이 며칠간 저는
이와 같은 얘기를 하는 것이 옳을까 아니면 안 하는 것이 좋은
것일까 하고 곰곰 생각해 보았어요. 그러나 선생님, 저는 결국
선생님에게만은 이 이야기를 해야만 한다고 생각하였어요. 제가
왜 선생님에게만은 이 이야기를 해야만 한다고 생각했는지 저는
모르겠어요. 그러나 선생님 저는 이 이야기를 하지 않고는 견딜
수가 없을 것 같았어요."
　그녀는 울었다. 나는 그때까지 그녀가 말하는 것은 그녀가 혼
혈아로서 얼마나 상처가 깊었던가를 단지 말하려는 것이지 하고
생각했을 뿐이었다. 그녀는 그 나이에 어울리지 않게 너무 일찍
모든 것을 경험해 버리고 만 것이었기 때문이었다. 그러나 그녀

는 그녀의 모든 것을 말하였다.

"선생님. 혼혈아에게도 사랑이 가능한 것일까요. 제가 선생님을 사랑하는 것은 잘못된 것일까요?"

순간 나는 망치에라도 얻어맞은 듯 휘청거리지 않으면 안되었다. 그것은 이제껏 그녀로부터 들었던 얘기 중 처음 듣는 이야기였고 당황스런 이야기였기 때문이었다. 그녀를 그녀가 처음 발견되었던 해변의 언덕바지로 데리고 나온 것을 후회했다.

"선생님은 모르시겠지만 저는 침대에 누워 있으면서 선생님의 얼굴을 훔쳐볼 수가 있었어요. 선생님 제가 제일 먼저 의식을 차렸을 때 제일 먼저 생각한 것이 무엇인지 아시겠어요. 선생님 저는 의식의 깨임이 무엇보다 싫었어요. 두렵지는 않았어요. 다만 싫었어요. 왜 나는 죽음마저도 내 마음대로 할 수 없는 것일까 하고 생각했던 것이었어요. 죽음만큼은 나 마음대로 할 수가 있다고 저는 믿었었는데 그러다가 점차 저는 나의 최후의 자유를 빼앗은 사람이 바로 선생님이었다는 것을 알았어요. 깨어났다는 사실이 저주스럽도록 미웠지만 그러나 선생님의 얼굴을 처음 뵙는 순간 선생님 얼굴에서 사랑의 따뜻함을 읽었을 때 저는 이제는 그 저주가 환희로 바뀌어 가는 것을 느낄 수가 있었어요. (놀라운 일이다. 나 같은 보잘 것 없는 이기적인 인간에게서 사랑의 감정을 느끼다니, 나는 오로지 내 일에만 충실하는 이기주의자가 아니던가) 선생님, 저는 그 순간 강렬하게 살고 싶다는 욕망이 솟구쳐 올랐어요. 제가 다시 살 수만 있다면 그것은 선생님과 같은 인생이 될 것이라고 저는 생각하게 되었어요. 그러나 선생님,

혼혈아에게도 남에게 줄 사랑이 있을까요. 그들에겐 오히려 남에게 사랑을 받아야만 하는 것이 아닐까요. 그런 내가 사랑을 남에게 줄 수 있을까요?"

그녀의 물을 수 없는 물음들은 이제 나의 물을 수 없는 물음이 되어 버리고 말았다.

이후 나는 내 자신이 점점 그녀를 사랑해 가고 있다는 사실을 고백 않을 수 없다. 그녀의 총명한 얼굴은 가끔 때때로 표현할 수 없는 우울증으로 표변하여 나를 괴롭혔다. 그녀가 곱게 살아 갈 것을 기대한 나는 그 때마다 또다시 그녀가 지난날의 악몽을 되씹는 것이 아닌가 하는 의구심을 품게 하였다. 그녀가 내게 걸었던 기대를 저버리게 할까봐 나는 내 자신의 말과 행동을 전보다 더욱 조심했고 되도록 그녀와 많은 시간을 갖도록 노력했다. 그녀가 우울한 날이면 나는 더욱 그녀와 많은 말을 나누었다. 그녀가 많이 쫑알대지 않는다고 나는 투덜거렸다. 이제 그녀와 내가 자주 만나는 것은 전혀 어색한 일이 아니었다. 이기심 덩어리인 나에게도 남을 위해 봉사할 수 있는 기회를 준 그녀가 오히려 나는 고마웠다.

그러던 어느 날 그녀는 내게 또다시 신념에 찬 고백을 해 왔다.

"선생님, 저는 오늘 선생님에게 모든 것을 다 이야기해도 좋다는 결론을 얻었어요. 선생님에게 저의 과거까지도 말입니다."

그러나 나는 그녀의 말을 들을 필요는 없었다. 그녀는 내게 그 갈색 눈동자를 크게 터뜨리며 화안한 미소를 지어 보였다. 그녀의 얼굴은 늦가을의 햇빛을 받아 더욱 청량하게 빛나고 있었다.

“무언지 무척 궁금한데…….”

나는 그 때 그녀에게 사랑의 고백을 한 적이 있었다. 그리고 나는 그녀에게 나의 전부를 얘기해 주었다. 나는 이 사실을 목사님에게도 알렸다. 그녀와의 결혼은 거의 공식적이었다.

“선생님, 우리 아빠, 엄마 무척 궁금하시죠. 그러나 난 아빠, 엄마가 어떻게 생겼는지 몰라요. 다만 한 분은 미국 사람이고 또 한 사람은 한국 사람이라는 것밖에는 그것도 내 얼굴이 미국 사람처럼 생겼기 때문에 그들 중 한 분이 미국 사람이라고 생각할 뿐이에요. 그런데 차츰 저는 자라면서 사람들에게서 모멸과 질시의 눈초리를 느끼게 되었어요. 그런데 제가 뭇사람들로부터 수모와 질시를 당해야만 하는 이유가 제 얼굴에 있다는 것을 알게 되고부터 선생님, 저는 그 저를 쳐다보는 세상 사람들이 갑자기 모두 괴물처럼 보이기 시작하는 것이었어요.”

그녀는 말하다 말고 갑자기 울었다.

“선생님, 혼혈아들에게도 사랑이 가능한 것일까요. 그러나 그것이 얼마나 허망한 일인지는 선생님은 아실 거예요. 그는 단지 내가 혼혈아였다는 이유만으로 내가 단지 피부가 다르기 때문에 사랑할 수가 없다며 결별을 선언하는 것이었어요. 선생님 그 말을 들었을 때 저는 그만 죽고 싶었어요. 저는 제 정신이 아니었어요. 그가 그런 말을 하지 않았더라도 사랑하는 그가 단지 혼혈아이기 때문이라는 말을 하지만 않았더라도 저는 슬프지 않았을 것이에요.”

그녀는 울었다. 그러나 그녀는 여기서 결코 자신의 죽음을 이

야기하지는 않았다. 나는 그것이 고마웠다. 그것은 곧 그녀가 새로운 삶을 찾았다고 단언해도 좋았기 때문이었다.

"선생님, 그러나 지금은 달라요. 세상에는 이렇게 공기가 맑고 깨끗한 곳도 있다는 것을, 그리고 선생님 같은 훌륭하신 분도 세상에는 있다는 것을 저는 새삼 깨닫고 있어요."

그녀가 눈물을 거두고 해사하게 웃으면서 이렇게 얘기하는 것을 보고 나는 이것이 그녀가 나에 대한 신뢰라는 것을 깨달았다. 나에 대한 그녀의 전적인 신뢰 때문에 그녀의 속 깊이 굳게 닫혔던 마음의 자물쇠가 열려진 것이었다. 그녀는 곧 나의 아내가 될 것이었다.

그러나 아뿔사. 그녀와의 결혼 일자를 하루 앞두고 무심코 그녀의 방에 들어갔을 때 나는 한꺼번에 모든 것을 알아야 했다.

"선생님 역시 저에게는 이 길이 저의 길인 것을 깨달았어요. 선생님 미안해요. 선생님의 사랑을 듬뿍 받고 있으면서도 이런 길로 선생님을 대할 수밖에 없는 것이 선생님에 대한 배신이라는 것을 저는 잘 알고 있어요.

선생님, 그러나 제가 이렇게 이 길로밖에 갈 수 없었던 것은 하루 이틀 생각한 문제는 아니었어요. 정말 오랫동안 선생님의 사랑을 받으면 받을수록 선생님 저는 생각하지 않으면 안되었어요. 다시 선생님에게 물을 수밖에 없는 물을 수 없는 물음은 더 이상 드리지 않으려고 해요. 그 동안 저의 편견에 물려 저의 그릇된 물음들이 얼마나 선생님을 괴롭혔던가는 선생님에게 그냥

부끄럽고 죄송할 따름이어요.

　그러나 선생님, 혼혈아에게도 사랑이 가능한 것일까요. 선생님 제가 결혼을 하게 되면 자식을 낳게 되겠지요. 튀기의 튀기인가요. 선생님 그렇게 낳은 아이는 또 얼마나 많은 수모 속에서 고통을 겪어야 할까요. 어쩌면 제가 이제껏 겪은 고통보다도 더 많이 고통스러워야 할지도 모를 꺼에요. 선생님, 저는 참을 수가 없어요. 또다시 저와 같은 이런 고통이 반복된다는 것은 악마예요. 그것은 죄악이어요.

　선생님의 아내가 될 수 있다고 생각했을 때 저는 어느 누구보다도 선택된 여자라는 것을 깨달았어요. 그렇지만 저는 또 생각했어요. 저 때문에 선생님과 선생님의 아이가 두구두구 고통을 겪어야만 한다면 선생님, 저는 결코 선생님의 아내가 될 수 없다는 것을 깨달을 수가 있었어요. 선생님, 미안해요. 선생님의 따뜻한 사랑의 손길에 저는 얼마나 생동감에 떨었는지 몰라요 선생님은 제게 사랑이라는 것이 어떤 것인지 가르쳐 주셨어요. 제가 혼혈아가 아니었다면 아니 호메로스의 시구에 있는 것처럼 숫제 나무나 돌에서 태어났다면 아마 저는 훨씬 저다웠을 텐데."

　그녀의 시체는 죠오지가 처음 그녀를 발견하였던 오리나무 가득찬 한 언덕바지에서 발견되었다.

교사일기

매표원으로부터 하루에 한 번 버스가 들어간다는 말을 듣고 나는 속이 상해 버렸다. 그나마 오늘 같은 날은 빠지기가 일쑤여서 그때 돼 봐야 알겠다는 것이었다. 할 수 없어서 나는 그 때까지 기다리기로 했다. 나는 오후 세 시까지 대합실 안에서 오들오들 떨면서 기다렸다. 산막(山幕)가는 버스는 오후 세 시에 한 차례 올라갔다가 이튿날 아침에 내려온다는 것이었다.

마침 그 날은 버스가 빠지지 않았다. 모두 합쳐서 일곱 사람인가 탔는데 산막가는 사람은 나 혼자 뿐이었고 모두 중간에 내리는 사람들이었다. 내가 산막에 도착했을 때는 여섯 시가 지나 있었다. 내가 내리자 웬 중늙은이가 기다리고 있다가

"박 선생님이시죠?"

하고 내 가방을 받아 드는 것이었다. 나는 곧 그가 아래에서 말하던 김 선생님이라는 것을 알았다. 내가 그에게 가방을 내밀고 어줍잖게 서 있으려니 갑자기 산막 전체가 흔들리면서 운동장의 모래가 뽀얗게 날려 뺨을 때리는 것이었다. 곧 마을 전체가 이 산막의 거센 골바람에 날아갈 듯이 겨우 붙어 있는 것이었다. 어찌나 매서운지 눈물이 찔끔 났다. 나는 혹시나 싶어 옆을 둘러보았다. 내 앞에 버스표를 파는 낡은 집이 있었다. 안에서 몇몇 나이 든 사람들이 앉아 있다가 나를 이상한 눈으로 바라보며 쑤군거렸다.

나는 기분이 완전 잡쳐 버렸다. 그래도 내 딴에는 많은 기대를 했는데 산막에 분교가 생긴 이후로 여 선생은 내가 처음이라는 소리를 들었기 때문이었다.

그를 따라 사택으로 들어가니 마루까지 들이친 눈이 녹지 않고 쌓여 있어 나는 들여다보기조차 싫었다. 이 역겨운 사실은 나를 오래도록 실망케 했다. 나는 그가 시키는 대로 문이 낮게 달린 방으로 들어갔다. 방 아래에 노파가 누워 있다가 나를 보자 조금 움직여 보였다. 얼굴은 쪼그라질 대로 쪼그라져 더 이상 주름잡힐 곳이 없어 보였다. 병색이 완연했다. 앉아 있자니 노파는 가끔가다 기분 나쁠 정도로 기침을 골골하게 내뱉았다. 나는 또 그녀가 아래에서 말하던 그의 노모라는 것을 알았다. 한 쪽에는 다 낡아 오히려 반들반들 윤이 나는 책상이 있었고 그 위에는 성경책과 등잔이 놓여 있었다. 방 안은 몹시 어둡고 침침하였다.

낮에도 밖보다도 더 어두울 것 같았다. 등잔불 사이로 노파의 얼굴 음영이 뚜렷이 드러났다. 곧이어 문이 열리면서 그가 들어왔다. 그는 들어오자마자 대뜸 내 손을 덥석 잡고는 내 눈을 뚫어져라 쳐다보았다. 그 바람에 나는 그를 외면하지 않을 수가 없었다.

그는 한참만에 내 손을 풀면서 말했다.

"고맙습니다. 이 아무 것도 없는 산골을 찾아 주신 것만으로도 만족하고 있습니다."

그는 마치 내가 곧 떠날 사람이라도 되는 것처럼 말했다. 그러자 나는 버스를 타고 오면서 만났던 사내가 하던 말이 생각났고 아마 그도 나를 앞서 이 산막에 왔던 선생님들처럼 곧 떠나고 말 것이라고 생각했던 모양이라고 생각했다. 산막에 부임해 오는 선생님마다 1년을 못 넘기고 간다고 했다.

그는 나이에 겉늙게 보였다. 그의 눈가엔 깊은 주름이 접혀 있었다.

"고생이 많으십니다."

나는 한참 만에야 더듬으며 말할 수가 있었다. 그러나 나는 말을 해 놓고 곧 후회해 버리고 말았다. 그가 너무도 완강히 고개를 저었기 때문이었다.

"사명감 같은 것은 없습니다. 무명 교사 운운은 더더구나 되도 않는 소리입니다. 제가 없으면 이 아이들은? 단순한 생각에서 그냥 떠나지 못하고 있을 뿐입니다."

그는 한 마디 한 마디 겸손하게 말했다. 진심을 다하여 말하는 소리 같았다. 이런 먼 산골에 학교가 있다는 것도 이상했고 나이

많은 그가 와 있는 것도 이상했다. 나는 교육행정의 힘이 무섭다는 것을 새삼 깨달았다.

"참 엊그제 선생님께서 오시리라는 전갈을 받았습니다. 정말 죄송합니다."

그는 얼굴에 송구스러운 빛을 감추지 못하며 말했다. 그러나 그의 말 한마디 한 마디는 나를 감동시켰다. 그 한편으로 나를 침몰시키는 소리가 있었다. 이 산골을 찾아온 것이 철없는 감상이었던 것은 아닐까. 그런 순간적인 생각은 처음과는 달리 자꾸만 나를 침몰시켰다.

노파가 해소 기침을 토했다. 노파는 고통스러운 듯 이내 옆으로 돌아누웠다. 그가 흘깃 바라보며

"딸과 노모입니다. 아내는 잠깐 고향에 다니러 갔습니다."
하고 덤덤하게 말했다. 그러자 아이가 눈을 초롱초롱 뜬 채 그를 바라보았고 대들듯

"아배, 왜 거짓말을 하능교. 선생님, 우리 어매는 돌아가셨어요."
하고 말하였다. 나는 문득 그가 내게 무엇인가 속이고 있다는 것을 알았다. 그는 깊은 비감에 젖는 모습이었다.

이윽고 그가 고개를 들며 또다시 말했다.

"죄송합니다. 함부로 비감에 젖어서."

그는 힐끗 그의 노모를 바라보더니 갑자기 떨리는 음성으로 말하였다.

"몇 년 전에 대학생들이 봉사 활동을 나와서는 한 달 가량 아

이들을 모아 가르친 적이 있지요. 그것이 이 산골 아이들이 외지 물을 먹은 전부입니다."

그는 말에 아무런 감정도 없이 내뱉았다. 그러나 그것은 내가 꼭 들어야만 한다는 소리 같기도 했다. 나는 속이 홧홧 했다.

"아이들은 저 때문에 많은 것을 잃어버렸습니다. 저는 이제 그들에게 가르칠 것이 아무 것도 없습니다. 아이들은 새로운 선생님을 열망하고 있습니다."

그의 말을 숫제 애원하는 것 같았다. 나는 그의 말을 묵묵히 들었다. 내가 아무 말이 없자

"제가 너무 괜한 말까지 한 것 같습니다."

하고 그는 자기의 말이 지나쳤다는 것을 깨달았는지 씁쓸하게 말했다. 나는 속이 또 다시 홧홧 달아오르는 것을 느꼈다. 그와 나는 한참 동안 말이 없었다. 을씨년스럽게 문풍지가 바람에 떨었다. 나는 그를 멍한 시선으로 바라보았다. 가슴속에서는 무언가 말할 것 같았지만 말이 맺혀지지 않았다.

이윽고 저녁상이 나왔는데 이제 초등학교 4학년이 될까말까한 아이가 상을 들고 서 있었다. 소녀는 상을 들고 오기가 무척 힘들었는지 그가 문을 열자마자 '탕' 하고 소리가 나게 내려놓았다. 찬바람이 방안을 몰아쳤다. 반찬은 동치미하고 시레기국이었는데 버스를 타고 오면서 내 옆의 사내가 산막은 먹는 음식조차도 아래와는 다를 것이라고 하던 말이 생각났다.

병곡(兵谷)에서 내린 그는 내게 지나친 관심을 보였다. 내가 이 산막에 들어간다니까 그는 산막은 있을 곳이 못된다면서 산

막에 가거들랑 어서 나오라며 지나칠 정도로 걱정을 해주었다.
나도 들은 말이 있어서 왜 그러냐고 물으니까 그는 산막은 우선
기후와 음식 그리고 더욱 견딜 수 없는 것은 배타적인 인심때문
에 사람이 살 곳이 못된다고 말하였다. 그때까지만 해도 그것은
내게 아무런 생각도 불러일으키지 못했다.

그것은 실로 역겨운 일이었다. 내가 그걸 토고 얼굴을 약간 찡
그리자 그는 그런 나를 유심히 바라보았다. 나는 무안감에 마음
에도 없는 국을 훌훌 소리가 나게 들이켰다.

아래에서는 여전히 노파가 골골 가래를 끓고 있었고 밖에서는
바람이 무겁게 몰아쳤다.

나는 비로소 내가 철없는 계집애라는 것을 생각했다. 남 선생
님들도 다 마다하는 이런 곳엘 어쩌자고 들어왔지. 철이 없었어
철이. 생각할수록 후회가 막심해졌다. 산막에 가는 것을 말리셨
던 교장 선생님이 생각났고 발령이 나자 철없는 망아지처럼 까
불던 생각도 났다. 내가 산막에 들어가겠다고 교장 선생님께 말
씀드렸을 때 교장 선생님은 극구 반대하시며 불가를 거듭거듭
말씀하셨다. 그 산막은 선생님 두 분이 있는 분교인데 그런 곳을
어떻게 남자도 아닌 여자가 들어가느냐고 교장 선생님은 꾸짖기
까지 하시는 것이었다. 그래도 내가 거기서 죽어도 좋으니 산막
에 들어가게만 해 달라고 부탁드렸을 때 교장 선생님은 나를 한
참 바라보더니 내가 철이 없어서 그런다면서 아직 내신 기간이
남았으니 그때까지 잘 생각해 보라며 산막에 대해서 지내기가
얼마나 어려운 곳인가를 설명해 주시는 것이었다. 그래도 나는

끝까지 내가 산막에 들어갈 것을 고집했다. 내가 특별히 산막에 들어가야 하는 이유는 없었다. 그냥 시집가기 전에 이런 고생도 해 둬야 할 거야. 나는 너무 고생 없이 순진하게만 컸으니 계집애가 좀 고생 좀 해보자 하는 단순한, 어떻게 보면 감상적인 생각에서였다. 그런데 나는 첫날부터 좌절하고 있는 것이었다.

아까 버스에 타고 오면서 말하던 사내의 이야기도 다시 떠올랐다. 교육청에서의 일도 떠올랐다.

나는 겨우 교장 선생님으로부터 1년 동안만 있기로 약속하고 산막에 내신을 낼 수 있었다. 사실 나는 1년 후엔 사표를 낼 생각으로 있었다. 그를 따라 나는 외국에 가기로 되어 있었기 때문이었다.

나는 평소에도 그랬다. 곧잘 감상에 치우쳐 저질러 놓고는 그것을 감당 못해 쩔쩔 맬 때가 한두 번이 아니었다. 나는 그런 내 자신이 짜증스러웠다. 들어오면서 보았던 숱한 실망들이 내 앞을 가로막고 있었다. 건물은 낡아 흐물댔고 예의 없이 멀뚱멀뚱 쳐다보기만 하는 사람들에게서 나는 그 어떤 호감도 발견할 수가 없었다. 참으로 철없는 내 행동이 후회 막심하였다. 이런 곳, 이런 곳. 나는 실망과 후회가 내 마음 깊숙이 자리잡아 가고 있는 것을 느꼈다.

들어올 때부터 내리던 눈발은 이제는 함박눈으로 펑펑 쏟아지고 있었다. 아래에서 노파는 기침을 연신 해댔고 나는 찢어진 바람벽으로 조금씩 스며드는 바람 때문에 목을 움츠려 추위를 피해야 했다. 이 바람벽 좀 손질하면 어디가 덧나기라도 하는 걸

까. 어쩌면 이 남자는 이렇게도 구차할까 싶은 생각이 들었다. 나는 그가 아까 나를 뚫어져라 쳐다본 것만큼 그의 얼굴을 반듯이 쳐다보았다. 그의 눈 밑으로 잔주름이 잔잔히 물결져 있었다. 등잔불 때문에 그의 굽은 등이 더욱 어둡다는 것을 나는 느꼈다. 그만큼 등잔불은 심지 끝에서 타고 있었다. 도대체가 그는 궁색했고 너무 겉늙어 있어 마땅치 않았다. 값나가는 것이라고는 벽에 걸려 있는 괘종시계일 것만 같았다. 그나마 너무 낡아서 그것도 고물값으로 밖에 쳐주지 않을 것 같았다.

아래에서는 아이가 쏠쏠한 눈빛으로 나를 신기한 듯이 아까부터 쳐다보고 있었다. 그녀의 해맑은 눈빛만이 이 꾀죄죄한 곳에서 오직 꾀죄죄하지 않은 것이었다.

그와 나는 등잔불을 사이에 두고 마주 앉아 있었다. 그도 나도 한참 동안 말이 없었다. 그에게서 어떤 말이 나올 법도 하건만 그는 말하기를 잊어버린 사람처럼 굳게 입을 다물고 있었다. 나는 또다시 그 사내 이야기가 생각났다.

"산막에 발령 받고 가시는 선생님들은 이상하게 한 해를 넘기지 못하고 갑디다 그려. 그런데 이번 선생님은 벌써 칠년째나 납지요. 산골 사람들이야 그렇다 치지만 외지 사람이 칠년째나 간다는 것은 정말 기적 같은 일이지요."

혹 내가 한 달도 못되어 못 견디어 나가는 것은 아닌가. 괜히 왔다는 생각이 들었고 두려운 생각마저 들었다. 아이는 여전히 초롱초롱한 눈으로 나를 바라보았다. 모든 것이 눈에 거슬렸는데 오로지 그 아이의 눈만이 나를 기쁘게 했다.

　　결국은 요모양 요꼴이 되고 말았구나 철없이 까불더니 이 꼴이 되고 말았구나. 생각할수록 후회가 막심했다. 별다른 신념도 사명감도 가지지 못한 나는 앞으로 헤쳐 나갈 길이 아득했다.

　　"제가 알고 있기에는 벌써 여러 차례 이동하라는 독촉을 받고 있는 것으로 알고 있는데……."

　　벽지 교사는 자기가 원하면 얼마든지 원하는 곳으로 갈 수가 있었다. 그리고 내가 알기로는 교육청에서는 그에게 더러 권하기도 하는 모양이었다. 그러나 그는 결코 움직이지 않고 있었다.

　　나는 그가 벌써 교육청의 내규를 여러 차례 어기고 있는 것을 알고 있었다. 벽지에는 한 사람이 5년 이상 있을 수 없다는 것을 나는 알고 있었다. 그는 원한다면 얼마든지 좋은 곳으로 갈 수가 있었다. 그런데도 그는 마다하고 있는 것이었다. 그는 한참만에야 말했다.

　　"저는 이 곳을 떠날 수가 없습니다. 제가 떠나면 아이들도 학교를 떠날 것입니다. 저는 이 곳을 떠날 수가 없습니다."

　　그의 말은 단호했다. 나는 알 수가 없었다. 보통 사람으로는 생각할 수도 없는 일이 아닌가. 그렇다고 그가 상급 자격을 따기 위해서라기에는 그의 행동과 처세가 너무도 순수했다. 계속 눈발이 날리는지 지붕은 눈 쌓이는 소리를 냈고 그 때마다 등잔불이 흔들렸다. 등잔불이 흔들릴 때마다 그의 얼굴이 뚜렷이 구분되었다. 그는 한번 말할 때마다 장벽을 헐듯 말했고 한번 말한 뒤로는 다시 입이 열릴 줄 몰랐다.

　　산막은 원래는 숯을 굽는 마을이었다. 일제시대 때에는 징병을

피해 숨어사는 사람이 많았다. 해방과 더불어 그들은 다 떠나고 그 후로는 먹고 살기가 어려운 사람들이 산막으로 들어왔다. 이 산막에서 나는 임산물만으로도 그들은 먹고 살 수가 있었기 때문이었다. 그러나 기후는 불순했고 땅마저 척박해서 사람들은 농사를 제대로 지을 수가 없었다. 뜨내기들이 많이 모였기 때문에 그런 건지 이들은 배타적이었고, 쉽게 남을 믿으려 들지 않았다.

그러고 보니까 아까 버스에서 내리면서 사람들이 나를 보고 수군수군대던 것도 이러한 인정의 발로인 것 같았다.

지금은 숯을 굽지 않고 대부분의 사람들이 산에서 나는 약초와 산나물을 캐서 팔고 있었다. 그에게서 그 밤 깊도록 나는 산막에 대해 필요 이상으로 들었다.

"피곤하실 텐데…… 선생님 자리에 드십시오."

그는 이야기를 끝내고도 한참동안 묵묵히 앉아 있다가 말했다. 내 방은 오랫동안 비워 두었는지 곰팡이 냄새가 났다. 그러나 방은 불을 많이 땠는지 단내가 났고 아래어는 자리가 깔아져 있었다. 나는 그 누더기 이불을 보자 또 어떻게 저 더러운 곳에서 자지 싶은 생각이 드는 게 여간 신경에 거슬리는 것이 아니었다. 그가 나가려는 걸 나는 '잠깐만' 하고 불려 세우며

"선생님, 이것 받으셔요. 호도과자예요. 오다가 사 왔습니다."
하고 읍내에서 샀던 호도과자를 내밀었다.

그는 한동안 말을 잇지 못한 채 나를 쳐다보고 서 있더니
"고맙습니다."
하고 말했다.

나는 그가 나가자마자 하루종일 피곤함 때문에 그 자리에 벌렁 누워 버렸다. 그러나 생각과는 달리 자리에 누워도 잠은 오지 않았다.

참으로 철없는 계집애라고 생각 들었다. 후회와 실망이 겹쳐 몰려왔다. 아, 어쩌지 이걸.

그런데 그것도 잠시 내가 그런 후회와 실망 속에 속상해 있을 때 갑자기 뒤꼍에서

"껄레 껄레 가시나이. 시시껄레 가시나이. 껄레 껄레 가시나이. 시시껄레 가시나이."

하는 소리가 들려 오기 시작하는 것이었다. 나는 웬 소리인가 했는데 그게 나에 대한 소리라는 것을 알았다. 나는 그 소리를 듣고도 자는 척 가만히 있었다. 곧 그가 나가더니 아이들을 쫓는 모양이었다. 그러나 그가 들어오면 아이들은 또다시 몰려와서 소리지르기 시작하는 것이었다. 그런 것이 몇 번 되풀이되자 그도 이젠 내버려두는 모양이었다. 그런 소리는 한참 동안 계속 되었다. 이쪽에서도 아무런 반응이 없자 아이들은 그만 재미가 없어졌는지 소리지르기를 그쳤다.

그런데 그쳤는가 싶었는데 조금 있더니 이제는 숫제 눈을 동그랗게 뭉쳐서는 양철 지붕 위로 내던지는 것이었다. 참으로 가관이었다. 그가 나가서 또다시 큰 소리로 꾸짖고 나서야 그런 소동은 일어나지 않았다. 정말로 견디기 어려운 곳이구나 하는 생각이 저절로 들었다. 내일 당장 내려가서 사표를 써 버릴까 싶은 생각도 들었다. 어디선가 그의 음성이 들려 오고 있었다

‘그만 고생 작작 하구 내 곁에 오지 이젠. 왜 다람쥐처럼 살살 빠지려고만 들지. 이번엔 안 놓칠 거야’

그런 그를 나는 이번에도 교묘히 빠져나온 것이었다. 나는 참으로 자리가 편치 못했다. 이 냄새, 이 꾀죄죄한 냄새, 몇 년이나 빨지 않은 것 같은 냄새, 냄새마다 나의 신경을 곤두세우려 하였다. 자꾸만 그가 보고 싶어지고 엄마가 그리워졌다. 나는 울고 싶어졌다. 이젠 엎질러진 물이었다. 이젠 길은 하나밖에 없었다. 사표를 내고 그의 품으로 달려가는 것뿐이었다.

나는 서럽고 철이 없는 내가 못마땅해서 베갯잇을 조금씩 적셨다. 정말 철이 없다는데 나는 정말 철이 없는 모양이구나. 그런 생각을 하고 있으려니 더욱 내 자신이 슬퍼졌다. 이젠 어쩔 수 없는 일 이를 악다물어야지 하면서도 더욱 쳐지는 것은 어쩔 수 없었다. 만감이 교차해 왔다.

이튿날 아침, 그래도 간밤의 당장 사표를 써낼 것 같던 내 마음은 이상하게 체념을 했기 때문일까 씻은 듯이 녹아 있었다. 바깥 날씨가 찼지만 나는 첫날부터 늦잠을 잘 수가 없어서 불현듯 일어나 산막의 거대한 산덩어리를 바라보았다. 간밤의 눈이 그치고 아침 햇살이 조금씩 내리고 있었다.

그의 얼굴에 간밤의 꾀죄죄함 대신 풋풋한 생동감이 묻어 나 있었다.

“서두르셔야겠습니다.”

“네?”

나는 깜짝 놀랐다. 그러고 보니 그는 간밤 내가 떠날 것이라는

것을 거의 단정하고 있었던 모양이었다. 나는 그를 바라보았다. 그것은 결심도 거절도 아닌 그에게 되려 묻고 싶은 것이었다. 선생님, 저는 어떻게 하면 좋겠습니까. 그러나 나는 쉽게 그의 말을 따를 수가 없을 것 같았다. 내가 그것 때문에 어정쩡하게 서 있자 그는 내게 더운물을 갖다 주었고, 이어 내가 세면하기에 편리하게 만들어 주었다.

나는 그의 마음 씀씀이가 무척이나 고마웠다. 그의 볼품없는 모습이 점점 따스워 오는 것을 느꼈고 그와 함께 내 가슴도 조금씩 밝아지는 것이었다. 나는 나도 모르게 그에게 '안가겠습니다' 하고 말해 버렸다. 그러나 다음 순간 나는 또 '아뿔사' 하고 후회해 버리고 말았다. 또 엎질러진 물이 되어 버리고 만 것이었다. 이젠 영원히 담을 수 없는 물이 되어 버리고 만 것이었다.

그는 의아한 듯, 동물원 원숭이 보듯 나를 빤히 바라보다가 부엌으로 가 버렸다.

그 날은 아침에 조금 빛이 나는 것 같더니 이내 눈이 내려 나는 아이들에게 인사만 하고 돌려보냈다. 나는 할 수 없어 가지게 된 시간에 교실을 두루 둘러보았다. 교실은 세 칸이었다. 두 칸은 교실로 쓰고 있었고 나머지 한 칸은 창고, 자료실, 교무실로 쪼개 쓰고 있었다. 나는 그 잘 정돈된 교실에 깜짝 놀라고 말았다. 보통 이런 데 오게 되면 모든 것이 아래보다는 뒤떨어지기 마련이었다. 그런데도 교실은 내가 본 어느 교실보다도 정갈하게 가꾸어져 있었다.

눈이 멎은 오후쯤 해서 나는 그와 함께 마을 어른께 인사를

다녔다. 마을은 생각보다는 큰 동네였다. 산막은 모두 다섯 독가
촌으로 형성되어 있었다. 양지(陽地) 마을을 빼놓고는 모두 십여
호 미만들이었다.

　나는 그를 따라서 이윽고 언덕 밑의 한 그늘진 집으로 들어갔
다. 내가 들어서자 안에서 빙 둘러앉아서 화투를 치고 있던 사람
들이 갑자기 화닥닥 그쳤다. 그들은 나를 낯선 시선으로 빤히 바
라보다가 괜히 놀랐다는 듯이 심드렁해 하는 표정을 지었다. 별
것 아니라는 듯이 나를 바라보았다. 나는 그들의 일에 방해가 되
고 있다는 것을 그들의 시선에서 깨달아야 했다. 그가 이윽고 나
를 소개했다. 그는 나를 너무도 부추겨 내가 여길 떠날 수 없게
만드는 것이었다.

　"여기 선생님은 시내에서 오신 선생님이십니다. 선생님 스스로
이런 보잘 곳 없는 산막을 찾아오신 것입니다. 그것만으로도 우
리 산막은 커다란 영광입니다. 더욱이 우리 산막 아이들에게는
선생님의 따뜻한 정이 너무 메말라 있습니다. 이런 차에 선생님
께서 그것도 여자의 몸으로 오신 것은 우리 산막의 더욱 더 큰
영광이 아닐 수가 없습니다. 여기 선생님이 우리 산막을 위해서
헌신하실 수 있게 적어도 우리는 방해는 되지 않아야 되겠습니
다."

　그러다가 그는 더 얘기할 듯 하더니 마는 것이었다. 그가 나를
너무 추켜세웠기 때문에 나는 그만큼 자신 없는 소리를 내고야
말았다.

　나는 겨우 모기 소리를 내며,

"잘 부탁합니다."

하고 말았다. 사람들의 우락부락한 눈동자가 일제히 내게 쏠리고 있었다. 나는 그들의 시선에 저항감을 느끼며, 내 자신 어떻게 해야 좋을지 몰라 그를 쳐다보았다. 그는 내게 앉으라고 말했다. 이어 강정과 생강엿이 쟁반에 받혀 나왔는데 나는 그 많은 시선들 때문에 잘 넘기지 못했다. 그들은 앉아서 어느 선생님은 몇 달만에 떠났고 어느 선생님은 교육자답지 못했다고 내가 듣고 있는데도 아랑곳없이 말하였다. 나는 앉아 있기가 참으로 거북살스러웠다. 나는 한참 동안 고통 속에 앉아 있다가 이윽고 그가 일어나는 바람에 그를 따라 밖으로 나왔다. 내가 신을 신고 있는데 이런데 있을 색시가 아니라느니 '곧 떠나고 말걸 왜 그래' 하고 말하는 소리가 들렸다. 갑자기 내 눈앞을 가리는 것이 있었다. 왠지 서러움이 가득 북받쳐 오는 것이었다. 그가 이런 나를 힐끗 쳐다보았다.

그리고 나서 이번에 그는 또 인사할 데가 있다면서 나를 데리고 물레방아가 있는 언덕으로 올라갔다. 내가 거의 애원하듯이 이젠 그만 두겠다는 뜻을 밝혔는데도 그는 강압적으로 이런 곳은 알아야 한다면서 막무가내로 나를 데리고 갔다. 그는 마치 내게 이 곳이 얼마나 견디기 어려운 곳이라는 가를 말해 주려는 것 같았다. 올라가는데 웬걸 진눈깨비가 내려 그와 나는 어쩔 수 없이 온 몸을 적시도록 맞지 않으면 안되었다. 속이 시렵고 어금니가 닥닥 마주쳤다. 정강이까지 쌓인 눈은 꾹꾹 앞길을 막았다. 삼월인데도 이 모양이니 얼마나 산막이 추운 곳인지, 기후가 삭

막하다는 그 사내가 버스에서 하던 말이 새삼스럽게 떠올랐다. 얼마인지도 모르게 그를 따라 정신없이 올라가자 바로 내 앞에 세 채의 독가가 나타났다. 기와의 색깔이 빨간 것을 보니까 정부에서 지어 준 집이라는 것을 이내 알 수가 있었다. 두 아이가 놀고 있다가 그를 보자 냉큼 달려 나왔다. 그에게 인사를 하는데 가관이었다.

"우에 웅."

그러면서 두 아이는 고개를 까닥했다. 아이 곁에 가까이 가자 코를 톡 쏘는 역겨운 냄새가 나를 움칫하게 했다. 머리에는 허옇게 기계충이 묻어 꼭 모자를 쓴 것 같았다. 생김새를 보니 여자 같았지만 여자치고는 너무 남자를 닮아 있었다. 누더기 옷도 그랬고 눈곱이 켜켜로 앉아 얼굴을 외면하게 만든 것도 그랬다. 그래도 한 아이는 비교적 단정했는데 나는 그것이 호감이 가.

"이름이 뭐니?"

하고 물었다.

"우우 웅."

그는 그러면서 발짓과 손짓을 하며 무언극 연기자같이 놀았다.

"이름이 뭐야?"

나는 그의 태도에 알 수가 없어서 조금 더 큰 소리로 물었다.

"우우 웅."

그는 여전히 이상한 소리를 내며 발짓 몸짓을 했다. 옆에서 그가 말했다.

"벙어리입니다."

"네?"

하마터면 나는 그 자리에 쓰러질 뻔하였다. 나는 그의 잘 생긴 얼굴을 생각하고 천형을 역겨워 했다. 아이는 그 소리마저 땀을 뻘뻘 흘리면서 숫제 신음하고 있었다. 내가 보기에도 안타까울 정도였다. 그냥 소리였다. 아이는 집에 누가 있다는 뜻으로 손짓과 발짓으로 시늉해 보였다. 아이를 따라서 방으로 들어가니 순간 쉰내가 코를 확 찌르면서 불쾌한 트림이 솟구쳐 나왔다. 냄새가 지독했다. 나는 어두운 방을 눈을 익히며 둘러보았다. 그러다가 한 곳에 눈이 닿아서는 그만 소스라치고 말았다. 살아 간다기보다는 매일 죽어 가는 사람을 보았기 때문이었다. 그는 가뜩이나 어두운 방에 가뜩이나 어둡게 보였는데 눈만이 살아 초롱초롱 빛나고 있었다. 우리가 들어가자 그는 그 큰 눈동자를 힘없이 돌리며 우리를 바라보았다. 그에게는 그것만이 그가 할 수 있는 유일한 동작인 것처럼 보였다. 그가 다가가며

"좀, 어떻습니까?"

하고 물었다. 그는 얼굴에 조금 웃음을 만드는 것 같더니 이내 눈동자를 힘없이 감았다 떴다. 옆에는 요강이 놓여져 있고 그 옆에 냄새나는 걸레가 아무렇게나 놓여져 있었다. 그 요강 위에 종이가 덮여 있었는데 아이들의 공책이었다. 나는 거기서 냄새가 나고 있다는 것을 알았다. 그가 문득 나를 쳐다보았다. 나는 외면했다. 그가 남자가 누워 있는 요 밑에 손을 디밀었다. 손때에 닳은 낡은 고리짝이 어둔 방에서도 반짝반짝 윤을 내고 있었다. 고리짝 벽은 아이들의 짓인지 크레용으로 낙서되어 있었고 나는

그것들을 무심코 바라보다가 외면했다.

"밥은 먹습니까?"

이윽고 그가 또 물었다.

"우우 웅."

그는 말을 조금 하는 것 같더니 아까처럼 이상한 소리를 내었다. 그도 또 벙어리인가 싶었다. 옆에서 눈곱이 허옇게 낀 소녀가 앉아 있다가 나를 빤히 올려다보았다. 아무리 좋게 바라보려고 해도 호감이 가는 얼굴이 아니었다. 문득 말을 닮았다는 생각을 하였다.

그는 자리에 누워서 고개를 끄덕였다. 말이 안되는 것이 그는 몹시도 안타까운지 몸을 비틀며 숫제 발악했다. 나는 그의 퀭한 눈을 바라보았다. 턱밑 머리카락을 바라보았다. 그것은 수염이 아니라 머리카락이었다. 수염을 잘라줄 기력조차도 그에게는 없는 것처럼 보였다. 그는 힘없이 입을 오둘오물하다가 말았다. 그런 그를 보자 그는 갑자기 말하기를 그쳤다.

그는 갑자기 호주머니를 뒤지더니 약봉투에 싼 병을 그에게 내밀면서

"영양제입니다. 이 앞전에 읍내에 갔다가 오는 길에 두 병을 샀습니다. 기운을 차려 어서 회복하도록 하십시오."
하면서 일어섰다. 일어서는 그를 누운 사내는 안타까운지 눈동자를 돌렸고 그 눈동자에는 어느 틈에 눈물이 방울방울 맺히는 것을 나는 보았다.

그의 얘기로는 그는 철저한 산막인이었다. 그는 원래부터 이

산막에서 났고 또 이 산막에서 죽기로 맹세한 사람이었다. 그가 이 산막을 떠나본 것은 다섯 살 때 그가 뱀에 물려 지게에 엎혀 읍내 병원에 나가 본 것이 고작이었다. 그때 피를 통하지 않게 하기 위해 발목을 어떻게나 꼭 매었던지 아직도 그 상처가 남아 발목 부분은 층이 생겨 있었다. 그가 읍내 병원에 갔을 때는 그는 이미 독이 온 몸에 퍼져 사경을 헤맬 때였다. 그를 구한 것은 서양인 의사였다. 서양인 의사는 그를 살리기 위해 동분서주했다. 용케 서울 세브란스 병원에 해독제가 있다는 것을 알았다. 부랴부랴 서울로 올라갔다. 그 서양인 의사의 배려로 그는 보름 동안을 세브란스 병원에서 누워지낼 수 있었다. 그것이 그가 외지 물을 먹은 전부였다.

그는 산막에서 숯을 구워 팔았다. 정부에서 숯 굽기를 금지하자 그는 나무를 해다 팔았다. 그는 산막의 나무꾼이었다. 보통 아래 사람들에게 내다 파는데 그나마 면에서 금지시키자 이번에는 뱀을 잡아다 팔았다. 뱀이 잡히지 않는 철에는 산에서 나물과 약초를 캐다 팔았다. 이웃 동네에 가서 머슴을 산 적도 있었다. 어떻게 벙어리 여자를 알게 되어 데려다 살았다. 얼마 살지 못하고 벙어리 아내는 이내 죽고 말았다.

그는 그 집을 나와서는 다시 가운데 독가채 앞에서 발을 멈추었다. 그 집은 앞서의 독가채보다 더 허술해 보였다. 집모양이 무덤과 똑같아 하마터면 그대로 지나칠 뻔하였다.

우리가 그 집으로 들어가자 양지쪽에서 햇빛을 받던 여자가 있다가 의식적으로 몸을 돌렸다. 말로만 듣던 문둥이 처녀였다.

돌아선 그녀의 손가락 끝이 빨갛게 머큐롬이 묻어 있었다. 그녀가 손가락을 다친 것처럼 보이게 했다. 그러나 자세히 보면 손가락 끝은 썩어서 고름이 흐르고 있는 것을 알 수가 있었다. 우리가 그녀의 손가락을 보고 있다고 생각했는지 여자는 재빨리 손을 뒤로 감추었다. 문둥이 설움이라더니 저 젊은 나이에 오죽 서러웠을까. 내 건강한 모습이 그녀를 슬프게 했을 것이 틀림없었다. 어쩌면 그녀는 또 나를 봄으로 인해서 설움에 겹도록 울는지도 몰랐다.

굴뚝 옆에는 나뭇단이 쌓여 있었다. 그 위에는 눈이 쌓여 있다가 녹아 조금씩 흘러내리고 있었다. 여인은 이내 뒤꼍으로 몸을 감추어 버렸고 개 한 마리가 우릴 보고 짖었다. 개도 추운지 이내 짖다가는 아궁이 곁으로 들어가 버렸다. 진눈깨비를 맞은 몸이 덜덜 떨려 왔다. 눈에 젖은 바지는 꽁꽁 얼어 있었다. 그러나 나는 추운 줄 몰랐다. 내가 얼마나 행복한 사람인지 깨닫게 해주었다. 그가 그 집을 지나 또 다른 독가 앞에 서서

"계십니까?"

하고 물었을 때 안에서는 부스럭거리는 소리가 나더니 이내 웬 병색이 완연한 얼굴의 사내가 얼굴을 빠끔히 내밀었다. 안에는 여자가 있었는데 그만 그만한 아이가 대 여섯이나 되었다.

사내는 그를 보자, 굼벵이 눈을 하며 마뜩찮은 표정을 지었다.

"취학 명령서가 학교로 나왔는데 찾아가지 않길래 여기 가져왔습니다. 이젠 애들을 학교로 보내셔야지요."

그가 타이르듯이 말했다. 그의 아내인 듯한 여자는 남자의 옆

구리를 쿡쿡 찔렀고 그는 갑자기

"내 자슥 내 마음대로 하는데 당신이 무슨 참견이여. 쓸데없는 고생 마시고 앞으로는 올라오지도 마시소. 곧 이 곳을 떠날 거라고 하지 않았소."

하고 버럭 소리를 질렀다. 그런 그를 옆의 여자는 계속 옆구리를 찔렀고 이내 대신 나와서 교사하게 말했다.

"저 선생님, 우리 애들은 시내에서 입학시킬랍니다. 그 때까지야 학교는 보내지 않을랍니다. 용서해 주이소."

"그래도 학교는 다니다 가는 것이 훨씬 낫습니다. 바로 전학이 안됩니까. 마침 면에서 취학 명령도 나고 했으니 올부터는 꼭 다니도록 하셔야 합니다."

안에서 들어오라는 말도 없는 것을 보면 어지간히 이런 것을 경계해 온 사람들임에는 틀림없었다. 나는 돌아서면서 그가 '가여운 사람들' 하고 독백을 하는 것을 들었다. 그것은 정녕 신념인만이 해낼 수 있는 소리였다. 그는 진정 위대한 교사였다.

우리는 올라왔던 길을 되돌아갔다. 벙어리 아이들이 놀고 있다가 그에게 '우에 웅' 하고 인사를 했다.

"오냐, 잘 있어."

하면서 그는 기계충이 묻은 아이의 머리를 아무 느낌도 갖지 않고 쓰다듬었다. 그러나 나는 질겁을 했다. 아이들은 그에게 절대적인 신앙을 가지고 있는 듯했다.

학교로 내려오는 갈림길목에서 그는 또 이번에는 왼쪽 산등성이를 오르는 길로 올라가려 했다. 그런 그를 나는 '제발 선생님'

하면서 그를 쳐다보았다.

몸은 시려 왔고 발은 꽁꽁 얼어 감각이 없었다. 이제는 아프던 귀마저 별다른 느낌이 없었다. 나는 발을 동동 굴렀다. 죽었으면 죽었지 더 이상 갈 수 없다고 내 딴에는 그와 팽팽히 맞섰다. 나는 또 이것이 선생이 할 짓이라면 사표를 쓰겠다고도 생각했다.

그가 또 그런 나를 한참 바라다보았다. 그는 내 얼굴에서 무엇을 읽으려는 듯이 보였다. 그러나 그는 내 얼굴에서 아직 확신을 못 찾았는지 묵묵히 돌아 올라가려 했다. 그런 그를 보고 나는 이번에는 그의 팔을 잡으며 '선생님' 하고 애원하듯이 바라보았다. 발을 동동 굴렀다. 속이 상했다. 무엇 때문에 이런 고생을 할까 싶었다. 나는 거의 울 듯한 심정이 되어 버렸다. 발은 시려 왔고 온 몸은 아까 맞은 진눈깨비 때문에 덜덜 떨렸다. 그런 그를 원망의 시선으로 바라보았다. 그는 이윽고 내게서 어떤 확신을 얻었는지,

"선생님 죄송합니다."

하면서 이내 발길을 돌렸다. 나는 내내 덜덜 떨었다. 사택에 도착했을 때 나는 거의 쓰러질 듯 기진맥진했고 옷 벗기조차 귀찮았다. 그런 나를 그는 또,

"옷을 갈아입으셔야지 감기 하시면 큰일납니다. 여기는 약방도 병원도 없습니다."

하고 마치 타이르듯이 말하였다. 나는 그가 나를 어린애 다루듯이 하는 말투가 속이 상했지만 할 수 없이 그가 말하는 대로 옷을 갈아입었다. 이미 몸은 감기가 들어 있는지 덜덜 떨렸고 나는

앉아 있기조차 힘들었다. 씻지도 않고 드러누워 버렸다.

엄마의 얼굴이 떠올랐다. '엄마'하고 가만히 불러 보았다. 눈물이 맺혔다. 그의 음성이 어디서 들려 오는 것 같았다.

'그래 내 뭐랬어. 철없이 까불더니 꼴좋다. 아직도 늦지 않았으니 당장 사표 내. 무엇 때문에 고생을 사서 하니 너하나 못 벌어 먹일 것 같아.'

교장 선생님의 얼굴도 떠올랐다.

'내 뭐랬어. 박 선생은 그런 곳에 있을 사람이 못된다니까.'

친구들의 얼굴도 떠올랐다. 그들은 한결같이 나를 철없는 계집애라고 비웃고 있었다. 장학사의 얼굴도 떠올랐다. 그들은 아버지를 잘 알고 있었기 때문에 그대로 웃어넘기는 것 같았다. 부끄럽고 죄송하고 낯이 뜨거워 견딜 수가 없었다. 나는 이불을 뒤집어썼다. 참으로 창피스럽고 부끄러웠다.

그런데 아닌게아니라 감기가 들긴 든 모양이었다. 조금 있으려니 열이 나기 시작하고 온 몸이 덜덜 떨리기 시작하는데 걷잡을 수가 없었다. 급기야는 끙끙 앓는 소리까지 내지 않으면 안되었다. 나는 한참 동안 끙끙 소리내며 앓았다. 그가 들을까봐 소리를 죽이려는 데도 자꾸만 헛소리가 나왔다. 안에 누워 들으니 그는 그리고도 장작을 패고 있는 것 같았다. 소녀가 밥 짓느라고 부산을 떨었다. 좀 도와주고 싶건만 생각만이 굴뚝같았다. 아, 어쩐다지 겨우 발령 받은 지 하루도 못되어 이 꼴이 되어 버렸으니 창피스럽기도 하고 그가 데리고 돌아다니지만 않았더라도 싶은 것이 그가 여간 원망스러운 것이 아니었다. 그 놈의 진눈깨비

만 아니었더라도…… 아이가 나에게 식사하러 오라는 소리를 들었지만 나는 꼼짝도 못하고 그 때까지도 그대로 드러누워 있었다. 갈수록 오한이 더해 왔다. 내가 오지 않자 이윽고 그가 건너와서 내 꼴을 보고는 혀를 차며 걱정을 했다.

나는 부끄럽기도 하고 화가 나서 이불을 뒤집어썼다. 내 몸이 아프니 꾀죄죄하고 냄새나는 것은 그래도 둘 것밖이었다. 그저 온 몸이 열기만 났으면 좋겠다 싶었다. 철없는 후회만 들었을 뿐 신경에 거슬리는 것은 아무 것도 없었다.

나는 이불을 조금 들추고

“선생님 죄송합니다.”

하고 말했다. 그가 한참 동안 나를 내려다보고 서 있더니 아스피린 두 알을 물과 함께 가지고 왔다. 나는 순순히 받아 입에 넘겼다.

그는 한참 동안 말없이 내 곁에 앉아 있다가 나갔다. 밤중에 미음이 들어왔는데 나는 또 그가 손수 만든 것을 알고는 남에게 폐만 끼치는 철없는 계집애구나 하는 생각을 하였다. 그 밤에 나는 더 이상 있을 수가 없다고 생각했다. 내일 날이 밝으면 사표를 쓰리라. 그래서 그에게 누(累)가 되지 않으리라.

간밤에 아스피린을 먹은 탓인지 이튿날은 조금 견딜만 했다. 나는 그 밤 내내 사표 쓸 생각만 하였다. 어떤 핑계를 댈까. 아래에 가서는 무슨 핑계를 대지. 내 그런 생각을 하면서 나는 끙끙 앓았던 것이었다. 말하리라. 그만 못 견디겠다고 말하고 그냥 내려가리라.

아침이 되자 그가 또다시 아스피린을 갖고 들어왔다.

"차가 아침 10시에 있습니다. 서두르셔야겠습니다."

그는 이미 내 마음을 훤히 꿰뚫고 있다는 듯 말하였다. 그 바람에 반발감이 들었지만 나는 그에게 아무 말도 못하고 그 앞에서 고개만 숙이고 있었다. 하루도 못 견디고 떠나는 내 자신이 속상했지만 어떤 말도 못한 채 고개만 숙이고 있었다.

그가 서두르는 대로 그가 데워 준 물에다가 바지런히 손과 얼굴을 씻고 그가 시키는 대로 밥을 먹고 떠날 채비를 하였다. 그런데 그때 갑자기 또 눈이 내렸다. 조금 있으면 그치려니 싶었는데 웬걸 금새 온 골짜기가 눈보라로 뽀얗게 흩날리는 것이었다. 급기야는 앞이 보이지 않았다. 그가 걱정을 했다 '오늘 같은 날은 차가 떠나지 못하는데……' 나는 아무 말도 못하고 밖을 내다보다가 그만 문을 닫아 버렸다. 바람은 누굴 잡아먹기라도 하는 것처럼 윙윙거렸다. 온갖 잡념들이 툭툭 튀어나와 속상하게 만들었다. 철없는 계집애, 철없는 계집애. 학교에 나가야 하나 말아야 하나. 이왕 떠나 버릴 것 나가면 뭘해 하는 생각도 들었다. 이 눈보라만 그치면 곧 떠나리라. 그에게 사표를 내리라. 그리고 눈만 깜박 감으면 그만이다. 그런데 고약하기만 한 날씨는 이런 내 생각과는 달리 그쳐 주지 않았다. 마을은 그야말로 동토의 땅이었고 겨울 공화국이었다.

그가 딸을 시켜 밥을 가지고 들어왔다. 아침보다 멸치가 더 얹어 있었다. 나는 미안했지만 어쩔 수 없이 그런 상을 받지 않으면 안되었다. 그의 그런 마음 씀씀이에 나는 내 몸에 무쇠를 매단 것도 아닌데 한없이 작아지는 것을 느꼈다. 그만 수치스러움

이 가서 주었으면 싶었다. 그러나 눈보라는 내 심보를 비웃기라도 하는 듯 쉽게 그쳐 주지 않았다.

할 수 없어 가지게 된 시간을 나는 가만있을 수만도 없어서 학교에 나갔다. 그가 난로를 따뜻하게 데워 놓았다. 석탄 난로가 아니라 나무난로였다. 벌겋게 탄 난로에다 통나무를 썬 둥글이를 하나 올려놓으면 두고두고 탔다. 나는 그게 재미있어 둥글이와 그의 둥글고 움츠러진 어깨를 번갈아 가며 바라보았다.

조금 있으려니 올망졸망한 아이 넷이 교무실로 들어왔다 나를 보자 '안녕' 하고 인사를 하고 '식' 웃었다. 이 엄동설한에, 이 3월이 끝가서야 눈이 녹는다는 덕유산 자락에 그 눈길을 헤치고 와 주는 것만도 고마운 녀석들이었다. 한동안 난로에 손을 얹더니 그는 그 아이들을 데리고 나가 옆 교실에다 난로를 피웠다. 수업은 10시가 넘어서야 시작되었다.

나는 내일이면 떠나 버릴, 아니 오늘 눈만 아니었어도 떠나 버릴 생각에서 아이들 앞에 선다는 것이 실망감만을 줄 것 같아서 싫었지만 할 수 없이 그의 손에 이끌려 아이들 앞에 서지 않으면 안되었다. 아침부터 날리던 눈은 웬걸 창문으로 바라보는 눈은 그칠 모양이 아니었다. 눈보라 때문에 수업은 그냥 출석을 부르는 것만 하고 자기네들끼리 놀다가 갔다. 나를 바라보는 호기심에 찬 얼굴들이 부담스러웠지만 나는 곧 떠나 버릴 생각에 정을 주어서는 안 된다고 잔인하게 생각했다. 오늘은 눈 때문에 못 떠나가고 말았지만 곧 멎으면 떠나리라.

오후가 되자 그가 가볼 데가 있다며 또 따라나서게 했다. 나는

정말 싫었지만 그의 어쩔 수 없는 힘에 이끌려 따라나서지 않으면 안되었다. 그가 걷는 대로 심동(深洞)이라는 독가촌으로 따라 갔다. 글자 그대로 깊기만한 골짜기에 독가 세 채가 할미꽃처럼 숨어 있었다. 그가 그 중 제일 큰 붉은 기와로 지붕을 이은 독가로 들어가자 마당에 있던 개 한 마리가 요란하게 짖어 대었다. 하얗게 쌓인 눈 응달이 눈앞을 아프게 찔러 왔다. 그가 문을 열자 안에서 황급히 요강에 오줌을 누던 사내가 재빨리 일을 마치고 밖을 내다보았다. 역겨운 향불 냄새가 숨막히게 코를 찔러 왔다.

"누요?"

"김 선생입니다. 이젠 그만 고집 피우시고 내려와 같이 사시지요. 아이를 학교에 안 보낼 작정이십니까?"

"아, 내 자슥 내 마음대로 하는데 선생이 뭐 할 짓이 없어서 밤낮 찾아다니긴 다니능 거요. 내사 아 녀석 절에나 마낄랍니다."

"그래도 배울 것 배워 놓고 보내야지요."

"무당 놈의 자슥이 무당질만 잘하믄 됐지 뭣 놈의 학교는 학교란 말고?"

그는 문을 신경질적으로 닫고 더 이상 내다보지 않았다.

그는 무당이라고 했다. 주욱 혼자서 살다가 재작년부터 어디서 어린 아이 하나와 함께 살고 있다고 했다. 들리는 말로는 죽은 친구의 자식이라고도 했고 고아원에서 도망쳐 나온 아이라고도 했다. 그는 어린아이가 그를 따라다니며 무업을 배우는 것이 몹시 안타까워 시간만 나면 이곳까지 올라와 아이를 학교로 보내라고 저 성화인 모양이었다.

　그가 그 무당에게서 늘 당하는 듯한 모욕을 받고 다음으로 나를 데리고 간 곳은 서너 채의 독가가 마을을 이룬 황점(黃點)이라는 곳이었다. 밤나무가 주변을 빼곡하게 둘러싼 북망같은 동네였다. 길은 가팔랐고 꼿꼿한 대나무처럼 즉 곧은 길 하나만 뚫려 있었다. 어떻게 이런 곳에서 사는지, 어째서 여기서 벗어날 생각을 않는지 황점에서 나서 황점에서 여태껏 살아온, 그저 황점이 이 세계의 전부인 줄 알고 사는 사람들의 동네라고 했다. 물은 어떻게 받아먹고 쌀은 어디서 구해 먹는지 낯설게 느껴지는 구석이 한두 군데가 아닌 동네였다.

　"영숙아!"

　그가 헛간 같은 집으로 다가가서 소리를 지르자 영숙이라는 아이가 강아지 모양 쪼르르 달려나와 인사를 했다.

　"엄마는 좀 어떠니?"

　"아죽 걷지 못해예."

　"주사는 누가 놓는데?"

　"엄마 하구 지 하구 고무줄로 묶까 가지구 찔러예."

　방문을 열자 어둠 속에서 눈만이 산초씨처럼 타는 웅크린 몸을 억지로 가누며 일어서려고 하는 아이 엄마를 그가 재빨리 막았다.

　"무리하심 안됩니다. 한 이태 넉넉히 잡고 잘 요양하면 몸을 추스를 수 있을 겝니다. 그리고 보건소에 이 아래께 다녀왔는데 거기서 이걸 전해 주라고 하기에 가져 왔습니다."

　그가 내놓은 것은 큰 병원의 진료권과 함께 생활보호대상자

증명서였다. 영숙이 엄마는 눈물을 흘렸고 그의 아픈 몸을 어떻게 해서든지 움직여 답례를 하려고 했다. 그런 그녀를 그가 또 저지했다. 다음 집으로 가자 옥분네라는 여자가 나오다가 우릴 보자 흠칫 저어했다.

"안녕하셨어요?"

그를 따라 나도 고개를 숙였다. 여자는 마지못한 듯 고개를 숙였지만 그녀는 의식적으로 사람을 피하는 것 같았다.

놀랍게도 안에는 선천적인 장애를 입은 것 같은 아이 셋이 그를 낯설게 쳐다보다가 눈이 익자 일제히 그의 팔 다리 어깨로 매달리며 징그러운 괴성을 질러 대었다. 분명 징그러울 수밖에 없는 일이었지만 그는 아무렇지도 않게 냄새나는 그들을 껴안고 뺨을 부비고 들어올리기도 했다.

안에는 아무도 없었다. 다만 그녀만이 외롭게 이 백치아 셋을 데리고 살아가고 있었다.

내려오는 길에 나는 또 그에게서 산막의 비극을 들어야 했다. 그는 이 아이들이 아무런 이유 없이 백치로 태어나게 되었다고 했다. 남편은 공무원이었다. 첫째 애가 태어났다. 처음엔 몰랐는데 자라 가면서 아이가 백치라는 것을 알게 되었다. 얼른 두 번째 아이를 가졌다. 두 번째 아이가 또 이상했다. 또 백치였다. 부모들에게 이상이 있었던 것도 아니었다. 부모들은 지극히 정상적인 사람들이었다. 얼른 세 번째 아이를 가졌다. 하나만 건져 보고 싶은 마음에 무리하게 서둘렀던 것이다. 그러나 세 번째 애마저 백치였다. 의학상 수백만 명 중에 한 명 꼴이라는 이 기이한

천형이 바로 그들 부부의 일이라니……. 울며 소리치며 하늘을 저주했다. 그러나 그렇다고 물릴 수 있는 일이 아니었다. 넷째 아이는 가질 엄두도 내지 못했다. 어느 날 남편은 여자 쪽에 문제가 있을 것이라고 생각하고 그녀와 백치 아이들을 남기고 떠났다. 그녀 혼자 이 백치아 셋을 데리고 주어진 운명을 견디다가 여기까지 오게 되었다.

사택으로 돌아오자 아이가 불을 때 놓았다. 나는 들어가자마자 몸과 마음의 피곤함 때문에 채신머리없이 발랑 누워 버리고 말았다. 냄새는 났지만 우선 몸이 녹으니 살 것 같아 좋았다. 그런 사이로 또 갈등이 시작되었다. 사표를 내야 하나 말아야 하나.

그러는가 싶더니 멎었던 눈보라가 또다시 흩날렸다. 하늘엔 연기를 뿌려 놓은 듯 어질어질 하였다. 저녁때가 되자 바람은 숨 넘어갈 듯 불어 젖혔다. 학교가 이 덕유산 골바람에 날려 가지 않고 간신히 붙어 있는 것이었다. 아니 산막 전체가 메마른 언덕에 위태롭게 매달려 있는 것이었다. 서러웠다. 무엇 때문에 이 고생을 하지. 참 철없는 계집애라는 생각이 다시 들었다. 그만 내려가면 뭇사람들은 나를 조소하겠지. 야무지지도 못한 계집애가 겉멋만 들었다고 비난을 퍼붓겠지. 그래도 사표를 내버리면 될 것 아냐. 그런 조소는 잠시 견디면 된다. 그렇지만 하루도 아니고 이런 고생을 어떻게 참지. 그런 생각을 하며 깜빡 잠이 들었는데 깨어났을 때는 캄캄한 밤중이었다. 내가 깨어난 기척을 주자 아이가 말했다.

"선생님 저녁 드세요."

그 소리를 듣자 나는 또 속이 철렁 내려앉으며 내 앞가림도 못하는 정말로 형편없는 계집애라는 생각이 또 들었다. 내일은 정말 교육청에 가서 사표를 쓰리라.

이튿날 날씨는 맑았지만 차는 여전히 뜨지 못하고 있었다. 할 수 없이 나는 또 하루를 지체하지 않으면 안되었다. 학교에 나가자 답동(畓洞)과 심동에서 온 아이들이 나를 보고 반겼다. 그 아이들을 보자 또 속이 철렁 내려앉았다. 학교 지붕 처마 밑으로 드는 햇살이 고드름을 녹이며 진눈깨비 같은 날씨를 밀어내었다. 내일은 정말 떠나리라.

산막리의 겨울은 3월이 다가도 그치지 않았다. 전기도 없는 겨울은 그야말로 겨울잠 같은 나날이었다. 덕유산의 매섭고 현기증이 드는 바람에 지친 듯 마을은 납작하게 엎드려 있었다.

이튿날도 역시 화창했다. 그러나 한번 쌓인 눈은 쉽게 녹아 주지 않았다. 하루 한번 올라왔다가 내려가는 버스는 아예 간다는 소식이 없었고 이 산막리는 아래 마을과는 완전히 고립되어 눈 녹기만을 기다리고 있었다. 그 가운데서도 학교만은 살아 있어서 이십 여 명 남짓한 아이들이 용케 눈길을 헤치고 누에 모양 뽈록뽈록 기어왔다. 선생님은 아침마다 그런 아이들을 위해서 난로를 피워 놓았다. 아이들에게는 학교 오는 것이 유일한 취미 활동이고 여가였다. 아이들은 학교를 좋아했고 그를 좋아했다. 어쩌면 그것은 그것밖에 할 일이 없었기 때문인 것도 같았지만 그보다는 김 선생님이 좋아 나방처럼 모여든 것이었다. 김 선생님은 진정 위대한 교사였다. 하찮게 보이기도 하고 아무도 알아주지

않기조차 한 일에 그는 그의 젊음을 걸었고 그의 꿈을 매달았다.

나는 점점 그에게 빠져 들어가는 것을 느꼈다. 그의 행동 하나 하나, 그의 아이들에 대한 열정 하나 하나가 뼛속 깊이 먹물 배듯 스며들었다. 문득 떠날 수 없다는 생각이 들었다. 이 아이들을 내버려 둘 수 없다는 생각이 들었다.

파계

아침마다 빨갛게 익은 감나무에 까치가 와서 울고 갔다. 밤사이 내린 무서리로 뜨락의 꽃들은 조금씩 조락해 갔고 그것은 어느 날 뜨락을 살벌하게 만들며 계절을 바꾸어 버렸다. 매일 풀죽은 따사로운 햇빛이 뜨락을 쓸고 갔다. 야산의 활엽수들은 점점 계절을 재촉하고 있었고 한동안 하루살이 떼처럼 몰려와 소란스럽게 굴던 관광객들도 뜸한 지 오래였다. 입동을 지나서는 사방은 더욱 고요하기만 했다. 아침마다 간밤에 내린 무서리로 인시(寅時)에 드는 아침 예불이 싸늘하기만 했고 청아한 목탁 소리에 놀라 잠을 깬 새가 작은 가지 사이를 날며 속삭였다.

아침 예불을 마치고 뜨락으로 내려섰을 때 빗살목을 뚫고 찔

러 오는 한 줄기의 햇살에 경은 잠시 현기증으로 비틀거렸다. 뜨락은 햇살마저 앉기를 주저하는 것같이 나뭇잎 하나 떨어짐 없이 정갈하게 비질되어 있었고 숨소리마저 멎은 것 같은 고요가 머물러 있었다. 경은 말끔히 정돈된 경내를 한동안 물끄러미 바라보다가 뜨락으로 내려섰다. 싫다. 싫다. 이 흐트러짐이 없는 정갈함이 싫다.

도망치듯 뜨락을 가로질러 문밖을 나서자 좀 더 길어진 햇살이 소나기가 되어 그녀의 얼굴 위로 쏟아져 내렸다. 그녀는 쏟아지는 빛의 소나기를 몸 속으로 마셔 버리기라도 하는 양 하늘을 쳐다보며 기지개를 켰다. 밀생한 활엽수 그늘이 만들어 주는 첨예한 하늘이 내려와 있었고 타작을 끝낸 들판의 짚더미들이 멀리 방죽 위로 드믄드믄 널려 있는 모습이 한 눈에 들어왔다.

경은 계곡을 따라 콸콸 쏟아지는 경쾌한 물소리를 벗삼아 걸었다. 풍광이 수려해 겨울을 빼놓고는 철마다 관광객이 끊이지 않아 덕분에 마을까지 깨끗하게 포장된 길은 문명을 벗어나 있을 것 같은 산중에 문명의 힘을 실감하게 했다. 좌우로 밀생한 소나무와 가시나무 숲 덤불이 줄을 이었다. 송림 사이로 비쳐진 햇살이 물줄기를 받을 때마다 고기 비늘처럼 번득거려 보였다. 바지랑을 둘러메고 객승으로 떠돌다가 이 선원에 몸을 의탁한지도 벌써 2년 여 세월이 지났다. 그 동안 나는 이곳에서 무얼 했으며 무얼 잡을 수가 있었을까. 때로는 눈만 뜨면 똑같이 반복되어지는 일과 단조롭기만 하는 산의 생활르부터 벗어나려고 무던히도 발버둥 쳐보았지만 그 끝은 항상 죽음보다 더 깊은 절망이

었다. 경은 마을로 내려가다 말고 멈추어 섰다. 언제나 저 다리가 한계였다. 아무래도 이 다리를 건너 마을로 내려가면 경은 또다시 이 산문으로 들어오지 못할 것 같은 두려움에 언제까지나 이 다리에서 머뭇거리곤 했다.

건너 마을의 옹기종기 이마를 맞댄 집들의 굴뚝에선 아침을 짓는지 실뱀 같은 연기가 모락모락 피어오르고 있었고 빨갛게 익은 감나무에 까치가 와서 앉아 있다가 놀라 날아올랐다.

이 길을 따라, 이 물길을 따라 한없이 걸어가면 사문 밖으로 나갈 수가 있겠지. 경은 절에서 상당히 먼 거리에 와 있는 자신을 느끼고 무심코 뒤돌아다보았다. 우뚝한 산허리가 댕강 잘라져 안경을 벗었다 낀 것처럼 성큼 선명하게 부각되어 가깝게 다가와 있었다.

무엇일까. 이즈음 나를 이렇게 뒤숭숭하게 하고 가슴을 짓누르는 것은? 경은 개울가로 내려가 손을 담갔다. 맑았다. 찼다. 차다는 느낌이 워낙 강해서 별다른 느낌이 들지 않았다. 그러나 유독 물이 맑다는 느낌은 지워지지 않았다. 그러다가 경은 자신의 내밀한 곳을 들켜 버린 소녀처럼 화다닥 놀라 얼른 두 손으로 두 젖가슴을 가렸다. 어쩌면 자신은 이제 저렇게 영원히 깨끗해질 수 없다는 자괴감 때문인지도 몰랐다. 내게도 젖가슴을 가릴 만큼 여자다움이 남아 있다고 말할 수 있을까? 괜히 청순한 소녀만 보면 질투심이 일고 어린 아기를 안고 있는 젊은 엄마를 보아도 짜증이 나는 것은 오로지 그 책임은 나이리라.

이른 아침 관광객 한 사람이 산을 향해 오르고 있었다. 경은

그를 쳐다보다가 자신도 모르게 달아오르는 귓불을 식히기라도 할 듯 푸푸거리며 개울물에 얼굴을 담갔다. 아, 아, 아직도 내겐 남을 사랑할 만한 여유가 있다는 말인가? 그래 이 젊다는 것, 싱싱하다는 것 말고는 자신은 이미 시들대르 시들어 날개 힘을 잃어버린 곤충에 지나지 않는 불쌍한 인간일 뿐이라는 것을 누구보다 잘 알고 있지 않는가? 탈속한 나는 이미 곱던 머리를 민 그 순간부터 속세의 내가 아닌 것이었다. 그런데도 수년 여가 지난 지금까지도 나는 이렇게 흔들리고만 있는 것이었다. 아직 무얼 남겨 두어서 그러는 것일까? 사랑도 기쁨도 부모도 내겐 잊어버린 지가 이미 오래다. 간간 들리는 엄마의 소문 때문일까? 그러나 모든 것을 버리고 입산한 지금 내게 엄마에 대한 일말의 증오심이 남아 있다고 말할 수는 없으리라.

숲 속을 가로질러 오는 햇빛의 간지러움이 온몸으로 훈훈해지도록 번져 가는 것을 느끼며 경은 아침이 다 가도록 앉아 있다가 돌아왔다. 속이 미어지는 듯해서 아침은 여전히 벌써 며칠째 굶은 채였다.

"오시면서 못 보셨어요?"

"누굴?"

"노스님이 아까 찾으시던데."

"왜?"

경보다 이 선원에 있기로는 횟수로는 배가 되었지만 나이는 경보다 훨씬 아래인 도반이 경을 보고 물었다. 아름다웠다. 사람의 얼굴이 저렇게 맑을 수가 있을까 싶을 정도로 그녀의 얼굴은

고왔다. 그렇지만 저 고운 얼굴에 일말의 근심의 그림자가 있는 것은 그녀 또한 말못할 사연이 있다는 뜻일까?

"무슨 말씀이 있으려나봐요."

무슨 일일까? 경은 잔뜩 흔들리는 의혹을 안고 노스님이 계신 방 쪽으로 걸음을 옮겼다. 무슨 일일까? 어쩌면 이즈음 경을 내리누르고 있는 불안의 정체를 전해 주는 소식인지도 모르리라. 아니 이런 산 생활에 익숙지 못하고 계를 자주 어기고 있는 경에 대한 힐책이 있을지도 모르리라. 벌써 산 생활은 수년 여가 되어 가고 이 선원으로 옮겨온 지도 이태가 지났건만 여전히 경은 이 생활에 어울리지 못하고 겉돌기만 했다. 그렇다고 세속인들과 잘 친한 것도 아니었다. 돌아보면 경은 속세에도 언제나 혼자였고 출세간을 한 지금도 경은 여전히 혼자였다.

경은 천천히 노스님이 은거하시는 방을 향해서 걸어갔다. 이 뜨락을 지날 때마다 싫다는 느낌이 지워지지 않았다. 모든 것이 사각형이었다. 뜨락도 절도 부엌도 다 사각형이었다. 싫다. 싫다. 반듯하고 각진 것이 싫다.

"혜진 스님, 왼쪽 눈가에 내려져 있는 그늘이 더욱 매혹적이어요."

월선 스님이 선실에서 나오다가 경을 보고 말했다.

"고마워요."

그러나 말은 그러했다만 경은 충격을 받은 듯 속으로 가슴이 쿵쿵 울렸다. 그늘이라니, 내 속의 일부가 얼굴 표정에라도 영향을 미쳤단 말인가? 저들은 아무 것도 모르리라. 내가 얼마나 세

속에 굴러먹은 형편없는 여자라는 것을. 노스님은 이런 나를 가장 잘 간파하고 있을 것이었다. 그리고 그의 눈에는 내가 수도 생활을 견디어 낼 수 있을까 늘 조마조마한 눈으로 바라보고 있을 것이었다. 그렇지만 이 산문으로 들어오기 전까지만 해도 경에게는 그토록 그리워하고 향내음에 온 정신이 쇄락해지는 것 같아 열망해마지 않던 종교였다. 낮에도 타오르는 연약한 촛불과 성탁에 올려진 온화한 크신 그 분 앞에 늘 고백을 했고 그 속에 부질없는 이 한 몸을 맡겨 보았으면 싶은 생각을 어렴풋이 했던 것이었다. 그리고 그것은 꿈이 아닌 현실이 되었던 것이었다.

경이 뜨락을 내 건너듯 조심스럽게 건너며 노스님이 거처하는 방으로 걸어가자 노스님은 문턱에 앉아 걸어오는 경을 불안한 시선으로 바라보고 있었다. 그녀의 근심 찬 눈은 백내장으로 시들고 있었고 여러 차례의 수술로 얼굴 한 쪽이 푸르죽죽하게 죽어 마치 마른 몸피자국의 나무 같았다.

"부르셨습니까?"

변해 있던 얼굴의 근육이 조금 흔들리다가 제풀에 졌다. 그러다가 멀뚱히 경을 바라보았다. 두 눈에 눈물이 가득 고여 있었다. 웬일일까? 이 선원에 와 있는 이태 동안 경은 한번도 노스님에게서 눈물을 본 적이 없었다. 경은 심상치 않은 느낌으로 노스님의 얼굴을 빤히 쳐다 보았고 노스님은 여전히 머뭇머뭇했다.

"혜진 스님, 놀라지 말아요. 어머니가 돌아가셨다는 전보가 와 있어요."

아, 간밤에 빨간 오토바이를 몰고 온 사내가 바로 그거였구나.

경은 노스님이 애처롭다는 듯이 안쓰럽게 내주는 전보 쪽지를 받아 들고 그녀와는 달리 아무렇지도 않게 내려왔다. 오래 전부터 오십견처럼 매달려 왔던 불안의 정체가 바로 그거였단 말인가? 그러나 이상한 일이었다. 어머니가 돌아가셨다는 전보를 받고도 경은 오래 전부터 예상해 온 일인 것처럼 아무렇지도 않게 받아들여졌다. 어머니, 어머니에 대한 감정이라는 것이 경에게는 너무도 낯설은 것처럼 여겨졌다. 오래 전부터 있어 온 가슴을 짓눌러 오던 떨쳐 버릴 수 없었던 감정이 바로 이거였던가? 그러나 어머니의 죽음을 알리는 부음에 접하고도 경은 쉽게 불안의 앙금을 떨쳐 버릴 수가 없었다.

"기쁜 소식이었지요."

경이 돌아오자 기다리고 있었다는 듯 보살 하나가 웃으며 말했다. 주근깨가 깨마당을 이룬 그녀의 얼굴은 웃을 때마다 보조개가 피었고 빨랫줄에 널어놓은 빨래처럼 꾸밈이 없었다.

"글쎄요."

경은 그녀의 얼굴에 차마 어머니의 부음을 말할 형편이 아니어서 쉽게 대답해 주고 방으로 들어왔다. 이 선원에 들어오고 나서 깨달은 것은 이 세상의 모든 것이 분명치가 않은 것이었다. 이것이 저것이고 저것은 이것이라는 공식이 쉽게 깨쳐지는 것이 아니었다. 이 세상에 흑과 백을 분명히 가릴 사람이 부처님말고 또 있을까? 공연히 혼자 있는 것이 두려웠다. 무서웠다. 불안했다. 경은 불안을 떨쳐 버리기라도 할 듯 마음을 다잡아 가볍게 묵주를 돌리며 정좌한 채로 나무아미타불을 외웠다. 천수경이 생

각나지 않았다. 평소에는 아무렇지도 않게 받아들여지던 그것이 오늘따라 생각나지 않는 것은 어머니의 부음 때문일까? 어머니의 부음은 알 수 없는 곳에서 마음을 오락가락 조정하고 있었다. 어쩌나 어머니의 장례에 가 보아야 하나 말아야하나.

갑자기 이 모든 것이 싫다는 생각이 들면서 경은 불현듯 밖으로 탈출하듯 박차고 나왔다. 언제부턴가, 어느 곳에서부턴가 배시시 경을 눌러 오는 불안감은 경을 견딜 수 없게 만들었고 한 곳에만 눌러앉을 수 없게 만들었다. 감은 익을 대로 익어 절에서는 곶감을 만드는 일이 한창이었고 절에 있는 사람 모두가 나와 감을 깎고 있었다. 뒤 뜨락에는 여름 수련대회에 인근 도시에서 왔다는 대학생들이 심어놓고 간 사루비아가 흉측한 잔해를 남기며 조락해 있었다. 시든 것은 추했다. 멍석을 깔아 놓고 양지쪽에 둘러앉아 사형사제들도 감을 깎고 있었다. 일하지 않으면 먹질 말라고 누가 말했지. 주지 스님은 절의 살림을 항상 윤택하게 잘 꾸려 가고 있었고 솔솔찮게 수입을 늘려 가고 있는 모양이었다. 그런 여자가 어떻게 이런 산골로 들어왔지. 세간에 나가 살림이나 살 것이지. 경의 이들에 대한 생각은 항상 이런 식이었다. 같은 도반들 가운데에서도 우월감에 차 있었고 그들의 입산에 항상 회의적인 생각들만을 해 왔다. 저들도 한때는 경과 같은 회의와 좌절과 원망이 있었으리라. 옛날 산문에 입산하던 때는 곱고 풍성했을 얼굴과 볼륨이 이제는 늙어 볼품없게 변해지고 그리고 지금의 경과 같은 회의와 좌절과 원망은 체념으로 바뀐 것이겠지.

빛줄기가 꼬투리를 물고 발길을 놓아주지 않았다. 조금 더 길

어진 햇살을 잡고 경은 꼬불꼬불 늘어진 오솔길을 따라 걸었다.
날은 푸르렀고 머루와 다래 익는 소리가 산 속에서 요란하게 들
려와 한번 빠져들면 나올 길이 없는 유혹의 산길이 계속 이어졌
다. 경은 마치 누구에게 화풀이라도 할 듯이 이를 악물고 허위단
심 산을 올랐다. 지난 계절의 푸르름을 자랑했던 나뭇가지는 조
금만 건드려도 쉽게 꺾였고 경은 가다가 심심해 오리나무 가지
를 꺾어 돌팔매질을 했다. 숲 속을 지나 개활된 장소가 나타나자
어둠이 한 겹 한 겹 벗겨지기 시작했다. 질대로 져 버린 나무들
의 입성이 겨울빛을 재촉하고 있었다.

경은 걸음을 멈추고 온통 겨울로 접어드는 늦은 가을의 산야
를 펼쳐 보았다. 온통 산이 선염된 것처럼 시선에 와 닿았다. 오
솔길이 두 갈래로 갈라지는 곳에 비교적 빛이 잘 드는 곳이 열
려 있었다. 세운암으로 오르는 길이었다. 의식적으로 올랐던 것
이었는지도 몰랐다. 언젠가 이 곳으로 오르면서 만났던 우수의
젊은이, 답답하고 불안한 마음을 지울 수 없어서 올랐던 이 곳에
서 경은 그녀 안에서 구원을 받고 싶어했던 한 가엾은 젊은이를
만난 것이었다. 그 후로는 가슴속에 와 닿는 깊은 충격의 물결을
지울 수 없어서 수도를 한다는 핑계를 대고 이 산문 저 산문으
로 기웃거리며 방황하던 날들. 경은 그 젊은이가 보고 싶었다.

또아리를 틀고 있는 뱀의 몸뚱아리 같은 열두 고개를 올라 영
마루에 올라서자 저만치 세운암이 보였다. 산자락을 물들이고 있
는 타는 듯 붉은 노을 아래서 가을걷이를 하고 있는 농부들의
굽은 허리가 보이고 쌓여지는 낟가리들이 선명했다.

웬일인지 경의 가슴엔 그가 떠나지 않았다. 급한 마음이 경의
서걱대는 발자국까지 쫓는 바람에 공연히 귓불이 빨개지고 걸음
이 서툴러지기까지 했다. 어디선가 한번쯤 보았던 기억이 있는
것 같기도 했다. 눈물보다 더 투명한 쓸쓸함이 엉긴 얼굴이라고
여겨졌다. 그의 눈은 무엇을 갈구하고 있는 것처럼 심원했고 깊
었다. 이 산 속에서 사람을 만나는 것이 드물었고 정적 속에 몇
달을 보낸 터였기에 그녀는 짐승이라 할지라도 만나면 반갑게
대했을 터이었다.

"안녕하세요?"

짐짓 무관심을 가장하며 지나치려는 그녀에게 그의 인사는 가
슴을 저릿저릿하게 울려 주었다. 아직 무얼 버리지 못했단 말인
가? 순간 그녀는 화들짝 놀라고 말았다.

"전생에 연이 있었던 모양이지요?"

생각 없이 던진 말이었지만 그는 이를 놓치지 않고 도전적으
로 물었다.

"스님, 전생을 믿습니까?"

그는 상당히 도전적으로 질문을 해 왔다. 경은 그의 맑고 순진
한 눈을 바라보면서 아, 아 이 사내는…… 하고 하마터면 혼절할
뻔했었다. 그는 마치 경을 오래 전부터 알고 있었다는 듯 스스럼
없이 정중하게 대해 주었고 경은 이 자신에게 내려 있는 굴레를
벗어 던지다시피 하며 그와 심심찮게 이야기를 나누었다.

"실은 어저께 어머님께서 돌아가셨습니다. 저 하나 의지하고
살아오신 분이셨는데 스님 저를 위해 기도해 주십시오."

남자는 다짜고짜 경의 앞에 와서 가사를 잡고 무너지면서 흐느꼈다. 이 때 경이 할 수 있는 일이란 것이 도대체 무엇이란 말인가.

그 남자는 아직도 세운암을 떠나지 않고 있는 것일까. 어머니의 유골을 들고 천일기도를 드릴 양으로 찾아온 것이었다.

천일기도 도량에는 경 또래의 여자가 앉아서 접수를 맡아보고 있었다. 경과 눈이 마주치자 눈웃음을 짓는다. 경도 언젠가 보았던 적이 있었던 비구니였다. 연비를 할 때였던가. 경 앞에 서 있던 도반이었다. 그녀의 차례가 오자 그녀는

"안돼, 안돼."

하고 외마다 비명을 지르면서 뛰쳐나갔다. 한동안 안보이더니 이 세운암에 몸담고 있는 모양이었다. 그런 결심을 하고 뛰쳐나간 여자가 무얼 할 짓이 없어 욕망과 욕정을 모두 다 끊어 버리고 이 절에 또다시 기신 기신 들어왔단 말인가.

절에서 내세운 만큼 사람은 모이지 않은 것 같았다. 깊기도 했지만 멀기도 한 탓이리라.

경은 법당으로 올라서며 눈이 맑고 우수에 찬 청년을 위해 크신 그 분 앞에 삼배를 했다. 처음 산문에 들어서던 날, 귀기스럽고 역겹기만 했던 냄새도 이제는 맡지 않으면 오히려 거부 반응을 느낄 정도로 섬김이 컸다.

"대자 대비하신 부처님, 당신 앞에 이 비구니 정성을 다해 비옵니다. 부디 그 청년에게 부처님의 크신 공덕이 함께 하옵시고 그 고통을 벗어나게 용기를 내려 주옵소서."

절을 올릴 때마다 내려 주옵소서를 반복했다.

세운암을 나와 어떻게 걸었는지 몰랐다. 어떤 생각을 하며 어떤 방법으로 돌아 나왔는지 몰랐다. 다만 경은 올라왔던 길을 되돌아가기 싫다는 감정으로 계절을 재촉하고 있는 지워진 산길을 만들어 걸어갔고 생각 없이 와 보니 산문의 반대 방향으로 걷고 있음을 알아차렸다.

바람이 쌀쌀하게 불었고 경은 이에 질세라 옷깃을 바싹 잡아 조였다. 산그늘이 짙어지기 시작하자 금방 없던 안개가 몰려오기 시작했다. 경은 세운암을 벗어나 넓은 개활지가 나타날 때까지 걸었다. 마을 사람들이 애써 일군 밭도 나타나고 멧돼지라도 나타나는지 허수아비도 나타났다. 언제였더라 도시에서만 살아온 그녀가 꼭 허수아비 같은 것을 본 것 같은 기억이 있었다. 좀은 거칠고 얼굴이 길쭉하고 눌러 쓴 밀짚모자가 머리를 다 덮지 못해 밤까시처럼 옆으로 비죽 솟아 나와 있던, 그리고 투박한 손으로 그녀의 입을 숨막히게 틀어막던 사내, 그리고 혼절 속에서 아랫도리가 찢어질 듯 아파 왔던 기억, 그게 언제였더라. 너무도 지워 버리고만 싶어서 그녀는 허수아비를 뚜렷이 쳐다볼 수가 없었다. 낡아빠진 밀짚 벙거지가 가슴을 이상하게 짓눌러 왔다. 그 이후로는 어린 나이에 죽고만 싶어 방황하던 일들이 선연히 떠올랐다. 그런 감정은 엉뚱하게도 엄마에 대한 증오감으로 변해 가는 것이었다.

"그래 너 하나 유학 보내고 싶었어. 너만큼은 이 에미의 불행을 전하고 싶지 않았다."

어느 날 엄마의 간통 장면을 목격하고 엄마에 대한 환멸이 극

에 몰아 치던 날, 엄마는 그녀의 행동에 대해 애매 모호한 입술로 변명처럼 말했을 때 경은 그 때 자신이 할 수 있는 길이 무엇인지 깨달았다. 오직 도피밖에 없다는 결론을 내렸다.

"남편에게 버림받은 여자가 할 수 있는 일이 무엇이었는지 아니? 나는 아버지에게 복수라도 할 듯이 이 남자 저 남자와 정을 통했다. 특히 네 아버지도 아는 사람하고도 말이야. 그래서 나를 철저하게 부셔 버리고 싶었어. 그 책임은 오로지 아버지가 져야 한다고 생각했어. 그런데 어땠는지 아니? 아버진 나를 보고 악녀라고 했어. 나를 이렇게 만든게 누군데 말이야."

언젠가 엄마는 또다시 떠나 버리려는 그녀의 손을 잡고 울면서 말했다.

"너는 이 엄마가 불쌍하지도 않니? 너 하나만을 믿고 세상을 살아왔어, 엄마는."

"그러나 엄마, 나는 벗어나고 싶어요."

경은 딸의 놀라운 폭탄선언에 속수무책 무너져 내리는 엄마를 뒤로하고 발걸음을 옮겼다. 내게는 너뿐이야. 너 하나 기둥 삼아 이 날까지 모진 목숨 이어왔어. 경은 그 말을 들을 때면 심장이 멎어 가는 듯한 절망감을 느끼고는 했다. 그것은 덫이었다. 경은 무던히도 그 덫을 벗어나려고 몸부림쳤지만 몸부림치면 칠수록 점점 더 거기서 빠져 나올 수 없는 절망의 숲 속으로 술술 빠져들어갔다.

언젠가 해인사의 비구니 암자에 거처를 하고 있을 때 엄마가 용케도 소식을 듣고 찾아왔다. 엄마에 대한 증오는 엄마가 용케

소식을 듣고 찾아왔을 때 이미 버린 지 오래였다.

"나를 용서할 수 없겠니? 같이 내려가자꾸나. 난 외로워, 네가 필요해."

엄마는 참회의 눈물을 흘렸고 경이 생각한 것보다 많이 늙어 있었다. 그 곱던 피부에 주름이 접혀 있었다.

"돌아가셔요. 엄마. 나는 이미 속세의 사람이 아닌 걸요. 엄마 말을 듣고 싶어도 이제는 늦었어요."

경은 엄마의 말에서 같은 피가 흐르고 있다는 동류의식을 느낄 수가 있었다. 엄마의 잔잔한 눈가의 그늘 속에 숨어 있는 참회의 빛깔을 잡을 수가 있었다. 경의 말이 워낙 단호해선지 엄마는 그 고운 얼굴에 수심을 늘어뜨리고 한참 동안 그녀를 잡고 울었다. 엄마의 손을 잡고 그녀는 같이 울었고 그대로 엄마와 함께 치달아 산문을 벗어나고 싶었다. 조금만 더 엄마가 그녀를 잡아 이끌어 주기를 내심으로 바라고 있었던 것이었는지도 몰랐다.

"넌 내 희망이었는데……."

떠나기를 주저하며 하산하는 엄마의 어깨가 한없이 작아 보여 경은 방으로 들어와 문을 잠그고 하염없이 죽죽 눈물을 그었다.

엄마의 간통 장면을 보고 경은 추악스런 엄마를 용서할 수 없다는 생각과 함께 자신을 철저히 파괴시켜 버리고만 싶었다. 차라리 갑자기 죽어 버려 엄마를 놀라게 해주고도 싶었다. 이제껏 믿어 왔던 세계가 아닌 엄마의 또 다른 이중적인 가면에 경은 괜히 울고만 싶었고 분했다. 엄마와 같이 있다는 사실조차 저주스럽기만 했다. 엄마가 제대로 보이지 않았다. 경은 엄마와 단

둘이 지내는 그 넓고 큰방이 싫었다. 냉기가 흐르는 방, 아버지와 그 많은 날을 엄마는 부부랍시고 함께 잤을 것이었다. 괜히 억울하고 분하고 눈물이 났다.

엄마를 미워하면서 걸었던 것만은 아니었다. 경은 자신도 모르게 겨울로 접어드는 산의 심술이 잡아 이끄는 대로 걸었던 것이었다. 걷다 보니 금방 무너져 내릴 듯한 위세 등등한 바위들이 경을 비잉 둘러쌀 듯이 버티고 있었다.

그러나 이 허전함은 무엇일까? 엄마의 사망 전보를 받고도 끌 수 없었던 이 불길은 무엇이란 말인가? 간간 이즈음도 스멀스멀 벌레가 기어오르는 듯한 욕정에 소스라치듯 놀라곤 하던 기억들, 무시로 그 기억들은 강 건너 불빛처럼 되살아나곤 하여 경을 아득한 절망에 빠뜨리게 하곤 했다. 추악스럽고 역겨웠던 화가 여인과의 기억, 괜히 귓불이 빨개지고 부끄러움이 송충이처럼 돋았다.

여인은 아직도 그 곳에 있을까? 화가 여인을 만나고 싶었다. 관능과 수치심으로 여인의 얼굴을 제대로 기억할 수가 없었다. 여인은 언제부턴가 청정암의 한 끄트머리 객사에서 머물고 있었다. 귀없는 고호를 흉내내려 했음인지 보면 항상 양 귀를 가린 머플러를 그 더운 날에 옷처럼 두르고 이젤 앞에 단정히 앉아 있곤 했다. 선암사에 다녀오다가 비를 만났다. 본사까지 가기엔 너무 비가 몰아쳤기 때문에 경은 청정암 요사채에서 하룻밤을 머물지 않으면 안되었다.

"오늘 하룻밤 같은 방을 쓸 수밖에 없게 되었군요."

쭈뼛거리는 마음을 진정시키며 방으로 들어서자 여인이 귀기 서린 얼굴로 빙긋 웃었다. 하마터면 경은 비오는 날의 음산함과 여인의 귀기에 비명을 지를 뻔했다. 한쪽에는 그리다만 탱화가 어지럽게 널려져 있었다. 페인트 같은 냄새가 코를 내찔렀다. 여자가 자리를 폈다. 빗방울은 점점 굵어지는지 뜨락을 때리는 빗줄기가 밤 숲새처럼 요란하게 토닥거렸고 풍경 소리가 간간 빗줄기를 뚫고 울려왔다.

"피곤하실 텐데 누우세요."

여인이 먼저 옷을 벗었다. 여인이 누구란 걸 알지도 못하고 알고 싶지도 않았다. 오늘밤 하루를 어떻게 해서든 넘기기만 하면 된다. 여인이 먼저 자리에 누운 채 경의 옷 벗는 모습을 음흉스럽고도 관능적인 시선으로 바라보았다.

"스님, 몸매가 빼어나게 아름답군요. 수밀도처럼 알맞게 익어 있어요."

경은 여인의 말에 수치심을 느꼈다. 비가 오는데도 방은 후덥지근 무더웠다. 생각 같아서는 몸에 걸친 옷을 훌훌 벗어버리고 싶었지만 언제나 먹빛 장삼이 그런 그녀를 무참하게 만들었다. 아니 그것은 경의 의식의 깊은 바닥에서 항상 용암처럼 강하고 집요하게 꿈틀거려 왔던 잠재의식이었는지도 몰랐다. 벗어버리고 싶다. 그리고 그 누구와 함께 열락의 밤을 태우고 싶다. 밤마다 관능의 불길을 끄지 못해 괴로워했던 밤을 또다시 만나야 하는 밤이 싫었다. 그런 생각을 하며 잠이 들었던 것이었는지도 몰랐다. 갑자기 갑갑하다는 생각에 그녀는 눈을 떴다.

여인이 경을 능숙한 자세로 애무하고 있었다.

"움직이지 말고 가만 그대로 있어요. 몸이 비단결 같애."

여자가 입을 맞춰 왔다. 한 손으로는 경의 가슴을 애무하고 있었다. 파충류 같은 여인의 손이 경의 팽팽한 두 가슴을 애무하다 갑자기 배꼽 밑으로 찔러 왔다. 훅, 경은 터질 것 같은 긴장감과 관능으로 제대로 숨조차 쉴 수 없었다. 부르르 떨었다. 허리가 비틀리며 참을 수 없는 신음이 솟아 나왔다. 여인은 입술로 목과 젖몽아리와 겨드랑이를 애무했다. 그리고는 경의 나신 위로 몸을 겹쳐 왔다. 빗소리를 뚫고 들려 오던 풍경 소리도 들리지 않고 경은 여인의 참을 수 없어 내뱉는 열락의 소리만 들었다.

"남편이 일주일만에 출장에서 돌아온 날 밤 내 몸을 잔인하게 학대하다가 심장마비로 죽었어. 남편이 죽은 이후로 밤마다 욕정으로 참을 수 없었어."

여인이 흥분으로 단 얼굴로 헐떡거리며 경의 귀에 대고 속삭였다. 여인이 신음을 내뱉으며 꽃뱀처럼 더욱 몸을 밀착하며 파고들었다. 그녀와 경의 몸은 땀으로 흠뻑 젖어 터키탕에 든 여인들처럼 번들거렸다. 여인은 경의 몸을 이리 저리 굴리며 지치지도 않고 애무했다.

이튿날 아침 화창한 햇살과 함께 귀를 간지럽히는 새소리에 놀라 눈을 떴다. 문득 간밤의 일이 떠올랐다. 불현듯 경은 수치심에 엉겁결에 자신의 몰골을 둘러보았다. 실오라기 하나 걸치지 못하고 풀어져 있는 맑고 작은 몸뚱아리가 인어처럼 눈부시게 박혀 왔다. 경은 불현듯 여인을 쳐다보았다. 속곳을 움켜 거기

고만큼만 가리고 훈감한 모습으로 자고 있었다. 여인의 치모가 올 굵은 홑이불 틈으로 살짝 내비쳤다. 어지럽게 널려져 있는 화구와 아무렇게나 벗어 던진 옷들이 지저분하게 널려 있었다.

경은 수치심에 몸을 부르르 떨었다. 산 소리, 산 내음이 더욱 길어졌다. 낙엽이 두텁게 쌓여 걸을 때마다 바삭거렸다. 여인은 없었다. 지난여름이 끝날 무렵까지만 해도 화단을 곱게 수놓았던 꽃의 뜨락은 사라지고 쓸쓸히 낙엽만이 뒹굴고 있었다. 소박한 절의 구조물과 함께 고풍스러움보다는 쇠락해가는 절의 모습을 알기에 충분했다. 많은 고요가 돋보기 초점처럼 한곳으로 모아져 절의 쓸쓸함을 더하게 했다. 경은 빈 고요만이 버려진 뜨락을 고요가 깨질세라 조심스럽게 걸으며 여인을 생각했다. 풍경이 한두 점 울었다. 뜨락에 앉아 콩을 주워먹던 멧비둘기가 그녀의 기척에 놀라 날아갔다. 그녀는 볕이 잘 드는 암자의 양지쪽 툇마루에 앉아 올라오느라 지친 심신을 숨쉬는 것만 빼놓고는 모두 놓아버렸다. 깊은 산사에서도 계절은 어김없이 내리고 있는 듯 전에 볼 수 없었던 겨울로 접어드는 입성만이 눈에 뚜렷하게 와 박혔다. 그러나 마음은 뜻간 데를 모른 채 빙킹 허공 속을 떠돌고 있었다. 무엇이었을까? 나를 이 산문에까지 올라오게 했던 것은…… 좀처럼 실마리를 잡을 수 없는 이 불안은? 이게 엄마 죽음 때문일까?

햇빛이 마지막 계절을 넘기려는 듯 아쉬운 꼬리를 길게 내밀어 암자의 뜨락에 와 머물렀다. 아침에 산을 오르던 빨간 조끼를 입은 등산객 하나가 경을 보자 빙긋 웃었다. 금방 세수를 한 듯

물기가 뚝뚝 흐를 것 같은 그 싱싱한 얼굴은 글쎄다, 어디선가 한 번 본 것만 같은 인상이었다. 내 몸 깊은 곳에 지문을 남겼던 뭇사내들 중의 하나가 아니었을까? 괜히 귓불이 달아오르고 화끈거려 경은 눈을 더욱 깊게 내리깔았다.

엄마는 불을 찾아 날아드는 불나방처럼 격렬한 쾌락을 찾아 헤매었다. .

"너는 악녀야, 남자들의 피를 말리는."

엄마를 만나는 남자들마다 모두 한마디씩 저주처럼 내뱉었다. 그 엄마의 마성이 자신에게도 뻗쳤음인가? 경은 엄마에 대한 분노가 치받힐 때마다 남자를 유혹했다. 그 열락의 결과는 항상 허무감이었다. 그리고 그들도 한결같이 경에게 엄마의 뭇사내들이 내뱉었던 말을 똑같이 내뱉었다. 너는 악녀야, 뭇사내들의 피를 말리는…….

갑자기 오한이 얼음 기둥에 댄 등허리처럼 쭈볏쭈볏 돋아났다. 너무 깊숙이 무리해서 걸었다는 생각이 불현듯 떠올랐다. 그래도 그 정갈한 사각형 속으로 들어가기 싫다는 생각이 그녀를 머뭇머뭇하게 했다. 어깨가 욱신거리고 다리는 누군가 잡아끄는 것 같았고 정신은 몽롱하였다. 멀리 마을에서 사람들이 개미 기어가는 것처럼 뽈록뽈록거렸다. 가장 끝까지 늘어진 한 집에서 굴뚝에 연기가 실뱀처럼 모락모락 피어오르고 있었다.

무엇이었을까? 나를 이토록 이끌었던 것은? 산이었을까? 이별보다 슬픈 겨울 입성의 산이었을까? 한때 그는 푸른 소생이었고, 한 때 그는 황금의 결실이었다. 허나 지금 그는 어제의 찬란함을

자랑하지 않는다. 다만 내일의 풍요로움을 기약하는 겸허한 자세
로 있을 뿐이었다. 그녀는 언제나 그 겸손함이 좋아 이 산을 바
라보며 한참 동안 마주보고 서 있는 버릇이 있었다. 오래 전부터
사람의 발길이 끊긴 듯 지워져 있는 곳까지 오자 그녀는 오르기
를 멈추고 아직도 올라야 할 곳이 더 남아 있을까 바라보았다.
바람이 불어올 때마다 미처 지지 못한 참나무 잎새들이 여기저
기 스산하게 소리내며 떨었다. 산길은 오래 전부터 사람의 발길
이 끊긴 듯 지워져 있었고, 머리칼 같은 숱이 많은 풀들이 길을
덮고 있어서 길을 만들어 가야 했다. 침엽수와 활엽수가 치열하
게 경계를 이루고 있는 곳까지 오자 경은 문득 걸음을 멈추고
뒤돌아다보았다. 뜻밖에도 인근 공단의 크고 작은 굴뚝들이 눈앞
을 파고들었다.

　경은 고개를 돌려 다시 옆을 바라보았다. 건너 마을의 옹기종
기 이마를 맞댄 마을마저 한눈에 들어와 박혔다. 누구의 무덤인
지 이 높은 산꼭대기 양지바른 곳에 조그맣게 누워 있었다. 경은
휘휘 둘러보았다. 사방은 바람뿐이었고 갈 길을 잃은 사람 같은
나무들의 입성만이 서성거리며 경을 노려보고 있었다.

　경은 한참 동안 날기를 잃은 새처럼 망연히 서서 도시를 바라
보았다. 그러다가 경은 생각난 듯이 발길을 돌렸다. 어떻게 산을
헤매었는지 몰랐다. 그저 알 수 없는 손길이 그녀를 이끄는 대로
잡아끌었고 경은 그 알 수 없는 손길이 이끄는 대로 그저 이끌
려 갔다. 이 길은 아직 한번도 가보지 않은 길이었다. 그 산문의
정갈함과 사각형의 뜨락이 싫어 종종 핑계를 대고 이산 저 산으

로 떠돌아다녔다. 그 때마다 경은 자신을 파괴라도 시킬 듯이 허우적거리며 혼란해 했다. 그 무엇인가 자신은 잘못 길을 가고 있다는 느낌을 지우지 못하면서. 그래서 더욱 발악적으로 경은 산속으로 나돌아다녔다. 이 산밑을 감싸면서 머물고 있는 암자수가 꽤나 된다는 것을 경은 알고 있었다. 한번도 가보지 않은 길을 걸을 때마다 이대로 걸어서 하늘까지 가보고 싶다고 생각해 본 적도 있었다. 그러나 그 끝은 언제나 무참한 절망감이었다. 다시 돌아가지 않으면 안 된다는 무참한 황망감, 자신은 한 마리 새장에 갇힌 새처럼 새장 우리를 빙빙 돌다가 다시 제자리로 돌아오는 존재임을 깨닫는 것이었다.

겨울로 접어드는 산바람은 냉기를 곧추 세우면서 따갑고 매섭게 경의 몸매를 훑고 지나갔다. 그럴 때마다 경은 먹빛 장삼을 다잡으면서 걸었다. 풀뿌리는 발길을 잡스럽게 막았고 목을 감싸고도는 바람은 속까지 시리게 했다.

어떻게 그 깊은 계곡을 빠져 나왔는지 몰랐다. 계곡을 빠져 나오자 산비탈을 개간하여 만든 밭이 나타났고 아직도 옷을 갈아입지 못하고 여름옷에 부들부들 떨고 있는 밀집 벙거지를 이고 있는 허수아비도 나타났다. 눈에 익은 길을 따라 경은 천천히 걸었다. 안개가 뒤로 쏠리고 있었다. 산비탈을 돌아 내릴 때 개천 건너 마을 어귀의 커다란 고사목이 허공에서 마른 가지를 벌리고 외롭게 떠 있는 것을 보았다. 마른 가지를 매달고 있는 까치집도 보았다.

경은 낯익은 길로 접어들자 묘한 배반감이 또다시 배시시 돌

아나는 것을 느꼈다. 이 낯익은 길이 무섭다는 생각마저 들었다. 또다시 그 정갈한 세계로 들어가야 한다는 절망감이 엄습해 왔다. 이런 경의 마음을 알기라도 하듯 경의 걸음은 서운암으로 향하고 있었다. 이제 서운암으로 가면 거기서 하룻밤을 지내지 않으면 안된다. 가기 싫다. 가기 싫다. 그 정갈한 고요가 싫다.

경은 그렇게 속으로 외치면서 무작정 길을 따라 걸었다. 이렇게 해 보았자 무슨 소용이 있단 말인가? 또다시 내일이면 쏟아질 그 무한의 시간 죽이기는 지겹도록 또 계속될 것이다. 경은 그럴 때마다 자신의 의지를 배반하는 이 육신의 배반에 소름이 돋았다. 화두 때문이었다고는 말 못 하리라. 언제 내가 끊어도 끊어도 지칠 줄 모르는 의문과 남과 다른 문제를 가지고 고뇌를 해본 적이 한번이라도 있었단 말인가? 남들이 다 받아들일 수 있는 명제를 나라고 못 받아들인 적이 있었단 말인가? 이런 화두 때문에 수도의 한 자락도 나아가지 못한 적이 있었단 말인가? 지금 나는 무엇을 하고, 무엇을 향해 이런 무모한 시간 죽이기를 계속하고 있는 것이란 말이냐. 그런 생각을 할 때마다 경은 죽고 싶도록 자신이 미웠다. 아니 진실로 경이 두려워하고 있는 것은 이런 화두를 잡고 늘어지는 것보다 그런 세계로 들어가기 두려워하는 것인지도 몰랐다. 그러기에 지난 몇 년간의 수도가 파괴되어진다고 할지라도 아까울 것 하나도 없었다. 그러면서도 안타깝기만 한 이 외로움은 무엇이란 말인가?

어떻게 경은 돌아왔는지 몰랐다. 오자마자 주저앉으며 경은 하루종일 쏘다닌 지친 육신에 흠뻑 땀을 쏟아 내며 잠이 들었다.

경은 두껍게 닫혀져 있는 문을 간지럽히는 아침 햇살에 놀라 문을 열고 뜨락을 내다보았다. 아침 햇살에 눈이 부셨다. 그와 함께 화안히 두 귀를 찔러 오는 까치 울음이 마음의 부피를 덥게 했다. 경은 저도 모르게 벌떡 일어났다. 그러나 각박하게 떠오르는 수 없이 난무하는 별들이 경의 눈앞을 캄캄하게 가로막으면서 경은 꽁하고 나동그라지고 말았다. 경은 한참을 앉아 있다가 문설주를 잡고 다시 일어나 천천히 샘가에 흩어진 쌀을 주워먹고 있는 참새의 움직임을 목표 삼아 조금씩 걸음을 옮겨갔다. 뜨락은 엄청나게 고요했고 그만한 무게로 모두가 새롭게 단장되어 있었다. 부엌에서 밥을 짓고 있던 보살 하나가 뛰어나와 반가와하다가 말했다.

"일어났군요, 모두들 걱정했는데."

"날씨가 너무 고와요. 나를 잡아 이끌었어요."

경은 짐짓 쾌활한 표정을 지어 보이며 말했다. 그렇지만 눈앞은 어저께 무리한 산행으로 현기증으로 핑 돌았다. 절 앞마을에 살고 있는 그녀는 절에서 시킨 것도 아닌데 아침마다 밥을 해주고 갔다. 들리는 소문으로는 남편이 중풍으로 벌써 여러 해째 누워지낸다는 것이었다. 부처님의 영력으로 남편을 치유해 보겠다고 저 치성인 모양이었다. 경은 보살이 걱정스런 눈빛으로 바라보고 있는 것도 모른 채 절 밖으로 나왔다. 갑자기 개울에서 물 떨어지는 소리가 귀를 때렸다. 코에 흠뻑 받혀지는 산의 향기가 속까지 깨끗하게 씻어줄 것 같았다. 마을이 바라보이는 곳까지 내려오자 멀리 자동차가 먼지를 뽀얗게 일구며 지나가는 것이

보였다. 인근 밭으로는 여전히 허수아비가 남아 있었다. 왠지 허수아비가 오늘따라 싫지 않았다.

조금 걸으니 오히려 방에 누워 있을 때보다 바깥 날씨가 포근했다. 무리해서는 안 된다고 생각하면서도 걸음은 요정에 홀리기라도 한 듯 이끌려 갔다.

주변으로 주욱 산비탈을 개간하여 만든 밭이 있었다. 어제 이어 오늘 또다시 보건만 경은 새로 개간한 밭을 보기라도 하는 것처럼 느껴졌다. 노루가 나타나 밭을 해치는지 세워 두었던 허수아비마저 처음 보는 것처럼 반가울 지경이었다. 화창했다. 산의 겨울 입성의 메마름이 햇빛에 반사되어 봄빛이 살아나는 것만 같았다. 무언가 두런거리는 소리가 들려 돌아보니 등산객들이 내려오고 있었다. 원색의 파카를 입은 남자가 경을 뚜렷이 바라보았다. 경은 갑자기 가슴이 쿵쿵 두근거리면서 고개를 숙여 외면했다. 저만큼 내려가다가 남자가 다시 경을 돌아다보았다. 그리고 상큼 웃었다.

경은 그를 외면한 채 몽유병 환자처럼 흐느적거리면서 걸었다. 수년 여 세월을 타는 갈증으로 찾아 헤매었던 것의 정체는 무엇이었을까? 사문에 몸을 담고 있으면서도 물위에 기름이 뜬 것처럼 언제나 소외되는 듯한 이 감정과 이들 속에 끼이지 못하는 것은 또 무엇이란 말인가? 이즈음 알 수 없게 가슴을 내리누르는 불안 같은 것의 정체도 바로 그런데서 연유한 것이리라. 혹은 그 무엇에의 그리움이 탈바꿈하여 나타난 것이리라. 그럴 때마다 벗어 던지고 무작정 떠나고 싶은 유혹이 그 얼마였던가? 선방

너머로 해가 지고 땅거미가 스물거리며 대지를 덮는 시간이면 경은 어쩔 수 없이 내부에 스며들어 오는 한 가닥 우수를 떨쳐 버릴 수가 없는 것이었다. 한 때 그토록 열망했던 얼마쯤은 그들에게서 떨어져 혼자가 된 홀가분함을 남몰래 즐기고 싶어했던 것은 허상이었는지도 몰랐다. 밑도 끝도 없이 계속되는 이 흔들림, 이 황망함…….

경은 또 걷고 또 걸었다. 다리가 보였다. 언제나 여기가 한계였다는 것을 경은 생각했다. 그러나 오늘 아침 경은 누가 볼세라 다리를 지나 밀생한 자작나무 숲 사이로 흐르는 개울을 따라 펼쳐져 있는 작게 난 오솔길을 일부러 골라가며 걸었다. 이 길을 따라 계속 걸으면 어제 산 위에서 본 마을이 있고 공단 굴뚝이 나타날 것이다. 피안의 날개를 경은 더 펼 수가 없었다. 새장에 갇힌 새처럼 벗어나고 싶다고 몸부림쳐도 걷다 보면 또다시 새는 새장에서 벗어나려고 발버둥 칠 뿐이었다. 경은 이미 상당히 먼 거리까지 와 있는 자신을 느끼고 뒤를 돌아다보았다. 우뚝한 산허리가 댕강 잘려져 그녀의 눈앞에 성큼 다가와 있었다. 계절도 산에서는 잠시 머무는 듯 푸른 소나무 숲이 지나치게 선명하게 앞에 부각되어 있었고 경은 왠지 울고 싶어졌다.

기는 사람

내가 그 사내를 만났던 것은 지난 토요일 오후였다. 그 날 나는 부산에서 넘치는 책을 주체할 수가 없어서 책장을 하나 구입하고 오는 중이었는데 물금으로 오는 열차 안에서 그가 나를 보는 순간 우리는 서로 '어'했고 그러다가 곧 외면했다. 그 사내는 약간 술이 취해 기분이 좋은 상태에 있는 것 같았는데 양손에는 장을 보고 오는 아낙들처럼 비닐 주머니를 들고 잔뜩 생활에 익숙한 사람처럼 빈자리가 없는가 둘러보고 있는 중이었다.

분명 어디서 한번 본 것 같긴 같았는데 기억이 나지 않았다. 그건 역시 상대편도 마찬가지인 모양인 것 같아서 그도 분명 나를 어디선가 보긴 본 것 같았는데 잘 기억이 나지 않는지 저쪽

에 앉아서도 힐끔 힐끔 나를 쳐다보고 있었다. 그러다가 우리는 서로 상대를 훔쳐보며 기억을 더듬다가 한 순간 또 한 차례 눈이 마주쳤는데 그 순간 또 '어'하고 같이 입을 벌리고 말았다

　아, 바로 그 사내였던 것이었다. 나는 지난 이태 전 우리반으로 전학을 해 왔던 용석이를 생각해 내었고 그가 바로 용석이 아버지라는 것을 순간 떠올렸던 것이었다. 그렇다면 용석이 동생인 용구도 내가 담임을 했으므로 그는 용구 아버지도 되는 것이었고 그는 줄곧 2년 동안을 나의 학부형으로 있었던 것이었다

　"아이구, 이거 선생님 아니십니까?"

　그도 역시 나를 그제야 생각난다는 듯 그의 목소리만큼이나 걸맞게 커다랗게 걸어오면서 내게 손을 덥석 내밀었다. 화안하게 웃는 그의 하얗게 바른 치열이 내게 호감을 주었다.

　"어이된 일이십니까. 대낮에……."

　"네, 퇴근하는 중입니다."

　나는 문득 시계를 보았다. 오늘이 토요일임을 알았다.

　"선생님은 어인 일이십니까?"

　"방학이라서 모처럼 부산 나들이를 한번 했습니다."

　"부산 여자들 예쁘지요?"

　"토요일인데 술 한잔 않으시구."

　"네, 용석이와 용구가 보고 싶어서 일찍 들어갑니다."

　"참 훌륭한 아빠십니다."

　"용구와 용석이가 더 훌륭합니다. 어미 없이 자란 애들이래서 소위 문제아가 될 줄 알았는데 제가 직장에 다녀도 안심할 만큼

착하게 자라 주니 그게 참 저로서는 고맙기 이를 데 없습니다. 오늘 제가 가면 무척 반깁니다.”

내가 알고 있는 한 그는 아내 없이 혼자 홀아비로 늙어 가고 있는 것으로 알고 있었다. 그것은 내가 묻지도 않았는데 전학을 해 오는 날 그가 내게 엄마가 없다는 이야기를 스스럼없이 꺼냈기 때문에 나는 그런 걸로 알고 있었을 뿐이었다. 아무튼 그 날 이후로 그와는 피차 마주치는 일도 없었고 그가 나를 학부형의 입장에서 찾아오는 일도 없었기 때문에 오늘 이 열차 안에서의 만남은 그 날 이후 그와 나의 첫 번째 만남이었고 그렇기 때문에 서로가 알아보는데 시간이 걸렸는지도 몰랐다.

“오늘 선생님을 이렇게 만나니 참 기분이 좋습니다.”

그는 그 말이 정직한 것이라는 것을 내가 인식할 수 있을 정도로 진솔되게 말했다.

“워낙 똑똑한 아이들을 두어 참 기쁘시겠습니다.”

“모두가 선생님 덕분입니다.”

그때 마침 홍익회 판매원이 지나갔다. 그는 대뜸 맥주와 포를 끄집어내더니,

“선생님, 맥주 한잔 합시다.”

하고 말하면서 싱긋 웃었다. 싫고 말리고 또 대신 돈을 지불할 경황은 이미 내게 없었다. 그는 완전 일방통행이었다. 그는 내가 술을 못하고 있는 것을 알고 있는지 모르는지 다짜고짜 내게 맥주 한 컵을 따라 부어 왔다. 나는 마지못해 그 홍익회 가격 20원이라고 쓴 컵을 받아 들지 않으면 안되었다. 거품이 보글보글 끓

고 있는 맥주를 옆에 신문을 보고 있던 사내가 신문을 거두며 입맛을 쩍쩍 다시고 있었다.

나는 마지못해 입에 조금 들다가 말았다. 왠지 처음 술을 경험하는 사람처럼 거북하고 답답함을 지울 수가 없었다. 나는 또 조금 입에 대다가 떼었다. 신문을 보고 있던 옆의 사내가 신문을 거두고 그런 나를 보고 다시 입맛을 쩍쩍 다셨다.

그는 나를 만난 것이 무척 즐겁고 좋은 기회라고 생각했는지 연신 얼굴에서 웃음을 지우지 않고 있었다. 사실 그가 학교로 찾아오기에는 그의 형편으로는 좀처럼 어려웠을지도 모른다. 그런데 학부형이라면 누구나 바라는 이런 담임을 만날 수 있는 뜻밖의 기회를 얻게 되었으니 그는 여간 행운의 주인공이 아닌 것이었을 것이다. 아무튼 그는 수다스러웠고 헤식은 웃음을 자주 흘렸다. 마치 그의 아들을 바라보는 것처럼 나를 바라보는 것 같았다. 그의 눈에는 내가 그의 아들로만 보이는 것이었는지도 몰랐다.

내가 가까스로 맥주 한 컵을 비우고 그에게 그가 내게 했던 것 만큼이나 정중하게 맥주를 컵에 담아 주자 그는 거의 황송하다는 듯이 받았다

"술만큼 정직한 것이 없습니다. 세상살이란 게 다 속이고 속구하는 관계 아닙니까. 난 세상에 독한 술이 있다는 것이 얼마나 다행인 줄 모르겠습니다. 먹는 그것만큼 달아오르니 술을 하게 되면 기분이 좋습니다. 선생님 어떠십니까. 한잔 하니 기분이 좋지요?"

"아, 네. 기분이 좋습니다."

나는 술을 잘 할줄 몰랐지만 그의 기분만큼이나 기분 좋게 대답했다. 아닌게아니라 조금 있자 속이 풀어지는 것 같았다.

그는 술을 먹는 것도 멋있게 먹고 있었다. 별로 안주에 손을 대는 일이 없었다. 안주는 내가 다 비우는 셈이었는데 술기운 탓 때문인지 그는 갈수록 약간 수다스러워지고 있었다. 그러나 그런 수다는 곧 듣지 않아도 되었다. 채 맥주 두 병을 마시기도 전에 기차는 물금에 도착했기 때문이었다. 그러나 그는 막무가내로 역에 내리자마자 무작정 내 팔을 잡고 역 근처의 포장마차로 끌고 갔다. 별로 내키지는 않았지만 나는 그의 힘에 끌려 마지못해 같이 들어가지 않으면 안되었다. 안에서는 벌써 술을 하고 있는 사람도 있었다. 그는 담임인 나를 만난 것이 좋은 기회라고 여겼음인지 연신 술을 권했다. 술기운 탓인지 그는 말이 좀 더 헤퍼졌다.

말끝에 여자에 대한 이야기가 나오게 되었는데 나는 그가 이혼해 혼자 있다는 사실을 깨닫고 그의 다음 이야기가 궁금하였다. 나는 그가 독신으로 있는 것에 좀 곤심이 있었다. 왜냐하면 그는 마을에서 여성 편력이 상당한 사람으로 소문이 나 있었기 때문이었다. 꼬집어 말할 수는 없지만 그는 여자에 대해 어떤 혐오감을 가지고 있는 것 같았다. 그가 이혼한 채 혼자 지내고 있다는 사실은 익히 알고 있었지만 그 혐오감이 구체적으로 어디에서 기인한 것인지는 알지 못했다.

그는 우습게도 남들이 손가락질을 할 만큼 그의 나이에 – 서른 여덟인가 그랬다 – 어울리지 않게 세 번의 이혼 경력을 가지

고 있었다. 지금의 용구와 용석이는 둘은 연년생이었고 모두가 첫 부인에게서 난 아들이라고 했다. 그리고 그들은 모두 내 제자인 셈이었다. 이 기이하다면 기이하달 수 있는 인연으로 그 날 나는 포장마차 안에서 그의 여성 편력에 대해서 듣기 시작하였다. 좀은 술기운이 돈 탓이었는지 그는 다소 그의 속을 거르지 않고 얘기하기 시작하였다. 그의 이야기를 들으면서 열길 물 속은 알아도 한길 사람들 속은 모른다는 우리의 속담을 거듭 확인하였다.

"김 선생 (이제 그는 선생님에 님 자를 빼고 부르고 있었다) 김 선생도 나를 욕 하시려우. 나를 보고 돈환이니 마도로스 박이니 욕 하려우. 세상에 믿을 수 없는 것은 여자의 마음이고 여자의 마음은 갈대와 같은 것이라고 한 것 절대 빈말이 아닙니다. 김 선생 아직 결혼을 하지 않았다니 내가 하는 얘기 참고로 들어서 결코 나 같은 인간은 되지 말구려."

그는 잠시 말을 멈추었다가 주위를 한번 휘둘러보았다. 그의 말에 귀를 기울이고 있는 것이 나 한 사람이라는 것이 확인이 되었는지 안심한 채 이번에는 목소리를 좀 더 낮추어서 얘기하기 시작하였다

"제가 처음 결혼했던 곳은 충무에서였습니다. 충무는 저의 고향이나 다름없는 곳이었고 아직도 거기에는 내가 살던 집이 남아 있습니다. 내가 만난 첫 번째 여자는 고향 여자였는데 얼굴이 반반하고 늘씬해서 고향에서는 가히 미인이라고 할 만하지요. 그래서 처음에는 사랑스럽기도 하고 아껴 주고 싶기도 했지만서도

그 때 부산에 나와 있던 것이 내 커다란 불찰이었지요. 애 새끼를 둘씩이나 퍼질러 놓은 년이 무엇이 아쉬워 이웃 남자와 눈이 맞아 달아날 줄이야 누가 알았겠습니까. 그런 것을 보면 여자란 참 알 수가 없는 존재이기도 하지요. 나는 깜쪽 같이 속고 있었던 것입니다. 김 선생, 내 어렸을 때의 기구한 이야기를 아니 할 수가 없게 되었습니다 그려. 나 참 불쌍하고 외로운 놈 올시다. 내가 이 세상에 아무도 없는 혼자라는 사실을 깨달았을 때 이미 나는 소년기를 넘기고 있었지요. 그 때부터였는지 모릅니다. 나는 묘한 심리에 빠져들기 시작하였습니다. 내 무릎의 관절은 끊어지고 손가락은 두터워져 기기에 꼭 알맞게 되어져 가고 있다는 생각이 들기 시작하였습니다. 점점 야행성의 인간이 되어 가는 것이 아니겠습니까. 아닌게아니라 어떤 때는 제 자신이 방 안에서 기어다니는 듯한 착각을 느꼈던 것이었습니다. 그리고 실제로 그런 착각 속에서 기어가고 있는 제 자신을 보는 것이 아니었겠습니까.

"선생님 이 손바닥을 보십시오. 너무 닳고 거칠어져 얻게 된 두텁고 볼품 없는 이 두텁고 기어다니기에 알맞게 퇴화해 버린 이 손바닥을 보십시오."

그는 내게 마치 자기가 자기 손을 내려다보는 듯 내게 내밀었다. 그의 손은 말의 그것처럼 손바닥과 손가락이 두텁고 뭉툭했다. 그의 두 손은 기어다니기에 알맞게끔 진화해 가는 도정인 것처럼 보이기에 충분했다 나는 그의 얼굴을 흘깃 바라보았다. 놀랍게도 그는 네 발 달린 동물처럼 양미간에 주름이 겹쳐지고 눈

이 점점 윤이 날 정도로 빛나가고 있었다. 그는 야생 동물의 생리로 완전 변해 가고 있었다. 그는 마치 말처럼 변해서 도약하기 위해 자세를 움츠리고 있는 것처럼 보였다.

"내가 그 때까지 엄마라고 생각하였던 여자는 내 친어미가 아닌 계모였던 것이었습니다. 이런 사실을 알고 난 저는 처음 무척 당혹스럽기도 하고 신대륙의 발견만큼이나 흥분이 되어서 펑펑 쏟아지는 눈물을 주체할 수가 없었습니다. 그 여자가 계모였다는 사실을 숫제 몰랐다면 이렇게 눈물이 쏟아지기까지는 하지 않았을 텐데 그 여태껏 아무런 반감 없이 오로지 어머니로만 대해온 여자가 계모였다니 저는 그 사실을 아는 순간 충격을 느끼지 않을 수 없었습니다. 여태껏 제가 자식이라고는 생각되지 않을 정도로 받아온 지난날들의 설움들이 일시에 바람개비 되어 날아오는 것이었습니다.

언젠가는 마당에 있던 세숫비누가 없어졌다고 그걸 내가 없애 버렸다며 내 얼굴이며 뺨을 사정없이 유린하는 것이 아니겠습니까. 심지어는 어느 어미가 자식에게 그러랴 싶을 정도로 마구 몽둥이로 때리고 발로 짓밟는 것이 아니겠습니까. 그래도 단지 어머니이니까 그럴 수 있다는 생각으로 참을 수가 있었습니다만 어느 날인가 그것이 내 생모가 아닌 계모였다는 사실을 알았을 때 저는 도저히 참을 수가 없었습니다. 저는 이내 반항하기 시작하였습니다. 그녀가 저를 학대하는 것만큼 그녀에게 반항하였습니다. 그러니까 그녀의 눈치가 달라지더군요. 어느 순간엔가는 입가에 미소까지 띠는 것이 아니겠습니까. 차갑고 징그러워서 그

미소를 보는 순간 나는 죽었으면 좋겠다는 생각이 들었다오. 더 이상 자랄 수 없을 것 같은 절망감과 아뜩함이 내게 쏟아졌다오. 생각해 보시오. 김 선생, 자기 자식을 때려 놓고 반항을 하니까 오히려 화가 나서 더 때려 주어야 할 엄마가 오히려 기대했다는 듯이 미소를 쓱 짓는 모습이란 정말 생각만 하여도 소름이 끼치는 일이 아닐 수가 없었다오. 나는 생각했다오. 저것은 반드시 구미호가 탈바꿈한 것이지 사람이라면 그럴 수가 없는 것이라고. 이야기로 들은 백설공주의 계모와 다름이 없다고. 나는 생각하게 되었던 것이었지요.

김 선생, 생각해 보시오. 그 사실을 느꼈던 내가 얼마나 충격을 받았던가 게다가 그녀는 놀라울 정도로 추녀여서 나는 그녀를 백설공주의 계모라고 아주 단정을 하게 되었던 것이었지요. 왠지 밉게 보이는 것이 아니었겠소 이 세상에서 가장 못생긴 것이 바로 그 여자라고 나는 느꼈다오. 내가 그녀를 잘 표현할 수 있을지 모르겠소만 아마 입은 호박꽃 벌어진 것 같고 드럼통처럼 아래위가 똑같은 허리에다 널어놓은 빨래 같은 후줄그레한 모습은 바로 그녀가 얼마나 추녀였는가를 말해 주지요. 그러자 미칠 것 같게 엄마가 그리워졌다오. 내가 생각하고 있는 엄마의 모습은 우선 영화배우같이 꽃 같은 얼굴을 하고 있고 화장실에도 가지 않고 꿈 속에서만 볼 수 있는 여자라고 생각했다오.

지금의 어머니가 내 어머니가 아니라는 것을 알고 난 나는 더욱 어머니의 영상을 찾으며 길거리에 가다가도 내 머리 속에 그리고 있는 모습과 일치하면 뛰어가서 살펴보는 버릇을 어렸을

때부터 갖게 되었던 것이었습니다. 그런데 이상한 것은 그 어느 때부터인가 또다시 내 손이 점점 가렵다는 느낌이 들기 시작하는 것이 아니겠습니까. 이상하게 어머니를 생각하면 생각할수록 내 손은 점점 가려워서 닳아지고 뭉툭해져서 손으로의 기능보다는 말의 앞다리처럼 기어다니기에 편리하게끔 변해가는 것이 아니겠습니까. 김 선생, 아 이게 웬일이란 말입니까. 세상에 뛰어다녀도 뭣해서 날기를 강요하는 세상에 이건 숫제 기어나 다니니 참. 그 후 내가 대학엘 다니면서 어느 정도 심리학에 눈을 뜨게 되고부터 저는 이와 같은 기어다니는 듯한 착각이 바로 내 이런 병적인 심리의 또 다른 발로라는 것을 깨달았던 거였지요. 그러나 그런 사실을 알기 전까지 나는 얼마나 이 세상을 땅만 보며 기어야 하는 생활을 계속했어야 했는지 모릅니다.

선생님 그런 사실을 알고는 저는 언젠가는 이 집을 떠나야겠다는 생각을 갖기 시작하였습니다. 저를 죽어라고 발로 짓밟고 깔아뭉갠 그 계모가 왜 나를 그렇게 학대하여야만 했는지. 왜 내가 반항을 하기 시작하자 그렇게 음흉한 미소를 띠었는지 이해가 되는 것이었습니다. 어쩌면 그 계모는 내가 있다는 사실이 거북살스럽고 미웠는지도 모릅니다. 어쩌면 계모 밑에 있는 아이들과 달리 그녀는 반항 않고 고분고분한 내가 실로 미워서 그래서 더욱 나를 괴롭혔는지도 모르지요.

그런 사실을 알게 되고부터 저는 갑자기 계모가 무서운 사람이라는 생각이 들기 시작하는 것이었습니다. 어려서 계모에 대한 선입감이 이랬던 저는 거리를 지나갈 때마다 마음속에 품고 지

냈던 여성상이 얼핏 눈에 띄게 되면 기웃거려 보게 되었고 이런 병적인 성격은 저의 여자를 보는 눈을 흐려 놓게 하고 말았던 것이었습니다. 인물값 한다는 그 말은 전혀 깨닫지 못하고 있었던 것이었습니다. 제가 처음 여자를 선택하는데 기준을 두었던 것은 바로 제 마음속에 깊이 각인 되어 있는 모성애에 가까운 여성이라는 것이었습니다. 그러나 불행히도 저는 그 모성의 옷만을 그려 놓았을 뿐이지 전혀 그 속을 채워 놓지는 못하였습니다. 그래서 여자의 껍데기만을 볼 줄 알았지 여자들의 그 속을 보지 못하였던 것이었습니다.”

여기서 그는 잠시 말을 끊고 담배를 잘근잘근 씹으며 불을 당겼다. 포장마차의 가스불이 지직 소리를 내며 조각조각 흩어졌다. 그 흩어지는 불빛들을 멍하니 바라보며 그는 일순 깊은 한숨을 담배 연기와 함께 토해 내었다. 자신이 선택한 여인에 대한 깊은 회한과 후회가 북 쌓이는 것만 같이 느껴졌다.

그가 또다시 말을 이었던 것은 술 취한 듯한 사내가 내게 담뱃불을 빌리며 쓰러지듯 넘어왔을 때였다. 그 바람에 포장마차의 불빛이 많이 흔들렸다는 생각이 들었다.

“고등학교를 마치자마자 집을 나온 저는 오로지 대한 진학이라는 이름으로 고학을 시작하였습니다. 처음에 저는 책의 외판원을 하기 시작하였는데 그 때 또다시 이상한 착각이 들기 시작하는 것이 뭐랄까요. 환상이라고 할까요. 내가 지금 마악 푸른 초원을 기어다니고 있다는 느낌이었습니다. 무릎이 깨지고 손바닥

이 짓물러지고 이지러지고 단단해져서 점점 기어다닌다는 착각
이 들기 시작하는 것이었습니다. 그리고 그런 것은 정말 내가 실
제로 그런 행동을 하도록 만드는 것이 아니겠습니까. 그 때부터
였는지 모른다오. 나는 점점 이 세상을 고개를 바로 들지 못하고
기면서 세상을 살아가게 되었던 것이었다오.

　어느 날인가 나는 이런 생태에서 신음을 하는 중에 꿈 속에
그리던 여성을 우연히 보게 되었습니다. 그것은 내 꿈 속에 그리
던 모성상과 일치하는 것이었고 그녀를 보는 순간 내 가슴은 무
지개를 본 시인처럼 뛰었습니다. 꿈 속에 갈망하던 여인을 발견
한 그 기쁨이란. 나는 가슴을 주체할 수가 없어 그녀를 뒤쫓아가
서 집이 어딘가 알아두었습니다. 그 때의 심정은 그녀가 유부녀
이든 유부녀가 아니든 그녀를 꼭 내 것으로 만들겠다는 생각만
이 머릿속에 가득 차 있었습니다.

　김 선생, 그런데 내가 그토록 쉽게 그녀를 점령할 수 있을 줄
누가 알았겠습니까. 그 날은 토요일이었다오. 나는 다만 그녀에
게 사랑을 고백하겠다는 생각으로 그녀의 집까지 그림자를 익히
며 그녀를 따라갔던 것뿐이었는데 오히려 그녀는 아마 나의 이
모든 것을 진작부터 알고 있었던 듯 내가 고백할 틈도 없이 나
를 끌어들이더니 능숙하게 내 옷 단추부터 풀어헤치기 시작하는
것이 아니겠습니까. 그 다음 그녀가 보여준 천국의 모습이란 김
선생, 그 다음 일은 김 선생의 상상에 맡기겠소. 보시오. 나의 이
건강한 허우대와 쇠붙이같이 단단한 몸, 어느 여자라도 싫어하지
는 않을 겁니다.”

그 바람에 나는 흘깃 그를 한 번 쳐다보았다. 과연 그는 허우대가 건장했고 단단한 근육질로 무장되어 있었다. 얼굴도 심히 미남형으로 그의 가운데 이마에 주름만 없었다면 나보다도 훨씬 젊게 보였을 지도 몰랐다. 그 바람에 나는 또 빈약한 내 모습에 심한 열등감을 느꼈다.

"그 길로 우리는 동거에 들어가게 되었던 것이었지요. 애도 둘씩이나 퍼질러 놓고 그럭저럭 잘 살게 되었습니다. 그런데 그 때 내가 대도시로 나오게 되었던 것이 크나큰 잘못이었답니다. 원래 끼가 있던 여자였던지라 혼자 두어서는 안되겠다고 생각은 했지만 내가 없는 사이 이웃 놈팽이와 눈이 맞아 떨어질 줄이야 누가 꿈에나 생각한 일이었겠습니까. 여자가 상판대기가 반반하니까 사내놈이 잘 따르는 모양입니다. 아니 그렇다손 치더라도 애를 둘씩이나 퍼질러 놓은 년이, 사내 맛을 볼만큼 본 년이 무슨 사내 맛이 별다른 게 있다고 생면부지의 낯선 사내를 애새끼 놔두고 따라나선 것이었겠습니까. 아, 죄송합니다. 결혼도 안한 선생님 앞에서 괜히 못할 소리를 했나 봅니다. 결국 첫 여자와는 그렇게 헤어지고 말았지요. 아니 웬 여자가 그렇게 간덩이가 큰지 애들 찾을 생각을 안하는 것이 알 수가 없네요."

그는 그 말을 해 놓고 잠시 뜸을 들이다가 술잔을 부리나케 비웠다. 그의 행동 모두가 거의 신경질적인 반응이었다.

"형씨, 두 번째 만난 여자는 순전히 내 욕심에서였습니다. 참 팔팔한 삼십대 초반에 혼자 있으려니 무엇보다 괴로운 것은 성욕을 충족시킬 대상을 찾는 것이었소. 그제야 아내가 내가 떨어

져 있는 동안 외간남자와 눈이 맞아 어린 자식을 두고 도망가 버린 것이 이해가 가는 것 같기도 했소. 사실 나는 아내와 떨어져 있는 동안 고기 맛을 즐기듯이 거리의 여자를 급할 때는 하나씩 샀던 거였소. 그러나 마누라는 아마 그게 괴로웠던 모양이었지요. 그래도 자식을 버리고 간 여자는 절대로 용서할 수 없어요. 없구말구요. 그게 말이나 될 법한 일이겠습니까. 그 때도 이상하게 나는 손바닥과 무릎이 몹시 가렵다는 생각을 했던 거였소. 그 날 이후로 몇 달 동안은 밤에 있을 때면 기어야겠다는 충동에 사로잡혀 기어다니게 되었던 것이었습니다."

"형씨, 내 얘기가 길어졌습니다. 술 한 잔 합시다. 자자, 세상의 평화를 위하여, 불쌍한 이 홀애비를 위하여"

그는 술을 단숨에 비웠다. 내가 시키지도 않았는데 내 앞으로 달아 놓으라고 해 놓고는 술 한 병을 시켜 또 꼴깍했다. 그는 내게 자주 술을 권하였지만, 또 그 자신이 어지간히 술에 취한 듯했지만 나는 쉽사리 그의 술잔을 받아넘길 수 없었다. 이상하게 내게도 그의 일이 강 건너 등불이 아닌 실제적으로는 내게 꼭 와 닿는 것이었다. 그의 말을 쉽게 지울 수가 없었다.

"그렇게 밤이면 기어다니다가 무릎이 아프고 손바닥이 짓물러서야 작업은 끝이 나고는 했소이다. 그 동안 아들 딸이 아버지 뭐 하는 거냐고 물을까봐 일부러 그들을 내 등에 태우고 한참 동안 방바닥을 기어 다녔소. 무릎은 점점 단단해지고 손바닥도 점점 단단해지고 굳어져서 지문조차 잃어버리게끔 되었지요."

"김 선생, 그 두 번째 여자는 한 번 이혼한 경력이 있는 여자

였습니다. 내가 그 여자를 만났던 것은 지하도를 건너면서였는데 한번은 퇴근길에 뒷모습이 빨간 코트를 입고 걸어가고 있는 여자가 문득 어디서 많이 본 것만 같았습니다. 그런데 여엉 생각이 떠오르는 것이 아니잖겠소. 아무리 생각해 보아도 틀림없이 보긴 보았는데 생각이 떠오르는 것이 아니었다오. 그러다가 기억 속의 꼬투리를 끄집어내어 잡은 것이 나는 내 머릿속에 잠재의식처럼 남아 있는 모성상이었다는 것을 알았던 것이었다오. 바로 그 여자는 내 머릿속에 그토록 그림자를 짙게 깔고 있었던 어머니와 닮아 있는 것이었습니다. 내게 왜 이토록 어머니에 대한 모성이 이런 식으로 남아 있는 것인지는 잘 모르겠습니다만 아무튼 계모에게 지독히 학대를 받은 데에 연유한 것인지나 아닌지 모르겠습니다. 아무튼 흑심에 발동이 걸린 순간 저는 또 그 여자를 점령하기 위해 유혹의 손길을 뻗쳤습니다. 여자란 참으로 우스운 것이더군요. 손길을 뻗치기 시작하니까 여자처럼 쉽게 굴러 오는 것이 없더이다. 그 여자는 다행히 알고 보니 한 번 이혼의 경력을 가지고 있는 여자여서 우리의 결혼은 서로가 쉽게 눈 깜짝할 사이에 이루어지고 말았습니다. 나 참, 결혼이란 것이 이렇게 쉽게 이루어지는 것이 아닌데……. 그런데 단지 내 저편 기억 속의 모성과 닮았다는 이유만으로 해서 내가 당장 결혼을 서둘렀던 것은 내 커다란 잘못이었지요. 그런데 이상하게도 그 모성상과 닮은 여자가 나타나기만 하면 나는 도저히 그 여자를 내 것으로 만들지 않고는 살 수 없다는 거의 강박관념 같은 것에 사로잡히게 되는 것이었습니다. 그런데 이 여자 또한 행실이 여간 간악한

것이 아니어서 사치에다 허영에다 밑 없는 독에다 물 붓듯 돈을
써 대는 데에는 도저히 저 자신이 감당할 수가 없었습니다. 행실
이 나쁜 여자가 있다는데 행실이 나쁜 여자가 있긴 있구나 하는
생각이 머리를 떠나지 않았습니다. 남편을 존경할 줄도 알고 남
편을 위해 봉사할 줄도 아는 것이 여자의 도리이런만 숫제 남편
의 말은 이거 어느 개가 짓노 하는 식이니 정말 저는 괴로움을
금할 수가 없었습니다. 더욱이 여자는 대학을 나왔다고 콧대 세
게 뻐기는데 그저 학벌이고 뭐고 심성 고운 사람을 만나 잘 살
아보겠다는 생각만이 앞서더군요. 두 아이들에게 대하는 것이 발
로 밟고 머리카락을 잡고 뒤흔드는 데에는 아무리 성깔 좋은 사
내라도 가만있지는 못했을 겁니다. 어느 틈에 그녀와 같이 사는
2년 동안에 나도 모르게 천만 원에 가까운 빚을 지고 있었으니
참 기가 막히고 또 막히고 할 따름이었습니다. 나는 깜쪽 같이
몰랐던 것이었습니다. 깜쪽 같이 속았던 것이었지요. 내가 아이
들을 두둔하자 여자는 내가 보는 앞에서 깔아뭉개고 노골적으로
전형적인 계모로서 표를 내는 데에는 정말 기가 막힐 지경이었
습니다. 애들은 자꾸만 저에게로 와서 울고 엄마를 찾아내라는
데에 저 자신 성격이 흔들려져 가는 것이었습니다. 이대로 두어
서는 안되겠다고 여겼던 저는 이혼을 결심하게 되었던 것이었습
니다. 물론 여자가 이혼을 하지 않을려고 발악을 하는 것은 숫제
꼴불견이었지요. 그런 모습을 보니까 계획적인 결혼이라고까지
제게는 여겨지는 것이었습니다. 그녀가 내 의중을 간파하고 난
다음부터는 그녀는 몰라볼 정도로 더욱 사치를 하기 시작하였습

니다. 가뜩이나 사치스럽다고 여기던 판국에 사치를 더하여 눈덩이처럼 불어나는 빚덩이는 차마 감당할 처지가 되지 못하는 것이었습니다."

"김 선생, 그년은 묘한 술수를 부리는 것 같았어요. 빚덩이에 주저앉아 이혼을 방해하게 하는 것 같기도 했고 이왕 이렇게 된 것 실컷 호사나 해보자 마치 거리의 창녀 같은 생각을 하고 있었던 거나 아닌지 모르겠어요. 결국 당시 1천만 원이나 되는 빚을 갚아 주는 조건으로 저는 두 번째 이혼을 하게 되고 만 것이었습니다. 그 여자를 보내고 나서 제가 받았던 주위로부터의 눈총은 차마 견딜 수 없을 정도의 참담하고 따가운 것이었습니다. 더욱이 속사정을 알지 못하는 직장의 동료들은 나를 보고 돈환이니 플레이보이니 하며 손가락질을 하는 데에는 나는 그 답답함을 극복할 수가 없어서 밤마다 술로서 밝히지 않으면 안되었습니다. 어이, 친구(이제 그는 나를 친구라고 부르고 있었다) 그런데 이상한 일도 그러자 갑자기 내 손바닥이 또다시 가렵기 시작하는 것이 아니었겠소. 정말 이상한 일도 나는 기는 듯한 착각으로 무릎을 꿇고 그 날 집에 돌아오자마자 무릎의 바지가 헤어지도록 온 방바닥을 기어다녔다오. 아이들은 이런 내가 우스운지 아빠 우습다고 웃기도 하고 내 등에 올라타기도 하고 제대로 구김살 없는 동심을 표현해 내고 있었지만 그들을 바라보는 내 눈은 정말 가시에 박힌 듯 아프기만 하였던 거였다오. 이 뛰어도 시원찮은 세상에 굼벵이 마냥 기어야 하는 내 운명이 저주스럽기조차 한 것이 아니었겠소."

그는 허공에다 잠시 눈을 두고 한참 동안 멍하니 어둠을 바라
보았다. 그러자 어둠 저쪽에서 왁자지껄한 말울음 소리가 우습게
도 내 눈에 들어오고 있었다. 이상하게 내게는 그 소리조차 보이
는 것으로 착각되어졌다. 그 때였다. 이상하게 내 눈앞엔 기어가
는 그의 모습이 슬금슬금 나타나지고 있었다. 분명 앉아 있다고
여기는 그였건만 이상하게 그는 엉금엉금 기어가고 있었다. 그
엉금엉금 기어가고 있는 것은 어느 순간 그가 아니라 내 초라한
56 킬로그램의 빈약한 체구가 그에게 얹혀져 기어가고 있는 것이
었다. 나야말로 저보다 더 못한 인간이 아닐까 싶은 생각이 불원
간 드는 것이었다.

내가 내 생각에 빠져 한사코 그가 권하는 술잔을 삼가는 대도
그는 기어코 내 손에다 잔을 쥐어 주며 내가 얼굴을 찡그리며
겨우 먹는 모습을 보고 나서야 다시 이야기를 계속했다.

"두 번째 여자와 그런 일이 있고 나서 저는 도로 큰 도시로
나왔답니다. 주위의 눈총도 있고 큰 데에 있어야만 묻힐 것만 같
아서 그러하기로 했지요.

대신 아이들은 인근 시골에 집을 얻어 제가 통근을 하였었던 거
였소. 두 번씩이나 그 지경이 되고나자 이제 여자 생각일랑 생각만
해도 몸서리쳐지는 것이었지요.

그런데 나 원 참, 더러워서 재수가 없을려니 별게 다 걸려드는
것이 아니었겠소. 한 번은 사상 시외버스 주차장을 지나는데 웬
여자가 앞을 가로막으면서 살려 달라고 애원하는 것이 아니었겠
소. 나는 무슨 사건이 일어났는가 싶어 주위를 두리번거렸지만

아무도 만날 수가 없었던 거였소. 그런데도 여인은 계속 잡아끌
며 살려 달라고 애원하고 있었고 그래서 나는 여인이 이끄는 대
로 따라가지 않을 수가 없었던 거였소. 나이 마흔이 가까워서 여
자의 속임수에 녹아 나다니…… 거기에는 뜻밖에도 낮고 헐거워
서 금방 바람이라도 불면 날아가기라도 할 듯한 집이 하나 있었
소. 부산에 이런 곳도 있나 싶을 정도로 그곳은 이제껏 본 도심
과는 다른 또 하나의 도심이었다오. 내가 문을 마악 열고 들어가
자 거기에는 웬 노파가 하나 이불을 꽁꽁 인 채 누워 막 숨을
거두려고 하는 중이었소. 그러니까 여자는 이 할머니를 살려내
구 여기로 나를 데리고 왔던 것이었소. 내가 그 여자의 엄마인
노파를 데리고 택시를 불러 성모병원으로 데리고 갔을 때는 자
정이 가까운 시각이었고, 그래서 그날 밤 여관방 신세를 지지 않
으면 아니되었는데 그 때 여자와 함께 밤을 보내면서 나는 쉽게
여인과 동거생활을 하게 되었던 거였소. 음침한 여관방의 촉수
낮은 형광등 아래 여자와 함께 있으려니 오랫동안 혼자 살아왔
던 고독감이 그 순간 온 몸 구석구석에 불길처럼 번지는 것이
아니었겠소. 가뜩이나 움츠린 몸을 열고 뜨겁게 달아오른 육체가
서로 마주쳤을 때 나는 내 오랜 고독감이 한꺼번에 스러지는 것
을 느꼈지요. 여자란 정말 필요하던 것이었소. 그 고독감이 일시
에 무너지자 나는 곧 여자를 얻어야겠다는 생각이 들었고 별 여
자있겠는가 싶어 이튿날 그녀를 데리고 들어갔지요. 아이들은 처
음엔 좀 놀라는 눈치였지만 이내 격의 없이 따르는 그녀를 볼
때 나는 이제 내 시련도 끝이 나는가 보구나 하느님이 그 동안

내게 내려준 것은 과오였어. 이제 새로 출발하는 의미에서라도 좀 더 열심히 일하고 돈도 벌어야지 하는 생각조차 드는 것이었다오. 나는 여자의 어머니 곧 나에게도 장모나 다름없는 그 노파의 병이 낫기를 진심으로 기원하였던 거였소. 이듬해 도회가 녹으면서 도심의 가로수도 조금씩 푸릇푸릇해지자 장모도 오랜 투병의 세월에서 깨어나 조금씩 거동하기 시작하는 거였소. 노파는 나를 볼 때마다 눈물을 크게 흘리면서 고맙다는 인사를 그녀가 내 장모라는 사실을 모르고 있었던 것 같게 하는 거였소. 나는 그녀가 낫게 되면 깍듯하게 어머니로서 모실 생각을 단단히 아니 했던 것도 아니었지요. 내게는 하루하루가 마치 오렌지 나무같이 노을빛으로 변해 가는 것이었다오. 아이 엄마가 어찌나 애들에게 잘해 주는지 나는 실로 감격하고 있었지요.

그 여자는 정말 좋은 여자였다우. 믿어도 좋았던 것이었소.

그런데 결과론적인 이야기겠지만 그것이 다 그년에겐 꿍심이 있었던 것인 줄이야 누가 알았겠소. 나는 까마득하게 몰랐던 것이었소.”

그는 여기서 잠시 말을 놓고 술잔을 가락으로 멋지게 비웠다. 그는 이런 일에 능숙한 것처럼 거푸 술잔을 비웠다. 그가 막무가내로 술잔을 들이미는 데에는 아니 마실 수가 없었다.

“내가 그년이 나를 떠난 것을 안 것은 그년이 장모와 함께 집을 비운 지 사흘째 되던 날이었소. 그년이 떠나고 나서 얘기지만 그 동안 내가 그년 때문에 마음을 졸이던 생각을 하면 참. 이 오잡스럽게도 여자 복이 없는 나도 있을까 싶어 혼자 허공을 보며

쓸쓸하게 웃고는 하던 때가 있는 것이었소. 형씨 그년과 함께 살면서 내가 얼마나 마음을 졸였는지 아시오. 그년이 하도 아이들에게 친엄마처럼 잘해 주니까 나는 때때로 이것이 꿈이 아닌가 하고 생각할 때가 있었던 거였소. 선녀가 도망쳐 버린 나무꾼의 심정이 나와 같다고 하면 나의 지나친 언어도단일까요. 생각하면 괘씸하기 짝이 없었지만 그 동안 그년이 집안 아이들에게 불어 넣은 희망 같은 것을 생각한다면, 또 밤마다 천국을 만들어 주었던 그년을 생각하면 차마 미워할 수만은 없었던 것이었소. 형씨, 자아 이걸 좀 보구료. 이게 바로 그년에게서 받은 편지라오. 글씨도 깨끗하게 잘 썼고 문장력도 없진 않은 것 같은데 젠장 우라질 놈의 세상이 나를 취하게 하는구려."

내가 그가 내민 편지를 바라보니 거기에는 다음과 같은 글이 적혀 있었다.

그 동안 정말 감사했어요. 당신은 삭막한 이 세상에 결코 두 번 다시 만날 수 없는 영원한 천사예요. 당신이 아니었다면 저의 어머님은 이 세상 어디에서도 다시 볼 수 없는 일이었겠지요. 그러나 제가 다급한 김에 당신을 보고 무턱대고 사람 살려 달라고 했던 것은 당신의 눈이 무척 정직한 사람이라는 것을 나타내 주고 있었기 때문입니다. 아닌게아니라 눈이 하는 말은 옳았어요. 당신은 정직했고 또 저와 저의 어머님을 도왔던 것이었어요. 그 동안 당신이 저와 저의 어머님을 위해 힘써 주었던 노고를 생각하면 눈물이 앞을 가립니다만 어쩔 수 없이 저는 전 남편과 자식을 버

릴 수가 없어서 그리로 갑니다. 저를 찾을 생각일랑 아예 하지 마
셔요. 부산에도 다시는 나타나지 않을 거예요. 좋은 여자 만나서
한번 더 밝은 세상 사시기를 빌겠습니다.

그는 이미 거의 취해 몸을 제대로 가누지 못하고 있었다. 내가
한 쪽으로 술잔을 치웠는데도 그는 계속 몸을 제대로 가누지 못
한 채 허공에다 손을 흔들며 '술, 술' 하고 외치고 있었다. 그 모
습이 안쓰러워 나는 그의 손에다 몇 번이나 빈 잔을 쥐어 주려
고 했지만 그게 잘 안되었다. 그 때 나는 그의 손이 유달리 딱딱
히 굳어 있는 것을 보았는데 그것은 처절하게 거기에 신명을 바
친 사람의 그것처럼 느껴져 나는 몇 번이고 고개를 주억거리며
다시 바라보았다. 그의 눈동자는 이미 변해 있었고 그의 자세는
그 맨바닥을 어느새 기려고 하였다. 내가 말렸는데도 그는 다짜
고짜 포장을 뚫고 나가 기기 시작했다. 지나가는 사람들이 그를
웬 미친놈이냐며 비아냥거리며 지나갔다. 나는 어쩔 수 없이 그
런 그를 두고 나왔다. 기기에 천재적인 소질을 보이는 그는 서서
걷는 우리 세대에 전혀 맞지 않는 사람임에 틀림없었다. 만일 내
가 기는 사람들만이 모인 집단에서 나만이 서서 걷는다면 과연
나는 정상이라고 할 수 있는 건지 자꾸만 그의 기는 모습이 내
뇌리 속에서 꾸욱 못박혀 떠나가지 않았다.

비명소리

넷째 시간이 거의 끝나 갈 무렵, 유리창으로 살며시 날아와 앉는 겨울 해를 등지고 신문을 읽던 노(老) 교장은 두 손을 크게 젖혀 기지개를 켰다. 유리창 밖으로 내다보이는 운동장은 회색 햇빛이 파르르 떨고 있었고 3학년 5반 김호정 선생의 질서 운동을 시키는 구령이 간간 들려 오고 있었다.

교무실에는 오후반 선생님들의 노랫소리, 웃음소리가 간간 들썩거렸고 그것은 한 순간 '캔터키 옛집'에서 '아침 이슬'로 커져 버렸다.

내 맘에 설움이 알알이 맺힐 때 아침 동산에 올라 작은 미소
를 배운다.

교장이 조심스럽게 걸어오자 유리창을 통해서 클라이맥스로
오르려는 노래 소리는 누군가의 낮은 외침과 함께 일시에 뚝 끊
어졌다.
"출동이다."
"떴다."
교무실은 이제 일제히 가장 모범적인 교사들만을 모아 놓은
것 같이 변해 버렸다. 그러나 그 날 교장은 한 번 힐끗 교무실을
쳐다보았을 뿐 교무실 문을 열지 않고 복도로 그냥 지나갔다. 1학
년과 2학년 홀수반 선생님들은 다시 난로가에 빙 둘러앉아 뜨개질
을 하기도 했고 노래를 부르기도 했다.

태양은 묘지 위에 붉게 타오르고……

"뒤로 돌아잇 갓. 하나 둘, 하나 둘."

수요일, 교장은 매주 이 날을 정해 놓은 일과처럼 교실을 돌았다.
선생님들은 이 날을 알고 있었기 때문에 이 날 만큼은 결근하거나
수업에 빠지는 일이 결코 없었다.
유리창을 뚫고 들어온 핏기 잃은 햇빛이 교장의 얼굴에 걸려
있다가 슬그머니 미끄러져 내렸다. 교장은 갑자기 한 교실 앞에

서 걸음을 우뚝 멈추어 섰다. 교실 뒷문을 스르르 열었다. 100여 개의 눈동자가 일제히 돌아가는 소리가 벅쩍하게 들렸다. 교대를 갓 졸업하고 나온 젊은 여교사는 갑작스런 노 교장의 방문에 당황해 떠들썩한 아이들의 소란을 단속하느라 어쩔 줄을 몰라 했다.

칠판에는 '두 자리 수 + 두 자리 수'의 수판셈하기가 공부할 문제로 쓰여져 있었고 교탁 위에는 대형 수판 하나가 올려져 있었다.

교장은 힐끗 뒤를 돌아다보았다. 왼쪽에는 일제 침략사의 지도가 정교하게 단면 괘도로 자료화되어 걸려 있었고 불조심, 주민 신고에 관한 빛 바랜 포스터가 두 개 균형을 이룬 채 놓여 있었다. 그 밑에는 월별 생활 반성표가 주별로 표시되어 있었다. 모두 O뿐 X나 △는 없었다.

교장은 고개를 끄덕끄덕 하더니 다시 교실 주위를 한번 휘익 둘러보고 젊은 여교사가 당황해하며 수업하는 모습을 보자 가볍게 목례를 하고 다시 교실 밖으로 나왔다.

잠잠해 있던 교실이 덜커덩 문 닫는 소리가 함께 '휴' 하고 한숨의 궤적이 쌓였다.

"……정약용은 실학 운동으로도 유명했지만 그 못지 않게 종교적으로도 유명한 사람이었습니다. 정약전, 정약용, 정약종 등은 모두……."

6학년 5반 교실 박 선생은 바탕부터가 거인이었다. 24평 짜리 교실이 거인의 목소리에 문풍지가 떠는 것처럼 달달 들썩대다가

가라앉았다. 교장은 앞 문틈으로 힐끗 안을 들여다보았다. 옅은 점무늬가 있는 곤색 양복과 가는 점박이 줄이 세로로 쳐진 와이셔츠를 입은 그 사이로 검붉은 자줏빛 넥타이가 드러난 박 선생은 마치 황새처럼 목을 길게 늘어뜨리고 두 손을 앞으로 하고 열변을 토하고 있다가 교장의 순례를 보자 자라처럼 목을 쑥 집어넣었다.

'이즈음의 학습 방향이 주입식이 아니라 아동 중심인 것 몰라요'

젊은 박 선생은 땀도 나지 않는데 오른손을 뒤 호주머니에 집어넣어 손수건을 꺼내 이마를 쓱 문질렀다. 넓은 이마가 벗겨졌다가 다시 수초 같은 머리카락에 덮혀져 버렸다.

나무여, 나무여 겨울 나무여
눈 덮힌 응달에 외로이 서서

3층에서 음악 소리가 길게 이어져 나와 늙은 교장의 귓부리에 맴돌다 툭 떨어졌다. 귀쪽으로 넘긴 흰머리가 차라리 눈부셨다.

그는 노래를 감상하는 듯 한참 동안 3층으로 오르는 층계의 난간을 잡고 서 있었다. 창문 틈으로 질주하는 텃새의 푸릉거리는 모습이 애띠게 보였고 멀리 고등학교의 4층 붉은 건물이 겨울 해에 반짝반짝 빛나고 있었다. 코앞의 중학교는 이제 쉬는 시간인지 운동장에서 떠드는 소리가 요란한 것이 예까지 들려 왔다. 쪽빛 하늘은 건너편 목욕탕의 굴뚝 높은 곳에서도 조용히 앉아 있었다.

그는 잠시 그렇게 서 있다가 생각난 듯이 3층을 마저 올라와서 4층으로 오르려다가 문득 시선이 와 닿는 정면에다 눈길을 돌렸다.

이산 가족 상봉의 화보와 울부짖는 칼기 사고 현장의 얼굴들이 클로즈업되어 나타났다. 그걸 바라보던 노 교장은 잠시 멈칫거렸다. 현란한 물줄기가 그의 눈앞에서 덤벙덤벙 넘치다가 시퍼런 물줄기로 변해 갔다.

'아바지 살려 줘, 오마니 살려 줘'

노 교장은 심기를 잃은 듯 잠시 비틀대다가 한 손으로 관자놀이를 지그시 눌러보고 안경을 고쳐 썼다. 흥흥, 마른기침을 두서너 번했다. 마른 얼굴이 핏기를 잃고 더욱 창백해졌다. 유리창을 뚫고 들어온 햇빛 몇 가닥이 노 교장의 목덜미를 간지럽히다가 그림자로 막을 내렸다.

솔도시 도라솔 도레 미라솔
눈 쌓인 응달에 외로이 서서

'아바지 살려 줘, 오마니 살려 줘'

노 교장은 다시 걸음을 몇 걸음 떼어놓지 못하고 환청에 정신이 실려 여자 화장실을 찾은 남자처럼 허둥대었다. 그런 그를 남은 햇빛이 비추다가 빈 층계에 공허하게 흩어졌다.

노 교장은 무대 위의 배우처럼 비틀거리다가 간신히 층계 난간을 잡고 올라섰다.

"선생닌 안녕."

특수반 아이 하나가 발음이 익숙지 못한 소리로 그를 보자 꾸벅 숙이고 저만치 골마루가 운동장처럼 달아나 버렸다. 두당탕탕대는 소리가 일요일 학교 같은 복도를 길게 여운을 남겼다.

교장은 특수반 4학년 7반 교실을 현미경을 들여다보듯 넌지시 들여다보았다. 코를 입술에 발라 질펀히 빨던 녀석 하나가 연필로 콕콕 책상을 찍어 곰보로 만들고 있다가 그를 보자 히죽 웃었다.

'참 오늘 특수반 담당 김숙련 교사가 출장이지. 왜 보결을 넣지 않았나? 교감은 알고 있는 걸까'

4층에서는 더 멀리 더 많은 것이 눈에 들여다보였다. 고속도로를 질주하는 차들이 '크앙'하는 소음이 요란하게 교실을 때렸다. 귀가 시끄러울 정도였다. 방음벽을 해주겠다는 날짜가 언젠데 아직까지 이 모양이란 말인가? 그는 다소 짜증스런 불쾌감을 가지고 물끄러미 산을 가로지른 고속도로를 내려다보았다. 산꼭대기에 있는 미사일 부대가 4층에서는 빤히 손에 쥘 듯이 잡혔고 좌측 미군 통신부대의 언 땅도 날이 서 있었다. 희끗희끗 녹지 않은 채로 남아 있는 눈이 설인의 발자국같이 보였다.

크아앙, 발정난 암캐 같은 소리를 내지르며 세 대의 고속버스가 앞서거니 뒤서거니 꼬리를 물고 문 쥐떼처럼 질주해 갔다. 조용했던 건물이 그 바람에 들썩거리다가 말았다.

"결코 나라 사랑의 길은 먼 곳에 있는 것이 아닙니다. 우리가 주일마다 하고 있는 저금, 한 달에 한번씩 내고 있는 국방 성금,

이것도 모두 나라 사랑의 길입니다. 그래서 우리 2반이 다른 반에 뒤떨어지지 않아야겠어요."

6학년 2반의 구인순 선생님의 목소리가 그 교실 옆을 지나자 가로수처럼 다가왔다가 멀어져 갔다.

나도 저만 했을 때 남에게 지기 싫었지, 일본 교장 기무라(木村)는 내가 단지 조선인이라는 이유 때문에 날 미워했지. 그렇지만 난 내 딸 같은 선생님들을 미워할 수 없어. 그 때는 단지 일본인 동료들에게 지기 싫다는 이유만으로 오기로 아이들을 가르쳤다.

조금만 집에서 밀어 주었더라면 벌레를 잡고 배추 속을 들여다보고 현미경을 들여다보고 날씨에 따른 동물의 변화 상태를 살피는 일들을 해보고 싶었는데 아버지의 죽음은 그의 이런 꿈을 앗아가 버렸다. 5학년 1반은 천장의 거미줄을 걷지 않았군. 마른 거미가 대롱대롱 매달려 바람이 불 때마다 아슬아슬하게 그네처럼 흔들거렸다.

'에이치.'

감기가 걸렸나? 젊은 사람이 몸을 아끼지 않더니, 아내 사랑도 적당히 해야 하네. 3학년 6반 교실 옆 빈 공터에서는 수세식 변소를 올리는 소리가 소리 없이 숨을 죽이며 서서히 진행되고 있었다. 십장 김씨는 월남전에서 화염 방사기에 화상을 입은 1급 상이용사였다. 그의 얼굴에서는 이 마르고 빈틈없는 영하의 기온 속에서도 늘 땀이 흐르는 것 같은 진물이 흘러 내렸다. 어안(魚眼)처럼 변해 버린 그의 눈은 실명하지 않은 것만도 다행이

었다. 그 날 따라 지저분한 그의 눈엔 눈곱마저 끼어 불결하기
조차 했다.

갑자기 몰아주는 어둠이 우수수 부서져 내렸다. 십장 김씨가
공연히 아는 체를 했다. 그는 거구를 끌고 안을 기웃거렸다. 태
양열 주택의 집 광창 때문인지 막 모습을 갖춘 변소 안이 후끈
거렸다.

"이번 겨울엔 김씨 얼굴이 좀 나아져야 할 텐데. 전쟁의 상처
란 누구에게나 있는 것, 지구를 떠날 날이 가까와 오니 남은 날
들이 소중해서 함부로 몸을 놀리지 못하겠구료. 김씨 그 동안 적
조 했다고 섭섭히 생각 마오. 생각 있거든 우리 나중에 술 한잔
같이 하기로 합시다."

노 교장은 거구의 몸을 둔탁하게 기우뚱거리면서 김씨와 고답
적인 몇 마디 얘기를 나누다가 아래층으로 내려갔다. 들리는 소
문으로는 단지 같은 전쟁의 피해 동류감으로 교장의 부산 집을
십장 김씨가 설계했다는 후문이 돌았고 거물 교장은 군내의 많
은 교육청 공사를 그에게 알선해 주었다는 얘기가 있었으나 언
젠가 이 일을 누군가 물었을 때 노 교장은 시인도 부인도 않고
다만 섭섭한 표정을 얼굴에 만들며 외면했다.

이 겨울에 웬 날벌레 하나가 유리창을 빠져나가지 못하고 앵
앵거리고 있었다. 그는 3층으로 내려오는 계단의 문을 조금 열어
놓았다. 찬바람이 얼컥 들이켜졌다. 이즈음 아침 심기가 좋지 않아
기침을 자주 하던 일이 떠올랐다. 불현듯 유리창을 도로 닫았다.

"뒤로 돌아잇 갓."

"좌향 앞으로잇 갓, 하나 둘, 하나 둘."

김 선생은 너무 과격해. 군대를 갔다 와서 그런지 아이들 다루는 것이 잔인하거든. 3학년인데도 발이 척척 맞았다.

스승의 은혜는 하늘같아서
우러러볼수록 높아만 가네

파도처럼 노랫소리가 밀려 왔다가 부서졌다. 노 교장은 잠시 발길을 멈칫거렸다. 그의 나이 65세, 내년 8월이면 정년이었다. 사범학교를 열아홉의 나이로 졸업을 하던 바로 그 해 교단에 서기 시작해 근 반세기 여를 초등교육에서간 일해 왔다. 때로는 이 교단을 뛰쳐나가고 싶었던 적도 한두 번이 아니었건만 왠지 그를 놓아주지 않는 것이 하나 있었다. 그의 친구들이 하나, 둘 빠져나가 사회의 명사로 자리를 굳혔는데도 그는 꿋꿋하게 아니 소심하게 아니 박력 없는 사내로 고지式할 정도로 그의 직업에 애착했다. 남은 결과가 겨우 이것이란 말인가? 그는 또다시 습관처럼 잠시 머뭇거리면서 비틀거렸다. 엄지와 가운데 손가락을 짚어 관자놀이를 지그시 눌렀다.

일본 교사들에게 지독히도 지기 싫었다. 그가 일본을 미워했던 것은 민족 감정에서라기보다는 단순히 남에게 지기 싫다는 것 때문인지도 몰랐다. 사범학교에서 갓 내던져진 그에게 민족 감정이니 배일 사상이니 하는 것이 있을 리가 만무였다. 고바야시(小林) 선생, 그와 같이 사범을 나오고 같은 학교로 발령 받은 것은

순전 내게 지기 싫다는 고바야시군의 오기였지. 너무가 서로 우물 안 개구리였다. 좀 더 높은 이상과 꿈과 포부를 가져야 하는 것이거늘 그냥 서로가 지기 싫다는 오기로만 똘똘 뭉쳐 있었으니……

그는 자기 생각에 골똘해 자기 위치를 잊고 있었다. 삐삐거리는 소음들이 �솨아솨 우우우 나뭇잎처럼 떨어져 내렸다. 아이들의 왁자지껄한 소리가 퇴근 무렵의 교무실만큼이나 소란스러웠다. 선생들이나 아이들이나 떠들고 싶어하는 본심은 다 마찬가지였다. 암암 이해해. 이해하고 말고.

노 교장은 자신이 괜스레 떠드는 소리에 신명이 나서 마음이 어려지는 것을 느꼈다. 오늘 따라 떠드는 것조차 싫지 않았다. 그 때 뻐꾹 왈츠가 울렸다. 교실 여기저기에서 우박 떨어지듯 걸상 밀치는 소리와 함성이 새어나왔다.

아이들이 교실문을 열고 뛰쳐나오다 그를 보자 반사적으로 꾸벅 고개를 숙인다. 꾸벅꾸벅…… 고개를 숙이는 행렬은 끝이 없이 사막처럼 길게 이어졌다. 교실 순례가 조금 늦어졌다고 노 교장은 생각했다. 그래도 괜찮다. 너희들에게 인사 받는 보람보다도 큰 것은 세상에 또 없지.

그는 4학년 3반 교실 앞까지 오자 조심스럽게 뒷문을 드르륵 열고 안을 들여다보았다.

점심을 먹으려 들던 선생과 아이들이 도시락을 꺼내다 말고 일제히 그를 바라다보았다.

"괜찮아요. 밥 어서들 먹어요."

그러면서 그는 아이들이 밥 먹는 모습을 돌아다니면서 구경하
였다.

"장어구이도 학교에 가져오나. 맛있겠군. 으응 빵을 가져왔구
나. 프린스 제과점 빵이라구. 그것 참 맛있겠네 그려. 그래, 그래
어서 먹어. 겁낼 필요 없어. 응. 얼굴이 참 곱구나. 집이 어디
지?"

"북부동이에요."

"아빠는 뭐하시는데?"

"경찰서에 있어요."

"그래, 선생님도 좀 알고 싶은데."

"교통경찰이에요."

"교통경찰?"

"순찰 계장이에요."

"으응 알겠다. 좋은 아빨 가졌네. 옷도 계쁘구."

뜻밖의 방문에 겁이 잔뜩 난 김인자 선생은 교장 옆에서 아이
들이 말할 때마다 잘못 말할까 싶어 거들어 주기에 바쁘다.

그는 교실을 나와서 다시 옆반 교실로 들어갔다. 아이들은 이
제 마악 수업을 끝냈는지 시험관과 비이커가 책상 위로 어지럽
게 어질러져 있었다. 종이 비행기가 비잉빙 아이들 머리 위로 날
다가 고꾸라지듯 떨어졌다. 공교롭게도 선생님의 눈 밑으로 선을
그었다.

실험 바구니에 실험 기구를 담느라고 고개를 숙이고 있던 오
영일 선생이

"야, 임마 누구······."

하고 발칵 화를 내다가 교장이 뒤에 서 있는 것을 보자 소스라치듯 움츠러들었다. 마치 그런 것이 하나의 의식이나 되는 것처럼.

열린 창문으로 한 떼의 파렴치한 바람이 회오리를 만들며 김치 냄새나는 교실 안을 휘젓다 사그라들었다. 노란 샤쓰의 소년이 콧구멍을 후비다 코딱지를 손으로 퉁겼다.

'느그 애인 바보 축구 온달'

빨간 옷을 입은 여자 아이 등뒤에 꼬리가 달려 노 교장의 시선을 머물게 했다. 아이들은 이제 이런 장난엔 식상을 했는지 웃지도 않고 있었다.

쯧쯧, 노 교장은 살며시 다가가서 꼬리표를 슬쩍 떼어버렸다. 앳된 아이의 눈동자가 그를 말간 눈으로 바라보다가 생각난 듯이 고개를 끄덕거렸다.

"교장 선생님, 안녕."

"응, 그래 안녕."

노 교장의 출현으로 교실은 금새 방처럼 조용해졌다.

"괜찮아요. 어서들 먹어요. 넌 왜 도시락을 안 싸왔지?"

"우리 엄마가 싸 가지 말래요."

아이는 금방 울상이다. 노 교장의 커다란 체구가 그에겐 고통스런 모양이었다.

노 교장은 밥 먹는데 방해가 되지 않도록 일찍 나와 버렸다. 그런 일은 평소에 그에겐 전혀 없었던 일이었다. 그는 철저한 완

벽주의자였다. 그는 조그맣고 무시할 수 있는 일도 그의 시각에 괴로움을 주면 나치의 병사처럼 끄집어내어 가스실로 보내었다. 그는 언제나 완벽만을 그렸다. 교실 벽의 회칠부터 시사판의 배색까지 그는 자신의 시각을 믿지 못해 인근 중학교 미술 선생님의 시각을 빌려다가 조언을 구했다. 그는 또한 자신의 눈에 들지 않으면 선생님들이 애써 만든 교실의 환경을 우악스럽게 긁어내렸다. 그는 교사들에게 자기의 눈에 들 정도의 수준을 요구했고 그 수준이 되지 않으면 될 때까지 작은 신에 긴 발을 맞추도록 길을 들였다. 교육위원회와 교육청에서는 이런 그를 거물 교장이라고 했다. 그는 늘 큰 학교로만 전전했다. 그는 늘 학교의 큰 일에만 그의 관심이 당겨졌다. 그래서 그런지 보다 더 관심을 기울여야 할 학교의 작은 사정에 그는 어두웠다. 그에게는 원리 원칙만이 늘 서 있을 뿐이었다. 원칙이나 원칙는 많은 사람을 다스리는데 여간 편리한 것이 아니었다. 그 원칙이나 원리에 어긋나는 것이 있으면 그는 절대로 마음에 두지 않았다. 이상하게도 그의 밑에 있는 사람들에게서는 사표를 내는 사람이 많았다. 그가 전임지에 있을 때는 네 사람이 그와 마음이 맞지 않는다는 이유로 학교를 떠났고 또 지금 있는 학교에서는 세 사람의 교사가 마찬가지 이유로 학교를 떠났다. 이 불황기에 그들은 어떻게 먹고 살 수 있는지, 오늘따라 그들의 생각이 눈앞에 아른거렸다.

노 교장은 자기 밑에 있는 교사가 스스럼없이 사표를 써낼 때에도 한번 더 생각해 보라거나 사표를 반려하는 일은 결코 없었다. 그의 생각과 의지는 단호했다. 지금 교대를 졸업하고 발령을

받지 못해 대기하고 있는 교사가 한둘이 아닌데 얼마든지 그는 골라 쓸 수가 있다는 것이었다. 그는 그의 밑에 있는 교사들이 마치 그가 운영하고 있는 개인 기업의 부하 직원들로만 알았던 모양이었다. 그는 그들을 마치 연모 다루듯 쉽게 다루었고 그의 세련되지 못한 말에 쉽게 상처를 입는 젊은 교사들을 아량이 좁다고 혀를 찼다.

노 교장은 스스로 언제나 자신이 마음이 넓다고 생각했다. 그는 선생들이 이런 그를 비난하거나 술좌석에서 도마 위에 올려 놓고 생선회 칼로 휘두를 때도 그는 하등의 마음의 상처를 입는다거나 자신을 비난하는 소리에 귀를 기울이기는커녕 자신은 그들의 그런 것은 스트레스 해소 정도로 이해한다는 식이었다. 그는 일을 시킬 때는 냉혹하리 만치 잔인하게 일을 시켰고 발표회가 끝나면 선생님들을 방종에 가까울 정도로 풀어 주었다. 그 끄나풀은 오로지 자기만이 쥐고 있어 그 끄나풀을 자기 마음대로 풀었다가 죄었다가 할 수 있는 것이라고 믿고 있는 것 같았다. 권위적이고 행정적인 교사들은 그를 교장의 모범처럼 생각했지만 그 못지 않게 그를 싫어하는 교사들도 많았다. 이런 일은 특히 교직에 대한 별다른 생각도, 의욕도 가지고 있지 못한 교사들에게서 더 많았다. 중등학교로 전직하려는 교사들 사이에서는 그에 대한 비난이 그치는 일이 없었다. 노 교장도 이런 그에 대한 비난을 알고 있는 듯했지만 그의 신경은 그의 거구만큼이나 무심했다.

노 교장은 뒷짐을 진 채 고개를 숙이고 천천히 3학년 교실을

순례했다. 그는 자신이 웃는 것 같지 않게 실성한 사람처럼 소리 없이 큰 웃음을 지었다. 영문을 모르는 아이가 그의 곁을 지나가다가 그의 얼굴을 겁에 질린 듯 바라보았다. 헛살았어. 헛살았어. 노 교장은 고개를 숙이고 자꾸만 자조의 웃음을 흘렸다.

그는 4학년 1반 교실을 기웃거리다가 말고 무슨 생각에선지 그대로 지나쳐 내려갔다. 사람한테는 누구나 각자 자신의 길이 있는 건데……. 나는 내 인생이 아니었어. 가짜 인생이었어. 후회는 안 한다고 몇 번이나 교무 석상에서 그의 입으로 말하던 것도 따지고 보면 가식이었어, 가식. 가식을 감추기 위한 발악에 지나지 않았어. 지내놓고 보니 얼마나 인생 전체가 허무했는가.

4학년 1반 김추련 선생은 오늘은 교장이 좀 이상하다고 여겼다. 그의 교실에는 우유통 하나가 아무렇게나 널려 있었고 말썽꾸러기 김삼식이가 종이 딱지를 풀어 교실 바닥에 어지럽게 흩트려 놓았기 때문이었다. 교장이 그것을 보고도 아무 말 없이 지나쳤다는 것은 일종의 특종감이 아닐 수가 없었다. 평소 같으면 그는 말했으리라.

"교실을 자기방처럼 아이들을 가르치란 말이욧. 얼른 줏어욧."

그것도 꼭 아이들이 보는 앞에서 선생이 직접 줍도록 했다. 그러나 오늘은 교장이 그걸 보고도 그냥 지나치는 것이 이상하다.

"교실에선 조용히, 골마루에선 좌측통행, 운동장에선 씩씩하게 몰라요."

그로부터 또 한참 동안 훈계가 있을 게다. 한번 지적 당하면 그 훈계는 일주일이 계속되었다. 선생님들은 그 무렵쯤에서 지적

을 당하지 않기 위해서 쉬는 시간마다 당번을 정해 쓸기 시작하였다. 그 전날은 으레 대청소를 하기 마련이었다. 어항의 물도 그 때서야 갈았다. 창틀에 켜켜진 먼지도 닦았고 오르간에 묻혀 있는 분필 가루도 닦아 내었다. 선생님들은 일부러 그 날에 맞추어 일을 처리했다. 스스로 해야 할 일도 놓아두었다가 그 때 가서야 했다. 골마루 층계 또한 어떠한가. 빈틈이 없었다.

노 교장은 핏줄이 푸르게 돋아난 관자놀이를 지그시 엄지와 검지손가락으로 눌렀다. 하얀 얼굴이 고뇌로 창백하게 일그러졌다.

"오늘이 동짓달 초닷새……."

그는 아래 층계를 내려가다 말고 신음처럼 내뱉았다. 노오란 햇무리가 그의 얼굴을 반쯤 덮었다. 하얀 숱이 비늘처럼 반짝반짝 빛났다.

손이 시려워 꽁 발이 시려워 꽁
겨울바람 때문에 꽁꽁꽁

아래층에서 뛰어올라 오던 아이가 그를 보자 황급히 비켜서며 입을 꾹 다물어 버린다. 그는 겁에 질려 있는 그 아이의 얼굴을 보고 혈압이 바늘처럼 콕콕 쑤시는 것을 느꼈다. 아이들은 모두 나를 보면 겁을 내고 있어 교사란 모름지기 아이들과 친밀감이 있어야 한다고 늘 말했던 내가 아니던가? 교장이란 자리가 좀 좋은 자리인가? 학교를 대표하다 보니 아는 사람도 많아졌고 발도 넓어졌다. 선생님들은 다 내 앞에서는 그럴듯한 말만 하려고

들어. 어느 누구 하나 진정으로 나를 위하려 드는 사람은 없었
어. 뒤돌아서면 그들은 나를 비난하고 욕을 한다. 나를 좋아하는
건 교육청 장학사들 뿐, 그러나 그것도 진정으로 좋아하는 것이
아니라 그들에게 도움이 되니까 좋아하는 것일 뿐 뒤돌아서면
그만일 뿐이었다. 이 커다란 학교를 지키기 위해 이 자리를 지키
기 위해 나는 얼마나 숱하게 남을 위해 살았던가. 그들에게 보여
주기 위해 수없이 많은 선생님들을 내 수완대로 부려 왔다. 남는
건 그들에게서 받는 모멸뿐.

노 교장은 다시 이 층 골마루를 말없이 걸어갔다. 양 갈래 머
리를 한 깜찍한 아이가 그 앞에 와서 '선생님 안녕' 하고 달아났
다. 어느 교실 앞에선가 김치 냄새가 푹 실려 왔다. 양호실 앞의
소화전 불빛이 붉게 그의 눈을 자극하고 있었다. 자동차의 경적
들이 아득히 들렸다.

'우리 나이 많은 교장들이 자리를 비켜 주어야만 신진들이 뻗
어갈 수 있을 거예요'

교육장이 하던 말은 무슨 뜻일까? 그는 신임 교육장과 알게
모르게 갈등을 일으키고 있는 것을 이즈음 피부로 느끼고 있었
다. 신임 교육장은 그가 전임지에서 데리고 있던 사람이었다. 까
마득한 후배였는가 싶었는데 자리바꿈도 이만저만이 아니었다.
그가 중심 학교 교장으로 있는 한 신임 교육장이 소신껏 일을
해 나갈 수가 없으리라는 것은 주위 사람들도 다 알고 있는 일
이었다.

그는 언제부턴가 교육장과 만나는 것도 괜히 서먹서먹해지고

있었다. 새까만 후배인 그에게 존댓말을 써야 하는 것인지, 존댓말을 쓰더라도 그 어색함이란 참으로 어정쩡한 일이 아닐 수 없었다. 애초의 출발부터 그는 자기가 교사로서 출발한 것이 아니라 교장과 장학관이 되겠다는 의지로서 출발했던 것이었다. 남에게 지기 싫다는 오기로 그는 결국 교장의 자리에까지 올라갔지만 이순을 넘긴 지금은 오히려 수업을 맡는 교사만 못한 것이 숨길 수 없는 감정이었다. 그저 교사란 제자가 많아야 하는 건데, 내겐 제자가 없어. 첫 발령을 받고 맡은 6학년이 그에겐 유일한 제자였고 그래서 그 때의 제자들의 이름을 기억하고 있는 것도 그 이유였다. 어떻게 된 셈인지 그는 그 이후 파견 교사로 장학사로만 나돌게 되었다. 더욱 안타까운 것은 어떻게 된 셈인지 모두 그만한 지위에 있는 제자가 없었다. 그들은 매년 한 번씩 인근의 낙원장에서 모임을 가졌다. 면의 부면장으로 있는 아이가 주선을 해 모임을 만들고 있는 것이었지만 지난해에는 군청의 주사로 있는 애가 죽었다는 소식을 들었다. 만나면 만나지 않는 것보다 좋지 못한 일들이 더 많은 이즈음이었다. 바로 어제 그는 그 모임에 참석하고 와서 또 그가 아끼는 만복이가 죽었다는 것을 알았다. 만복이는 면내의 중학교 미술 교사로서 국전에도 두어 번 입선한 적이 있었던 아이였다. 그는 그가 만난 최초의 소질과 적성을 가진 아이였다. 그는 늘 소질과 적성에 대해서 의문을 갖고 있었다. 소질이란 것이 정말 있는 것일까? 그러나 그는 그런 회의를 만복이를 통해서 벗어날 수 있었다.

저 아이를 키울 수만 있다면 그것은 그의 사명이라고 생각하

고 읍내 중학교까지 그는 그의 월급에서 얼마큼씩을 도려내어 보내 주었다. 아이는 그림을 열심히 그렸고 고등학교, 대학교는 특기생으로 장학금을 받으면서 마쳤다. 국전에 처음 입선하던 날, 그는 마치 자기가 미전에 입선한 것인 양 기뻤다. 또 한 번 미전에 입선하였다. 그러나 거기까지가 한계였다. 더 이상 그는 생활고로 그림을 그릴 수 있는 처지가 못되었다. 그는 미술 교사로 만족하면서 그 벽을 넘지 못하고 좌절하며 자식에겐 가난을 자신에겐 절망을 남기며 죽어 갔던 것이었다.

"개미가 이 때 사냥꾼을 보았습니다. 개미는 사냥꾼의 다리를 꽉 물었습니다."

오후반 아이들의 책을 통독하는 소리에 노 교장은 잠시 생각에 잠겼다가 화들짝 깨어났다. 목덜미가 혈압이 오르는지 뜨끔했다. 그는 아무런 일도 없었던 것처럼 다시 교실을 지나기 시작했다. 골마루의 액자나 교실의 그림이 조금만 비뚤어져 있어도 그의 시각은 나치스 병사의 눈초리처럼 도저히 참을 수 없었지만 그는 그런 일들이 새삼 별 대수로운 일이 아니라고 여겼다. 그는 얼굴을 들어 천정을 바라보았다. 난로를 때는 바람에 한 곳에 시커멓게 얼룩이 져 있었다. 평소에는 보지 못한 것이다. 그래도 그는 그것 역시 별 대수로운 일이 아니라고 여겼다. 코끝에 미세한 긴장과 땀이 함께 흐르고 있었다. 주덕코처럼 손잔등으로 무식하게 훔쳤다. 지워 버렸으면 좋은 기억들이 그의 앞을 살벌하

게 스치고 지나가고 있었다.

단순히 공부를 잘한다는 이유만으로 사범학교로 진학하고 그예 국민학교 교사로 남았던 일이 엊그제만 같았는데 벌써 내년이 정년이라니…… 그러나 그는 정년에 앞서 명예퇴직을 생각하고 있었다. 그가 명예퇴직을 생각했던 것은 더군다나 정년을 내년에 앞두고 명예퇴직을 생각했던 것은 무슨 특별한 뜻이 있었던 것은 아니었다. 그는 이즈음 왠지 자신이 이 허울좋은 교장이라는 직위에 앉아 있는 것이 마치 헐렁한 옷을 입고 광장 한복판에 서 있는 것처럼 자신에게 걸맞지 않은 것같이 여겨졌다. 중심학교 교장이라는 미명 아래 그들에게 보여주기 위한 가짜 인생을 살아왔던 것처럼만 느껴졌다. 실속은 하나도 없으면서 껍데기 같은 명예심만을 고집으로 쥐뿔만도 못한 기관장 회의에 참여하고 알지도 못하면서 해박한 지식을 늘어놓고 거기에 걸맞는 대접을 받아 온 자신이 한없이 미웠다.

그는 한바퀴 돌아 과학실이 붙어 있는 3층의 베란다 앞에까지 오자 고개를 들어 천장을 올려다보았다. 어디선가 밝은 빛이 들어오고 있었다. 고요한 빛이었다.

웬일일까? 그는 고요함과 따스함이 함께 어우러지는 양광을 비스듬히 맞으며 혼자 공연히 죄스러워 했다.

"소리개가 둥둥 높이 떴구나."

"느그 엄마 또 딸 낳았다면서."

깜찍스럽게 생긴 아이들이 나란히 손잡고 나가면서 지지배배거렸다. 아이들은 그가 옆에 있는 것도 모르고 그들 얘기에 정신

을 팔린 채 걸어갔다. 그는 고개를 숙인 채 생각하는 사람처럼 턱을 받치고 눈을 감았다. 마치 걷기를 잃어버린 사람처럼 그는 그 자리에 선 채 옴쭉 않았다. 갑자기 크게 그의 얼굴 앞으로 클로즈업되어 오는 얼굴이 있었다.

'당신이 선생이요? 선생이요?'

그의 얼굴에 손가락질을 하며 입체 영화처럼 그를 향해 무서운 속도로 돌진해 오는 충격에 그는 목어 힘을 놓고 고개를 설레설레 저었다. 그는 신임 교사 시절 다른 교사들에게 지기 싫다는 오기로 그의 제자들을 제대로 익지 않은 틀 속으로 집어넣으려고 무던히도 욕을 해대며 돼지 새끼 몰듯 몰아갔던 일이 생각했다. 김상준, 너는 지금 어디서 무얼 하고 있니? 그는 두툼한 입술을 잘게 잘게 씹으면서 머언 허공을 응시했다. 거기 중동 전쟁의 영웅처럼 생긴 구릿빛 얼굴을 한 상준이가 그를 바라보고 있었다.

'선생님, 절 꾸짖지 말아 주셔요. 절 꾸짖지 말아 주셔요.'

그는 이마에 손을 얹고 허한 듯 땀을 흘렸다. 비틀거리기조차 했다. 오오 상준이, 너는 어드메에서 무엇을 하고 있다는 말인가? 상준이는 그가 돼지를 몰 듯 몰아갔던 그의 교육에 적응 못하고 그냥 없어져 버린 아이였다. 학교를 갔다 온 아이가 그만 깜쪽 같이 사라져 버렸으니……죽었다면 어디 시신이라도 있으련만, 살아 있다면 이제 한번 나타날 법도 하건만……그러니 그냥 없어졌다 할 수밖에…… 어지간히 그게 맞기도 했다. 반전체 성적을 떨어뜨린다고 반전체라는 이름으로 그를 압박하고 눈

총을 주었다. 아아 공부를 못할 수도 있다는 것을 깨닫지 못했던 나의 어리석음 때문에 상준이는 얼마나 마음 고생을 했을까? 상준이가 없어져 버린 날, 마을은 온통 불을 밝히며 상준이를 찾았지만 상준이는 흔적이 없었다. 이 부덕한 인간, 그는 자책감으로 발을 동동 구르고 머리를 설레설레 저었다. 이 부덕한 인간……

그는 토악질 하듯 한번 숨을 크게 내셨다가 들이마셨다. 말없이 무감각하게 골마루를 향해서 걸어갔다.

소리개가 둥둥 높이 떴구나, 소리개가 둥둥 높이 떴구나

"사과가 하나 있는데 또 하나 생겼으니까 이렇게 식으로 나타내고 이번엔 사과를 하나 먹었으니까 빼기 1을 해주면 이런 모양의 식으로 나타냅니다."

그는 수업연구대회에서 1등급을 수상한 3학년 이말영 선생이었다. 참 열성적인 교사라고 생각했다. 자신이 그 나이였을 때와 비교해 보았을 때 노 교장은 자신은 도저히 그 교사만큼 열성적이지 못할 것 같았다. 무엇보다 교사는 잘 가르쳐야 한다. 학교 행정 사무는 부차적인 일일 뿐이다. 아무리 학교를 잘 경영한다 해도 그것은 결코 아이들을 변화시키는 것만 못하다. 아이들을 변화시킬 수 있는 것, 그것이 교육이고 그것이 교사의 보람이라 할 수 있다. 학교가 발전했다고 아이들이 발전하는 것은 아니다. 그것은 그의 지론이었다. 그렇다면 나는 과연 이 기준에 얼마나 합당한가? 이상하게 그보다 큰 제자가 없다는 것은 그의 교육철학이 실패했다는 것이 아닌가?

교장은 생각마다 자괴에 받혀 자기 혐오에 빠졌다. 내가 이제껏 싸워 왔던 대상은 무언가? 내가 목표로 삼아 왔던 것은 무엇이었던가? 이런 후회와 절망은 아니라는 것만은 분명할 터인데 그래도 이런 자괴감이 지워지지 않는 것은 무엇 때문이었을까? 교장은 산초씨처럼 말곳말곳한 정신에도 불구하고 그 무엇에 빨갛게 취해 비틀거렸다. 이층으로 내려오는 난간을 잡고 잠시 멈칫거렸다.

"오마니 살려줘, 아바지 살려줘."

그런 사이 또다시 거머리 같은 환영이 복잡한 머리를 비집고 파고들었다. 그 무엇이었을까? 교장의 심금을 가르며 비명처럼 외치고 있는 그 주인공은 무엇이었을까? 교장은 가만히 주위를 두리번거려 보았다. 누군가가 분명 그를 끌고 있는 것 같았다. 아무도 없었다. 주변은 공부 시간만큼이ㄴ 조용하다. 고요가 뿜어 주는 평화만이 그를 감싸주고 있다. 그 무엇이었을까? 나를 보고 아버지라고 살려 달라는 그는 누구인가? 어떤 곳에서 깊게 낙인 되었을 것이 틀림없었을 그것은? 그는 심란했다.

나를 끈질기게도 파고 놓아주지 않는 그 실체는 무엇일까?

교장은 잠시 휘청거리며 흰벽을 바라보았다. 이 층을 둘러보지 않고 바로 내려와 교장실로 향했다. 이 큰 학교를 한번 도는 것은 수월한 일은 아니다. 어디서 무엇이 일어나는지 어떻게 왜 일이 일어나는지 알지 못했다. 그저 감으로만 알 뿐이다. 누군가가 열심히 일하고 누군가가 열심히 일하지 않는지 그냥 감으로만 잡을 뿐이다. 그는 알고 있었다. 선생님들이 내 말을 듣는 것은 교

장이라는 그 직책 때문이지 내가 나이가 많아서 존경스러워서 하는 것이 아니라는 것을 그는 잘 알고 있었다.

그는 불끈 솟구쳐 나온 관자놀이 힘줄을 힘껏 눌렀다. 다시 목 뒤로 손을 압박해 갔다.

그는 자리로 돌아오자마자 무너질 듯 주저앉았다. 이즈음 그를 내리누르는 알 수 없는 불안감이 그로 하여금 자주 마른기침을 토하게 했다.

그 날 선생님들은 또다시 교장의 이상한 행동으로 충격을 받았다. 그렇다. 그것은 분명 충격이었다. 교장이 그 날 수요일 순례를 빨리 마쳤다는 것은 소위 뉴스감이 아닐 수 없었다. 그것은 교장의 신변에 특별한 일이 없고는 그런 일이 있을 수 없는 일이었다. 그러므로 많은 선생님들은 좀 교장이 오늘 이상하다고 생각했다. 더욱이 방학이 가까워 왔기 때문에 별다른 손님이 들고 날 일이 없었던 학교여서 교장의 일상은 가장 선생님들의 관심이었고 화제였다. 어떤 선생님은 난로가에 서서 선생님들끼리 교장실에 들리지 않도록 지지배배거렸다

"이게 이건가?"

그는 엄지를 번쩍 들었다. 머리를 돌려 쑥 한번 훑었다. 그러자 다른 선생님들이 은밀한 음모처럼 키들거렸다. 그러나 그는 교장 선생님이 나타나면 누구보다 앞에 나서서 깍듯이 예의를 갖추는 그런 교장에 잘 맞는 노련한 주임교사였다. 그들은 휘어들 줄 알았고 때로는 부딪칠 줄 알았다. 그들은 그러나 결코 자기들의 이익과 배치되는 일과는 한치도 덜도 더도 나서지 않았

다. 그들이 맡은 범위의 책임에 관해서는 누구보다도 지지 않고 했다. 그러나 그것이 한계였다. 특히 교장이 보는 앞에서는 누구보다 열심이었지만 그러나 그것일 뿐 뒤돌아서면 그들은 교장을 욕하기가 일쑤였다.

교장은 몸을 뒤척여 더욱 깊숙이 소파에 몸을 묻었다. 책상 위에 놓여 있는 인주와 도장을 바라보는 순간 교장은 고슴도치 모양 소름이 돋았다. 얼마나 까다롭게 굴었던가? 쉽게 넘어갈 수 있는 것도 반드시 다시 써서 가져오게 했다. 오죽 못났으면 권위를 도장에 얹으려 했을까? 교직에서 교장의 권위가 그 무슨 대단한 것이라고. 남에게 지기 싫어 교장이 되고자 노력했고 그리고 쉽게 찾아온 기회를 잘 이용했을 뿐이었다. 애초에 교장에 대한 철학을 가지고 시작했던 것도 아니었다. 별 것 아닌 일에 아는 체하고 별 것 아닌 일에 뽑혀 나가고 별 것 아닌 일에 이름 앞에 달린 교장이라는 것 때문에 전문가가 되었다.

외롭다는 생각이 미치자 아들 내외가 보고 싶었다. 아들은 그와는 달리 생각하는 것과 행동하는 것이 달랐다. 나이 들어 얻은 아들, 색깔로 치면 빨갛고 노랗고 파란색이 골고루 걸쳐진 아이였다. 그런 아들이 어느 날 '아버지는 제겐 너무 큽니다. 저는 작은 나무를 찾아 떠납니다' 하며 그의 곁을 떠난 지가 벌써 세 해가 되었다.

아들이 남긴 말의 의미는 무엇이었을까? 이즈음 밤낮없이 후회와 몽환에 시달리는 나를 어찌 큰 나무라 생각한 것이었을까? 작은 나무도 옳게 되지 못하는 내게 아들은 어찌 그리 심한 말

을 할 수가 있는 것일까? 늙은 아내와 그만큼 늙어 정든 개 아무렇게나 심어져 있는 회양목, 이제 집안을 채우고 있는 것이란 바로 그런 쓸쓸함뿐이었다.

"오마니 살려줘, 아바지 살려줘."

순간 거머리 같은 비명 소리가 다시 들렸다. 교장은 머리를 설레설레 저었다. 머리를 쥐어뜯었다. 무엇 때문일까? 이즈음 걸핏하면 그를 고독하게 만드는 그 비명 소리의 실체는 무엇일까? 그러나 노 교장은 결심했다. 더 이상 그 자신이 아닐 필요는 없다고 생각했다.

그 날 교장은 다른 날보다 일찍 퇴근했다. 그런 그를 보고 교사들은 고개를 갸우뚱거리며 의아해 했다. 교장이 다섯 시 전에 퇴근한 것을 보는 것은 교사들의 입에 올리기에 충분한 관심거리였고 그래서 많은 교사들은 교장이 잠시 밖에 나갔다가 다시 들어올 것이라고 생각했다. 그래서 교사들은 모처럼의 교장이 없는 기회가 왔는데도 오히려 불안해했다. 교장의 그런 단순한 행동조차도 교사들에겐 여간 신경 쓰이는 일이 아니었다. 오히려 교장이 낯선 행동을 함으로써 불안감이 가중되어왔다. 교장이 크면 클수록 그것은 그만큼 불안의 그림자가 크다는 것을 의미할 뿐 교사들에게는 하등의 도움이 되는 것이 아니었다.

그러나 그렇게 나간 교장은 다시 들어오지 않았다. 그 이튿날에도 오지 않았다. 전화를 넣어도 받지 않았다. 할 수 없이 사흘째 되던 날 교감 선생님을 비롯한 주임교사들이 교장 선생님 댁을 찾아가 보았지만 늙은 개만이 낡은 집을 지키고 있을 뿐 교

장은 그 어디에도 보이지 않았다. 일주일이 도던 날, 결국 학교에서는 지역 교육청에 교장 유고 신고를 냈고 교육청에서 사람이 나와 조사를 끝낸 다음에는 교감을 중심으로 학교 업무가 추진되고 있었다. 전보다 조금 시끄러워진 느낌은 있으나 학교는 아무 일도 없었다는 듯 굴러갈 것은 굴러갔고 멈춰 있을 것은 멈춰 있었다. 그 큰 교장의 유고가 별다른 변화를 가져온 것은 아무 것도 없었다.

후 기

또 한 권의 책을 묶어 냅니다.

책을 묶으면서 저는 참 부끄럽고 창피스럽다는 생각을 하였습니다. 문학은 감동 그 이상도 그 이하도 아니라는 생각을 하였는데 문학이란 때때로 사실주의도 필요하다는 것을 부정할 수가 없었기 때문입니다. 어쩌면 나의 이런 감동을 찾는 행위조차도 사치스럽고 감상적인 것인지도 모른다는 생각을 하였습니다.

그러나 한편 이 삭막한 시대에 감동을 느낄 수 있는 장치마저도 없다면 사막을 건너는 우리는 얼마나 더 고독하고 외로울까 하는 생각도 들었습니다.

도시의 인심은 날로 흉흉해 가고 범죄는 더욱 흉포해져 우리의 삶을 황폐화시키고 있습니다. 생활의 사실주의는 우리의 꿈을 능멸시키고 있고 그런가 하면 이야기는 무성하면서도 정작으로 필요한 이야기는 듣지 못하고 있습니다.

아름다운 감동을 남기고 싶습니다. 이 시대, 이 황량하고도 척박한 도시, 기댈 곳 없고 가진 것 없는 도시의 외로운 방랑자들을 위해 내 누님 같은 한 송이 국화꽃을 남기고 싶습니다.

ㄴ 저자 약력

고교교사
『문예한국』으로 등단
한국문인협회, 한국소설가협회 회원

ㄴ 주요작품 : 지리산, 산지기, 어떤 심부름, 달빛끄기 외 다수

□ **비명소리**

1998년 6월 10일 인쇄
1998년 6월 20일 발행

지은이 : 차 호 일
펴낸이 : 박 찬 익
편 집 : 최 문 주

발행처   도서출판 **박이정**
130-070서울시 동대문구용두동 253 - 197
전   화 : 922-1192~3, FAX : 922-1192
온라인 : 주택576037 - 01 - 001536 우편010447 - 0053403
등   록 : 1991년 3월 12일제1 - 1182호
　　　　　　　　　　　　　정가   6,500원

ISBN 89 - 7878 - 231 - 0
§ 잘못된 책은 바꿔드립니다.
§ 저자와의 협의하에 인지를 생략합니다.

1998. P. 27일 park

KB275375